愿我们 可以被原谅（上）

MAY WE BE FORGIVEN

〔美〕A.M.赫美斯 著
索析 译

人民文学出版社
PEOPLE'S LITERATURE PUBLISHING HOUSE

著作权合同登记号　图字 01-2016-8901

MAY WE BE FORGIVEN

Copyright©2012, A.M. Homes
All rights reserved.

图书在版编目(**CIP**)数据

愿我们可以被原谅：全2册/(美)A.M.赫美斯著；
索析译. —北京：人民文学出版社，2017
（赫美斯作品）
ISBN 978-7-02-012521-0

I.①愿⋯　II.①A⋯　②索⋯　III.①长篇小说-美国
-现代　IV.①I712.45

中国版本图书馆CIP数据核字(2017)第042116号

责任编辑：朱卫净　陶媛媛
封面设计：钱　珺

出版发行　人民文学出版社
社　　址　北京市朝内大街166号
邮政编码　100705
网　　址　http://www.rw-cn.com

印　　制　山东临沂新华印刷物流集团
经　　销　全国新华书店等

字　　数　380千字
开　　本　890×1240毫米　1/32
印　　张　23
版　　次　2017年7月北京第1版
印　　次　2017年7月第1次印刷

书　　号　978-7-02-012521-0
定　　价　98.00元

如有印装质量问题，请与本社图书销售中心调换。电话：010-65233595

这是一本令人悸动、如噩梦般黑暗而又文笔极度有趣的书。

——《独立报》

献给克劳迪娅，我欠你一份感激

愿我们可以被原谅

"愿我们可以被原谅。"这是咒语,是祈愿,是不知道什么时候出现在我生活里的希望。是不是曾经有那么一刻,你在想:我是故意这么做的。我完蛋了,而我不知道为什么会这样……

想知道我是如何一步步步入灾难深渊的吗？

警告信号出现在去年的感恩节。我们在他们家过节。二三十个人围桌而坐，长餐桌从餐厅一直延伸到客厅的钢琴凳旁。他坐在长餐桌的主位上，一边从牙缝里剔出火鸡肉一边侃侃而谈。我端着盘子从厨房进进出出，时不时地留意观察他，以至于手指头沾上了黏糊糊的东西都不知道，或许是蔓越莓沙司、甘薯、腌小洋葱，又或许是某种肉类上的软骨。每从客厅到厨房来回一趟，我就更讨厌他一分。那种厌恶感又回来了，我童年的每一个过失都源于他的出生。我出生后十一个月，他随即降生。最初，由于出生时氧气不足，他显得病恹恹的，因此得到了比我多很多的关注。之后，尽管我总是一遍遍地试图告诉他，对我来说他是个可怕而糟糕透顶的存在，但他的言行举止依然表现得好像在强调——他是上天的宠儿。父母给他起名乔治，他喜欢人们亲切地称呼他"杰奥"，听上去像一个很酷的、富有科学头脑的、擅长数理化和分析的人名似的。我叫他"杰奥迪"，听起来像一块沉积岩。他那异乎寻常的自信，他那神一般高傲的脑袋上的几缕金发偶尔随风扬起，颇引人注目，给人一种见多识广的错觉。人们征询他的意见，请求他的参与，而我却看不到他丝毫的迷人之处。等到我们十一二岁的时候，他已经明显长得比我更高更强壮。我爸爸常常开玩笑地说："你真的不是屠夫的儿子吗？"但没人觉得好笑。

我来回穿梭在厨房和客厅之间，手里端着沉甸甸的盘子和碟子，焙盘上的剩菜堆得老高，但没有人注意到我需要帮忙——乔治、他的两个孩子，还有他那些可笑的朋友——事实上他们只是为他打工的员工，其中有一个经常播报气象预报的女孩，还有各种各样看上去无所事事的节目主持人。那些女人正襟危坐,头发散开,好像肯和芭比①。我的妻子就和她们不一样。克莱尔是美籍华人,她讨厌火鸡,每次都不忘提醒我们,每逢家庭节日聚会,他们会吃烤鸭和糯米饭。乔治的妻子简已经忙了一整天,煮饭、清扫、服务,现在她又在把那些吃剩的骨头分解,好塞进已经快要溢出来的巨大垃圾箱里。

简擦洗着盘子,身旁的碗碟堆积如山,黏糊糊的银器被扔进一池冒着蒸汽的肥皂水里。她瞥见我走过来,用手背轻轻将头发拂到一边,对我露出一个笑脸。我又回到客厅去取更多的脏盘子。

我看着他们的孩子,想象他们打扮得像朝圣者,穿着黑色系扣带鞋,做着朝圣的孩子们做的零工:像牛一样搬运一桶桶的牛奶。纳撒尼尔今年十二岁,艾希莉十一岁,此时,两人像两坨肉一样坐在桌边,弯腰驼背。更确切地说,像是整个人都倒进了椅子里一样蜷在那里,丝毫感觉不到他们是有脊椎的动物。他们双眼专注地盯着手里的小屏幕,全身上下唯一在动的就是他们的手指头——一个在给某个谁也没见过的朋友发短信,另一个则在起劲儿地屠杀着虚拟的恐怖分子。他们是那种典型的心不在焉的孩子,没什么个性,经常不见人影,除了节假日之外,基本上不会着家。他们被送去寄宿学校的时候,很多人都认为他们的年纪太小了,不适合去寄宿学校,但简曾经无意中承认,这是出于不得已的原因。她好像提到过非特殊性学习问题、青春期问题,还隐晦地暗示由于乔治情绪多变,他们家远非孩子成长的理想环境。

---

① 知名玩偶芭比娃娃和她的男朋友肯。

客厅里，两台电视机都开着，吵吵嚷嚷的，好像在争相引人注意似的。一台电视机里在转播足球赛，另一台则在放映电影《无敌大猩猩》。

乔治在大放厥词："作为广播网娱乐部主席，我是工作狂，全身心扑在工作上。七天、二十四小时，我都得保持状态。"

这栋房子里几乎每个房间都有电视机。事实证明，乔治无法忍受独处，即便是在盥洗室里，也必须有电视机。

显然，他的生活里没有一刻不在彰显他的成功。那成打堆积的艾美奖都快要从他的办公室里溢出来了。现在，它们和其他各种各样的奖状、证书以及棱角分明的水晶奖杯一起散落在这房子的各个角落，每一座都在为乔治的成功喝彩，赞扬他解析了流行文化，让我们回归自我——用他那永远带着点嘲讽的、半小时情景喜剧或者新闻播报的语气。

盛火鸡的盘子放在桌子中央。我伸手，越过我妻子的肩膀去拿那个盘子。但盘子太沉了，拿的时候上面的东西还晃晃悠悠的，于是我暗下决心，一定要以强大的能力完成任务，不但把火鸡盘子从桌子中间拿过来，还要让我另一个臂弯里的、盛着剩甘蓝和培根的烘焙盘维持好平衡。

火鸡，一种"家传鸟类"，但不管它有何等寓意，都逃不脱自己的命运。它被人们搓洗、使之放松，填上草本类的药草使之屈从，觉得这样被斩首也不坏。然后在某个一年一度的盛典上，人们从它的屁股处塞上面包屑和蔓越莓。这些鸟从出生开始就是被人们有目的地饲养长大，然后到了特定的日期，它们的末日也就到了。

我站在乔治家的厨房里，从吃剩的火鸡上挑肉吃。简在我旁边洗碗,手上戴着天蓝色的乳胶手套,眉毛上还沾了些肥皂泡泡。我的手指头伸进那火鸡里,空洞的躯体里还残留着余温,里面曾塞满了上好的填料。我的手指头在里面掏来掏去,将找到的填料送到嘴边。我吃得满嘴油乎乎、湿哒哒的,我的手指头正蜷进火鸡的"敏感部位"(如果它们有的话),而简就这样看着我,她从水池里举起双手,靠近我,紧贴着我。随后,她亲了我,吻得很认真,潮湿的、充满欲望的吻,不是那种象征友好的随意一吻。这吻来得突然,令人震惊。吻完之后,她脱去手套,走出房间。我站在那里,用油乎乎的手使劲儿抠着身旁的柜子。

甜品过后,简问有没有人需要咖啡,然后回到厨房。我屁颠屁颠地跟着她进来,像一只祈求主人再施舍点儿东西的小狗。

她无视我的存在。

"你是在无视我吗?"我问。

她什么都没说,把咖啡递给我。"你就不能让我有点儿小小的乐趣,一点儿只属于我自己的乐子吗?"顿了一下,她又说,"要奶油和糖吗?"

那之后,从感恩节到圣诞节,直至新的一年,我总是在想象乔治和简做爱的画面。我想象乔治在她上面,但偶尔也会有些特别,乔治会在她下面。甚至有一次我突发奇想,想象乔治从后面进入她。我想象他们做爱的时候,乔治的眼睛一直盯着挂在墙上的电视机,新闻提要像准点报时钟一样从电视屏幕下方闪过。我情不自禁地想象这一切,一边想一边说服自己,尽管乔治有着迷人的外表、非凡的成功,但他床上的功夫肯定不怎么样,他能懂的那点性爱技巧估计全都是躲在厕所里拉屎的时候偷偷地从某本杂志上学来的。我不停地想象着我弟弟和他妻子做爱的画面。无论何时，与简见面对我来说变得难熬。我穿着宽松打褶的裤子，里面套上两条内裤，以便能掩盖我那春意萌动的"小宝贝"。这种打扮使我看上去总是鼓鼓囊囊的，我担心人们会以为我发福了。

二月二十九日晚上八点左右，简打来电话。克莱尔还在办公室里忙，她总是在办公室里。换做别的男人，可能会猜测自己老婆这样会不会有外遇，但我只会想，这说明克莱尔很聪明。

"我需要你的帮助。"电话里的简对我说。

"别担心，"我脱口而出，甚至不知道她在担心啥。我想象她用厨房里的电话打给我，长长卷曲的电话绳缠住了她的身体。

"他在警察局。"

此刻我正望向窗外，瞥到纽约城的天际线。我们的公寓大楼是战后的白砖楼，又丑又呆板。但我们住的地方有种高高在上的感觉，这里有宽阔的玻璃窗，还有一个小阳台。我们曾在某个早晨坐在那阳台上烧烤。"他犯了什么事儿吗？"

"是的，"她说，"他们想让我去接他回来。你能帮我吗？帮我去把你弟弟带回来？"

"别担心。"我又重复了一遍。

几分钟后，我已经动身从曼哈顿赶往韦斯特切斯特的一个小村庄，那里是乔治和简的家。我在车里给克莱尔打了个电话，她不在线，我在她语音信箱里留了信息："乔治出事儿了，我得去接他，再帮简把他送回家。晚餐我吃过了，还留了些给你，在冰箱里。晚点再打给你。"

去往警察局的路上，我脑海里一直想象的状况是，乔治肯定跟人打架了。他就是这样的人,像是身体里面住着个原子反应堆,某些事情能让他一触即发,瞬间将手边的无论什么东西从桌子另一边朝人扔过去,或者用拳头猛烈地撞击墙面,又或者……我曾不止一次地成为他暴力的受害人,他会用棒球朝我的后背用力投掷,直接打到我的肾脏部位,球顺着身体落到我的膝盖上;曾经在奶奶的厨房里,只为了阻止我拿走最后一块布朗尼,乔治会猛力把我往后一推,直推得我整个人撞碎了一大面玻璃。我能想象今天发生了什么事儿:他下班后喝了点儿酒,得罪了什么人,然后……

三十分钟后,我的车停在郊区的一间小警局外面,那是一座蛋糕盒形状的白色建筑,大约建于上世纪七十年代。我走进去,看到挂历上有个大胸的娘们儿,这东西好像不太适合挂在警局里吧!我看到一罐硬糖,还有两张铁皮桌子,如果不小心踢到桌子,它就会发出类似撞车的声音,因为我曾不小心打翻了桌上的一罐空健怡澎泉[①]。我自我介绍说:"你们刚刚是不是给一个男人的妻子打电话?我就是那男人的哥哥。我是来接乔治·西尔弗的。"

"你是他哥哥?"

"是的。"

"我们给他妻子打电话,她说她会来接他。"

"她又打给我了,让我替她来接他。"

"我们本想送他去医院,但他就是不肯。他还不停地说什么自己是危险人物,说什么我们应该把他送到市区去,把他锁起来才

[①] 中文名称常译作乐倍、澎胡椒先生等,创立于上世纪八十年代,是美国七喜公司生产的焦糖碳酸饮料,在有些国家以可口可乐公司产品的形式出现。

算了事儿。说真的,我觉得这男人需要看看医生,谁能经历那种事情之后还毫发未伤呢?"

"那么,他跟人打架了?"

"是车祸,很严重的车祸。但他似乎不像是酒驾,我们给他做过呼吸测试,没有问题,尿检也合格。但说真的,他还是应该去医院看看。"

"他是车祸肇事方吗?"

"他闯了红灯,撞上了一辆小货车,丈夫当场死亡,妻子在现场的时候还活着,坐在后座位上,幸存的小男孩也在旁边。救援队赶来用救生颚把妻子救了出来,但一松开救生颚,她就不行了。"

"她的腿都从车里摔出来了。"坐在后面办公室里的一个人补充了一句。

"小男孩的状况还算稳定。他会活下来的,"年轻点儿的警察说,"你弟弟在后面,我去把他带过来。"

"我弟弟会被起诉吗?"

"暂时还不会。我们会进行全面调查。据在场的警官说,他当时显得有些神志不清。带他回家吧,去看看医生,再找个律师,做最坏的打算。"

"他不愿意出来。"年轻点儿的警察说。

"告诉他,我们这儿没多余的房间让他待了,"年长点儿的警察说,"告诉他,真正的犯人很快就要来了,如果他再不出来,到了夜里,那些犯人会打得他满地找牙。"

乔治终于出来了,整个人乱糟糟的。"怎么是你?"他见我的第一句话就问。

"简给我打电话了。况且你把车开走了。"

"她可以坐出租车来接我啊。"

"已经很晚了,不好叫车。"

我领着乔治穿过小型停车间,走进夜幕中,总感觉自己好像被迫要抓着他的胳膊引着他的胳膊肘往前走似的,不知道是为了防止他逃跑,还是为了稳住他。不管怎样,乔治并没有挣脱我,而是任由我带着往前走。

"简在哪儿?"

"在家。"

"她知道情况了吗?"

我摇摇头。

"真倒霉,那儿竟然有个红灯。"

"你没看到吗?"

"我想我可能看到了,但感觉好像没有任何意义。"

"好像对你完全不管用?"

"好像我压根就不知道它是干吗用的!"乔治钻进车里,又问了一遍,"简在哪里?"

"在家,"我又重复一遍,"系上安全带。"

车子驶进他们家的私家车道,车头灯照亮了整座房子,正好撞见简拿着咖啡壶站在厨房里。

"你还好吗?"我们一走进去,简就关切地问。

"怎么能好?"乔治说着,走到厨房的柜子边上,将身上口袋里的东西一股脑清空,放在柜台上。然后,他脱掉了鞋子、袜子、裤子、内裤、夹克、衬衫、内衣,将所有这些东西统统扔进了厨房的垃圾箱里。

"你想来点儿咖啡吗?"简问。

乔治全裸着站在那里,头微侧,好像在留意听着什么。

"要咖啡吗?"简指了指咖啡壶,又问了一遍。

乔治还是没有回答。他从厨房穿过餐厅,径直走向客厅,就这样裸着全身,在黑暗中坐在椅子上。

"他跟人打架了吗?"简问我。

"是车祸。你最好给保险公司打电话,还有你们的律师。你们有律师吧?"

"乔治,我们有律师吗?"

"我需要律师吗?"他问,"如果需要,就打给鲁特科夫斯基。"

"他看上去不太对劲儿。"简说。

"他杀了人。"

短暂的沉默。

她为乔治倒了杯咖啡,送进客厅,还拿来一块毛巾,裹在乔治的私处,就像在他大腿上盖了块餐巾。

这时候,电话铃响了。

"别接!"乔治说。

"喂?"简还是拿起了话筒。

"不好意思,他现在不在家,有什么我可以帮您转达吗?"简在听电话。

"好的,我知道了,很清楚,"她说着,挂了电话,"要喝点什么吗?"她虽然这么问,但又好像没有特别针对谁,结果她给自己倒了一杯咖啡。

"是谁?"我问。

"那家的朋友。"她说,显然,她说的"那家"指的是遇害人的家。

乔治就这样长时间坐在椅子上,一块毛巾遮挡着他的私处,那杯咖啡优雅地放在他的大腿上。渐渐地,他下方的地板上形成了一摊水。

"乔治!"简听到类似水滴的声音,祈求道,"你只是出了场交通意外而已。"

他们家的老狗泰茜从窝里爬起来,走过来,嗅着乔治身下的水。

简急忙走进厨房,拿来一团纸巾。"它会把地板上剩下的舔光吧?"她说。

整个过程中,乔治看上去面色苍白,像是某种爬行动物被剥走了躯体,只剩下一副空壳坐在椅子上。简把乔治腿上的咖啡拿过来,递给我,又取下围在他臀部已经湿了的厨房毛巾,扶他站起来,从后面擦拭他的大腿,又用纸巾擦了擦他的屁股。"我扶你上楼去。"

简扶着乔治爬楼梯的过程中,我一直看着他们。我看到我弟弟裸着身体,步态迟缓,小肚子微微有些下垂。我看到他的臀骨,他的骨盆,还有他扁平的屁股——全都那么白,在黑暗中闪着光。他们爬楼的时候,我从下面看到他的屁股,还有夹在他两腿之间、那松弛下垂的粉紫色蛋蛋晃来晃去,像一只年迈的狮子。

我坐在沙发上。我在想,我妻子去哪儿了?克莱尔难道不好奇发生了什么吗?她回到家看到我不在家,不会奇怪吗?

这间屋子闻起来有股尿骚味。擦过乔治屁股的湿纸巾还在地上，简并没有回来清理地上的尿，于是我顺手清理了，然后坐在沙发上休息。

黑暗中，我盯着他们家摆着的一个少数部落的面具。面具是用亚麻头发和羽毛做的，上面还用蕾丝装饰了部落的串珠。那是纳特[①]在学校组织的一次去南非的旅行中带回来的。我盯着面具上那张陌生得瘆人的脸，那面具似乎也在盯着我，好像那里面真有个人要跟我说话似的。黑暗中只留下沉默，仿佛在嘲弄我。

我讨厌这间客厅，讨厌这栋房子。我想回家。

我给克莱尔发短信，解释今晚发生的事情。她回复我的信息说："你不在家，正好我也在办公室里忙。照这情况，你应该在那里留夜，以防生变。"

于是我听话地睡在了那张沙发上，肩膀上盖了一块又小又臭的午睡毯。泰茜跑来睡在我脚边，感觉暖暖的。

早晨，我被突如其来的电话铃和随即而至的匆忙对话声吵醒，之后，传真机里吐出了一份事故报告。我们要带乔治去医院做检查，似乎要寻找什么东西，某些支持性的解释，以帮助减缓他的事故责任。

"我是要聋了吗？还是这周围他妈的出了什么事儿？"乔治不耐烦地问。

"乔治，"简一字一句地对他说，"我们要去医院，带好你自己的东西。"

[①] 纳撒尼尔的昵称。

乔治照做了。

我开车,乔治坐在副驾驶座上。他穿了一条很旧的灯芯绒裤子,还穿了一件旧法兰绒衬衫,胡子显然没有刮干净。

我一边开车一边下意识地警觉身旁的动静,生怕乔治会突然性情大变,搞不好朝我飞扑过来,要抓住方向盘什么的。还好座位上的安全带应该很牢,如果他有什么突然的动作,安全带能制止他。

"桑普·西蒙遇到了个卖馅饼的人正要去赶集。桑普·西蒙对卖馅饼的人说:'让我尝尝你的馅饼。'"乔治在那儿自顾自地哼唱,"桑普·西蒙去捕鲸,他把所有的水都装在妈妈的洗衣桶里。小心点儿!"他忽然对我说,"不然你担心的事情就会发生了。"

到了急诊室,简带着保单去了柜台,说警察告知她丈夫昨天夜里被卷入一场致命车祸,在现场显得精神恍惚。

"根本不是那么回事儿,"乔治皱着眉头说,"那该死的运动型多用车像一块巨大的白云挡在我面前,我什么都看不到,看不到前面,也看不到周围,只能驾驶着一块廉价的废铝片一头撞上去,感觉就像一块该死的蓬松枕头。安全气囊猛地把我撞了回去,撞得空气都直冲我飞。等我好不容易爬出了车子,发现另一辆车里有人,他们像千层面一样挤作一团。坐在后座上的小男孩不停地哭,哭得我想揍他,但我又发现他妈妈正瞪着我,那女人的眼珠子都快弹出来了。"

乔治滔滔不绝的时候,两个身材魁梧的男人从后面慢慢靠近他。乔治并没有注意到有人朝他走来。忽然,他们抓住了他。乔治很强壮,他朝两个人回击。

我们再次见到乔治是在急诊室后面的一个隔间里,他的手脚都被拷在了轮床上。

"知道你为什么在这里吗?"一个医生问他。

"我来错地方了。"乔治说。

"你还记得发生了什么吗?"

"我永远都不可能忘记。大约六点半的时候,我下班,准备开车回家,路上我决定停下来吃点东西。我通常不会这么做,但我承认,那天我太累了。一开始我并没有看到她。等我反应过来的时候,我已经在不停地打什么东西了。我立刻停下来。我待在她身边,扶住她,但她还是慢慢往下滑落。她的下体一直流着液体,就像坏了的机器。我觉得很恶心。我讨厌她,讨厌她那震惊的表情,那灰暗的面色,还有她底下形成的一摊液体。我都不知道那些液体是从哪儿流出来的。然后就开始下雨了。好多人拿着毯子过来,这些毯子究竟是从哪儿冒出来的?我听到警笛声。人们坐在车里,车子开在我们周围,我看到那些人盯着我们。"

"他在说什么?"我不知道是我没搞清楚状况还是乔治神志不清了,"根本不是这样的,根本不是这场事故,或许是别的事故,但肯定不是乔治昨天晚上发生的那场。"

"乔治,"简说,"我看过警察的事故报告,事情并不是你说的那样。你是在想别的事情吗?别的什么你梦到的或者你在电视上看到的事故?"

乔治并没有进一步回答。

"他有精神或神经性问题吗?"医生问。我们都摇头。

"你做什么工作?"

"法律,"乔治说,"我是学法律的。"

"现在,你们最好把他留在这里。我们会对他做进一步检查,"医生说,"然后再谈。"

我又在乔治和简的家里过了一夜。

第二天早晨,我们去接乔治的路上,我一直想大声咆哮:"他应该去的地方是精神病院!"

"这里是郊区,"简说,"郊区的精神病院能有什么用?"

乔治一个人待在他的房间里。

"早上好。"简跟他打招呼。

"我怎么会知道早上好不好?"

"你吃过早餐了吗?"她看着他面前的托盘问。

"这是狗吃的食物,"他说,"带回家去给泰茜吃。"

"你的口气很难闻,你刷过牙了吗?"我问。

"他们会给你刷牙吗?"乔治回答,"我以前可从没在精神病院待过。"

"这里不是精神病院,"简说,"你只是在精神科而已。"

"我没办法去洗手间,"他说,"我没办法看到镜子里的我自己,就是没办法做到!"他开始变得歇斯底里。

"你需要我帮你吗?我可以帮你清洁。"简说着,打开了医院留给他的排泻用袋。

"别让她替你做这些,"我说,"你不是婴儿——自己去弄!别再把自己弄得跟僵尸似的。"

他开始哭泣。我惊讶自己竟然用这种语气和他说话。我走出房间,离开之前,我看到简在用自来水洗毛巾。

晚上，克莱尔下班后赶来医院，她在路上的一家中餐馆里买了些中国菜带给我们当晚餐。作为一名华裔，克莱尔对中国菜完全不挑剔，实在令人匪夷所思，在她眼里，好像所有的中国菜都是一样的，只不过名字不同罢了。我们用医院的微波炉给食物重新加热，微波炉上标示着"病人专用——非医疗产品"的字样。我们用泡沫洗手液洗了手，这里每个房间的每面墙上都装有一瓶泡沫洗手液。洗完手，我突然害怕自己会吃进什么致命性病菌，于是双手不敢接触任何表面，不敢放在任何地方。我仔细观察克莱尔买回来的中国菜，发现里面有一个小虫子状的颗粒。我小心谨慎地指给克莱尔看。

"这不是虫子，这是一粒米。"

"这明明是个幼虫。"我嘀咕道。

"你有病吧！"克莱尔用她的叉子挑起那粒米。

"米粒会有眼睛吗？"我不甘心地问。

"这是胡椒粉。"她擦了擦眼睛说。

"这些食物是从哪里买来的？"我问。

"第三大道的那家店，你以前说过很喜欢他们家的食物。"她回答道。

"就是卫生部勒令关闭的那家？"我带着一丝警觉。

"麻烦你了，这么大老远跑来。"简打断我们的对话，对克莱尔说。

"我要回中国待几天。"克莱尔说。

"没人能在中国待哪怕'两天'！"乔治咆哮。

但克莱尔能。

乔治不肯吃，他只允许自己直接用手沾着点塑料袋里的芥末酱吃——十足自讨苦吃。没人阻止他,就连我想跟他说"给我留点儿",也没有说出口。

"你什么时候动身?"简问。

"明天就走。"

我将另一袋芥末酱递给乔治。

之后,克莱尔私下里问我,乔治和简是否持有枪支。"如果没有的话,他们应该弄一把。"她说。

"你说什么?要他们弄把枪?那种被打一下就会死翘翘的枪?"

"我只是觉得,以防万一。如果有一天,简晚上回到家里,发现被乔治伤害了的那家人正在等她,我是不会惊讶的。毕竟他毁了人家的生活,他们想要回点什么,很正常。你待在她身边,别让她一个人,她是个很脆弱的女人,"克莱尔说,"你想啊,如果出事的是你,如果你成了个疯子,你难道不希望有个人能待在我身边、照看我、照看房子吗?"

"我们住的是公寓,有门卫。如果我疯了,放心,你会很安全。"

"那倒是。如果你出了什么事儿,我会好得很,但简可不是我,她需要有人照顾她。还有,你该去看看那个幸存的小男孩。可能律师会告诉你别这么做,但你还是应该去看看——乔治和简需要知道他们把小男孩的事儿处理得怎么样。我这次回国是有原因的,"克莱尔说,"我总是在想。"她一边说一边轻拍着脑袋一侧,想着,想着,想着。

于是我第二天就去看望那个幸存的小男孩了,更多的是出于自己家人犯了错的愧疚感，一小部分是想要估算看看让那个小男孩完全恢复可能需要的费用。我路过礼品店，想着给小男孩带份礼物，但这家店的选择极其有限，只有一些色彩艳丽的康乃馨、宗教用的项链和糖果之类的东西。我挑了一盒巧克力和一些淡蓝色康乃馨。小男孩和乔治住在同一家医院里，从乔治所在的那层再往上两层就是小男孩所在的儿科。他正坐在床上吃着冰淇淋，眼睛一动不动地注视着电视机里正在播放的《海绵宝宝》。小男孩大约九岁左右，身材矮胖，一字眉在他额头上拱成了个字母"M"。他的右眼受伤了，脑袋一侧有一大块头发被削掉，露出一层头皮，上面还有一道肉紫色的缝线暴露在外。我将礼物递给坐在男孩身旁的女人，她告诉我他恢复得和预期的一样好，始终有人来陪他，要么是某个亲戚，要么是护士。

"关于那次事故，他还记得多少？"我问。

"全都记得，"女人说，"你是保险公司的人吗？"

我点点头——点头是否也算说谎？

"你还有什么需要吗？"我问小男孩。

他没有回答我。

"我过几天再来看他，"我迫不及待地想离开那里，"如果你想到什么需要，尽管让我知道。"

有趣的是，有些事能够以极快的速度形成一种例行公事般的流程。我和简在一起就好像是在玩过家家的游戏。那天晚上，我把垃圾丢出去，锁好门；简做了些小食，问我要不要上楼来一起吃。我们在楼上一起看小电视，阅读。我随手拿起乔治之前读的东西读，他的报纸和杂志：《媒体时代》《综艺》《经济学人》。他的床头柜上还摆着一本关于托马斯·杰斐逊①的大部头历史书,我拿起来就看。

乔治发生事故之后,我和简也出事了。我们的事并不发生在乔治发生事故的当晚,也不是之后我们全体聚齐的那个晚上。我们的事发生在克莱尔告诉我不要让简一个人待着的那天晚上,也就是克莱尔出差去中国的晚上。克莱尔出差去了,乔治被送去了郊区的医院,然后我们就发生了关系。这本是一件永远都不应该发生的事。

那天晚上我陪简去医院看乔治。不知道是什么原因,总之那天糟透了,乔治被锁在一间四面都加了软垫的病房里,手被绑在身体上。简和我轮流透过小窗探视他。他看上去可怜巴巴的。简要求进去看他,尽管护士提醒她这样做有危险,但简还是坚持。简走近他,呼唤他的名字。乔治抬头看着她,她为他拂去脸上遮挡的头发,抚平他皱着的眉头。他突然朝她攻击,用整个身体去撞她,一遍又一遍咬她,咬她的脸、她的脖子、她的手,抓破了她身上好几处皮肤,直到急救人员冲进来,才好不容易将他拉开。他们将简带到楼下,在急诊室里帮她清理伤口、包扎,还打了某种类似狂犬疫苗的针。

我们回到家。简用微波炉加热核仁巧克力蛋糕,我往上面涂了层零脂肪冰淇淋,她又抹了些零脂肪生奶油在上面,我继续往上面添加巧克力作为装饰。我们一起沉默地吃着这份甜点。之后,我把垃圾拿出去,换掉了我那身穿了好几天的衣服,穿上乔治

---

① 托马斯·杰斐逊(1743–1826),美国第三任总统,《美国独立宣言》主要起草人,美国开国元勋中最具影响力者之一。

的睡衣。

我拥抱了她，只是想起到点安慰的作用。我穿着乔治的睡衣，她却穿着外出时的裙子。我没想过我们之间要发生些什么。我也不知道该说些什么。"我感到很抱歉。"我说。随后，她靠近我，将她的双手放在短裙的两侧，慢慢脱下裙子。她一把将我拉向她。

曾经有那么一二刻，我几乎想要跟克莱尔坦白关于感恩节那天的事情——事实上，我确实想要告诉她，就在某天晚上，我们做爱之后，我感觉自己和她很亲密的时候。我开始对她说感恩节那天我和简之间发生的那一瞬。克莱尔坐起来，拉起床单裹在身体上，我欲言又止了。我改动了一些实情，省略了那个吻，只提到简对我脸红了。

"你当时挡了她的道，她只是要从你身边经过，不是对你有意思。"克莱尔说。

我并没有提到，当时我感觉自己的那活儿已经抵在了我弟妹的私处，她的双腿紧紧夹在一起。

"只有你觉得她是在跟你调情。"克莱尔满脸厌恶地说。

"是，只有我，"我重复道，"只有我。"

简把我拉向她，她的私处很紧。我的手顺势滑落到她的内裤上，这是一片新的丛林。她呻吟。她的触感，那私密的柔软，简直无与伦比。我在想，这并不是真的发生了——对吗？

我感觉到她的舌头在我的敏感处游走，像是在寻觅什么，一些类似奶油的东西，开始的时候是冷的，然后慢慢变得温热。她看着我的眼睛，轻抚我。我完全不可能抗拒。她把我的睡衣从下面脱去，很快骑到我上面。我瞬间高潮。

浸淫在她的气味中的我，由于过度慌乱，完事后，无法洗澡，也不能躺在他们的床上入睡。我一直等简睡着,然后下楼去了厨房,用洗碗皂清洗我自己。凌晨三点,我站在我弟弟家厨房的水池边,用肥皂清洗我的私处,然后用一条上面写着"甜蜜家庭"的毛巾擦干那里。那天早晨,简看到我躺在沙发上,于是我们又来了一发。那天下午看完乔治后,我们也做了。第二天,乔治注意到简手上的绷带,问:"你的手怎么了?"乔治又被送回了他原来的病房,对于前夜发生的事情毫无记忆。

简开始哭泣。

"你看上去真糟,"他说,"去休息休息吧!"

"这段时间很艰难。"我说。

那天晚上,我和简开了瓶酒,又做了一次。这一次我们做得更慢,更认真细致,也更清醒。

或许是医院让他出院的,又或许是他自己决定要离开医院的。总之,谁也不知道他是怎么离开医院的,他在不被人注意的一个夜里独自走了出来,用他从钱包最深处翻出来的零钱打了辆出租车回到家。或许因为他找不着钥匙,所以他按了门铃,然后狗叫了起来。

又或许我当时听到了狗叫。

或者,或许他根本没有按门铃,或许狗也没有叫过。或许乔治是用放在门边的一座假山里的备用钥匙开了门,然后,像个入侵者一样,悄无声息地进了他自己的房子。

或许他爬上楼是想要钻进自己的被窝里,但是发现他的位子已经被人占了。我不知道他在那里站了多久,等了多久,才拿起简旁边的台灯,砸向了她。

而我是在那时候才醒来的。

我听到她在尖叫,看到她试图从床上坐起来。然而一下并不致命,灯都没有被砸坏。乔治看了我一眼,随后捡起那盏灯,迅猛地扫向她,扫中陶瓷花瓶的底部,花瓶对着她的头部爆开。这时我已经爬离了床。他扔掉手上剩下的半截台灯,血顺着他的手指头往下流。他捡起电话,朝我扔过来。

"报警吧。"他说。

我穿着他的睡衣,面对着他站着。我们就像两个同样的人在演出一幕哑剧。我们有同样的姿势,同样的脸,家族遗传的同样的下巴和爸爸一样的眉毛,还有同样不相匹配的自我。我盯着他,绞尽脑汁地想厘清这一切究竟是怎么发生的。一阵扰人的汩汩血流声促使我必须立即拨打电话。

一不小心,我把电话摔落在地,只好弯腰去捡,就在这时,我弟弟用脚尖对住了我的下颚,狠狠踢了我一脚。我的头都快被踢断了。他走出房间,我跌倒在地。我看到他的医院病服还穿在外套里面,长长地拖着,像是露出的尾巴。我听到乔治下楼时沉重的脚步声。简发出一种让人担忧的呻吟。我伸手去够地板上掉落的电话,迅速拨了个"0",好像这里是酒店,好像只要拨打"0"就会有人回应一样。电话那头是长长的录音,貌似某种电子语音,在诉说着"0"这个按钮能为你做些什么。与此同时我也反应过来,这样下去是不会有人过来的。我挂了电话,颤抖地尝试了几次,终于拨通了"911"。

"有个女人被殴打了,快来!"说完,我把地址告诉了对方。

我努力站起来,走到浴室,拿了条毛巾,但这有什么用呢?我甚至都不知道该擦哪里。她的头已经被捣烂了，血、头发、骨头和台灯碎片混在一起，乱七八糟的一团，而我只能拿着毛巾，在那里等。

感觉等了好久好久，第一辆救护车才出现，房子在晃动，好像要被连根拔起。我跑到窗户边去看。那些人从草地上穿过来，全副武装：戴着帽子，穿着防护衣。是怕被黎明前的浇灌系统洒下的喷雾淋湿吗？

我不知道是乔治替他们开的门还是他们就这样径自走进来的。

"楼上！"我大叫。

他们很快聚到简身旁，有个人走近又走开，好像在对无线电波叙述着什么："这里有一个中年女人，头部受伤，开裂，有一些爆炸残留物。带一块长板、氧气袋和医药箱来。请安排急救人员和警员支持。这个女人是谁？"叙述者忽然问我。

"简，我弟弟的妻子。"

"你有她的驾驶证或者其他身份证明吗？"

"她的钱包在楼下。"

"相关医疗信息，基本情况，以及她对什么过敏吗？"

"简有什么过敏问题吗？"我对着楼下大喊。

"她被一盏台灯击中头部了。"我弟弟说。

"还有呢？"

"她总是吃一大堆该死的维他命。"乔治说。

"她有身孕吗？"叙述者继续问。

只有这个问题，让我无力回答。

"应该没有。"乔治说。但我情不自禁地想:真是万幸。

"稳住她的脖子。"一个消防员说。

"这不是她脖子,这是她的头。"我说。

"往后退。"叙述者又说。

急救人员赶到,他们将一个橘色长板塞到简身下,用一个看似牛皮胶带的东西将她捆在板上,用纱布包裹住她的头。简看上去就像个老妈妈,又像个从战场上下来的伤病员。

简从咽喉里发出呻吟声,大约有五个人把她抬起来,抬出去,地毯上留下一堆医疗残骸和深深的鞋印子。转弯的时候,他们撞上了楼梯扶栏,发出撞击声。"不好意思。"随后,他们以比我预想得更快的速度将她抬出了厨房门,抬进了救护车。

乔治正在厨房里喝咖啡。他的手上还有血迹,脸上有些斑点状的东西,可能是那盏灯的碎片,陶瓷碎片。他对走进家里的第一个警察说:"不要把车停在草坪上。请告诉你的同事们!"

"谁是西尔弗先生?"警察问。我猜这是个侦探,因为他没穿制服。

我们都举起手来,几乎同时回答:"我是。"

"请出示身份证。"

乔治摸索着自己身上,拍抖着医院服,好像在仔细寻找。

"我们是亲兄弟,"我告诉警察,"我是哥哥。"

"那么……你们是谁?对谁做了什么?"说着,警察掏出了记录本。

乔治抿了口咖啡。

我什么都没说。

"这不是什么复杂的问题,反正我们会搜集那灯的碎片,查看指纹。清扫工!"警察大声说,"叫证据搜查组过来。"他咳了咳嗓子,继续说:"这屋子里会不会还有其他人呢?其他我们应该去搜寻的人?如果不是你们俩中的一人拿台灯砸了她的头,或许这屋子里还有其他人,搞不好还有其他受害者。"他说着,停了下来,等待有人说点什么。

房子里唯一回应他的是厨房挂钟发出的滴答声。要不是那只布谷鸟突然跳出来,布谷、布谷、布谷地叫了六声,我几乎忘了时间。"搜查房子!"探员对那些警员大声说,"搜查看看,确保屋子里没有其他人。找到的任何证据都装进袋子里,包括那盏台灯。"

说完,他又将注意力转移到我们身上。"现在是星期一早晨。我刚从床上爬起来就赶来这里。我妻子每星期一早晨都会将这个东西给我,一句话都不说,她希望我的一周能有个愉快的开始。所以,我真的对你们一点儿都亲切不起来。"

"你他妈的究竟在想些什么他妈的破事儿啊?操!"乔治嘟囔。

两个身材硕大的警察迅速进来,堵住了厨房门。突然,这里被堵得水泄不通。

"把他铐起来。"探员说。

"我没跟你说话,"乔治辩解道,"我是在跟我哥哥说话。"乔治望向我。"那是我的睡衣,"他说,"现在,你已经做到了!"

"这次我可帮不了你了。"我对乔治说。

"我刚才认罪了吗?"他疑惑地问。

"难说。"一个警察说着,用手铐将他铐了起来。

"你们要带他去哪儿?"我问。

"你想带他去什么特殊的地方吗?"

"他之前待在医院里,肯定是昨天晚上自己溜出来的,看见他身上穿的病号服了吗?"

"那么,他是私自潜逃出院的?"

我点点头。

"他是怎么回到家的?"

"我不知道。"

"我他妈是走回来的,在该死的黑夜里走路回来的,混蛋!"

救护车带走了简,警察带走了乔治,我被留在屋子里,一名警察和我一起等待证据搜查组到来。我想上楼去,警察阻止了我。"那是犯罪现场。"他示意。

"我想换衣服。"我说着,拍了拍我大腿上单薄的睡衣——乔治的睡衣。

他陪同我一起上到楼上的卧室,这里看上去像是刚被龙卷风扫过一般,地板上到处是台灯的碎片、血迹,床上也乱糟糟的。我换掉了我弟弟的睡衣,不用说,又借了件乔治的衣服穿上,那衣服还包在烘干机的塑料袋里,挂在衣橱外面。

"脏衣服就留在屋子里,"警察说,"说不定它们会有用。"

"没错。"我附和说着,走回楼下。

警察跟着我下楼的时候,我很奇怪地觉得自己像一名嫌疑人。眼下,我觉得我最好给乔治的律师打个电话,告诉他刚刚发生的转折性事件,但我一时又想不起那个律师的名字。我还在想,那警察是不是一直在留意观察我?我走得这么快,随意地拿这拿那,不要紧吗?还有,我怎么才能摆脱警察的视线去打一通私人电话呢?

"我想,我要去把洗衣机里的衣服放到烘干机里。"

"等一下,"警察说,"那些你可以以后再做。湿衣服就让它湿着。"

"行行,你说了算。"我在厨房的桌子边坐下,随意地拿起电话,查看上面的来电显示,想着律师的名字应该会在上面找到,然后我就可以打电话了。果然没错——鲁特科夫斯基。

"我能打电话吗?"

"随便。"

"我可以出去打吗?"

他点头。

"你现在方便接电话吗?"乔治的律师一接电话,我就说。

"谁?"

"西尔弗,哈里·西尔弗,乔治·西尔弗的哥哥。"

"我正要出庭。"律师说。

我光着脚,站在院子里湿湿的草地上。"出了点事儿,"我停顿了一下,接着说,"乔治昨晚从医院里跑出来了,简受了伤,一盏台灯砸了她的头。警察现在在这里,等证据组过来,还有……"

"你怎么会在那儿?"

"乔治住院期间,我受托留下来照看简。"

"简在哪儿?"

"她被送去医院了。"

"乔治呢?"

"也被带走了。"

"现场犯罪迹象很明显吗？"

"是的。"

"警察来了之后，你要跟着他们，即便他们要你离开，你也要紧跟着他们。他们去哪儿你就跟到哪儿。不要让他们随意挪东西，任何东西都不行。如果他们让你碰什么或者移动什么，你绝对不要动。他们可能会拍照，用小镊子捡起什么东西放进袋子里。"

"邻居都趴在窗户上看着呢。"

"我大概四点半的时候去你那里。我到达之前，绝对不要破坏现场。"

"我会在前门旁边的假山下面留钥匙，以防我还没回来。"

"你要去哪儿？"

"医院啊。"

"给我你的手机号，万一我需要可以联系你。"

我给了他我的手机号码，他挂了电话。我的脑海里似乎听得到简的声音，她说："套子呢？"

是啊，那些套子在哪儿呢？没了，用完了，丢进了厨房的垃圾箱里，上面沾满了精液。

我回到屋子里对警察说："介意我泡一壶新鲜的咖啡吗？"

"我不反对，"警察说，"那只狗总是在这儿吗？"警察指着泰茜说。我看到泰茜正在舔我脚边的水，它的食碗是空的。"这是泰茜。"

我给它换了新鲜的水和狗粮。

证据组很快整装待发地站在前院的草坪上，铺开白色的特卫强连体衣，然后费劲儿地爬进去，像是钻进什么危险的装置中，最后穿上靴子，带上医用手套。"不不，真的没必要，这里很好，"我急忙说，"我们并没有传染病之类的，地毯也早就被毁得差不多了。"但没有人回应我。"有人需要咖啡吗？"我端着自己的咖啡杯问。通常我是不喝咖啡的，但这已经是我今天早晨的第四杯了。我想这也情有可原。按照律师的指示，我跟着他们从一间房间钻到另一间房间。"你们还用摄像机拍摄啊？"我好奇地问。

"没错。"摄影师回答。

"真有意思。你们怎么知道该拍些什么呢？"

"先生，请你往后退。"

走之前，有个警察拿出了他的记录本对我说："我还有几个问题要问。有些漏洞，一些疑点，需要搞明白。"

"比如？"

"你弟弟回家时，你是不是在和她做爱？"

"我当时正在睡觉。"

"你和你弟弟的妻子有没有发生关系？"

"我在这里是因为我弟弟住院，我要照顾他的家。"

"你妻子呢？"

"她在中国。是我妻子建议我留下来陪她、照顾她的。"

"你怎么形容你和你弟弟的关系？"

"我们很亲密。我记得他们买这房子的时候，我帮他们搬东西，挑家具，就连厨房的瓷砖都是我帮忙挑的。我弟弟出事之后，我希望能给简一些安慰。"

警察合上记事本。"好了，我们知道到哪儿能找到你。"

警察离开后，我在大厅的桌子上发现了简的钱包，我查看了一下,将她的手机、房门钥匙放进自己兜里,但不知道为什么,我把简的口红也塞进了兜里。在那之前,我打开口红,将那甜紫红色的味道轻轻划过我的嘴唇。

我在车里给此时还在中国的克莱尔打了个电话。"出事了,简受伤了。"

"需要我明天就回来吗?"

这个时候,中国的"明天"就是指今天,我们这里的今天,就是她那里的明天。"不要,"我说,"事情很复杂。"

为什么克莱尔那么愿意让我离开?为什么她把我送进了简的怀里?她是在考验我吗?还是,她真的那么信任我吗?

"我现在正要赶去医院,等了解更多情况之后,会再给你打电话。"我想了一下,又补充问,"你的工作怎么样了?"

"不错。我刚才一直觉得浑身不对劲儿,好像吃了什么奇怪的食物。"

"也许是虫子?"

"晚点儿再给我电话。"

我到了医院,得知简正在手术,乔治还在急救室里,他被绑在急救室后面的一张轮床上。

我拉开遮挡在他面前的遮帘布,"你他妈的蠢货。"他一见我的脸就脱口而出。

"你的脸怎么了?"我指着他眼睛上面一排像是刚缝上的缝针线说。

"就当做'欢迎回归医院'的礼物吧!"

"我喂了狗,一直等到警察都离开。我还给你的律师打了电话,他说他很快就会赶来。"

"他们不让我回去,就因为我'逃跑'过。我不需要谁来告诉我这里的什么外出规定,搞得我非要得到许可才能出去似的。"

这时,医院的勤杂工带着金属拖把和水桶经过我们。

"他是传染病患者吗?"

"不是,只是暴力受伤,不要紧的。"我说。

一名年轻的男医生推着车进来,手里还拿着亮得出奇的放大镜。"我叫秦舟,来给你处理脸上的伤。"医生说着,朝乔治靠过去,拔他脸上的陶瓷碎片。"你没有奶子。"乔治对医生说。

"那有什么问题?"秦舟回答他。

我趁这机会跑去护士服务站,问一个护士:"我弟弟额头上有一条缝针线,是怎么回事?我记得他来医院之前还没有。"

"我记下来,说你想和医生谈谈。"

我回到乔治身边,他的脸就像一块血红点绘成的斑点画布。我一到,乔治就急切地对我说:"舟真他妈搞笑,在我脸上打洞,还想要我认罪,说什么'哦,你怎么会来这里啊?你昨天晚上在家里过得很糟糕吧?'妈的,不打麻药就在我脸上钻来钻去。我说了一百遍了:'住手!住手!住手!'他说:'哦,你就是个大宝宝,哭吧!哭吧!你是个大男孩,能不能像个男人啊!'我告诉你,那绝对不是个医生,是个伪装的间谍吧?肯定是想窥探我的隐私,诱使我认罪。"

"是吗?我怎么觉得他只是想跟你聊聊呢?我觉得他应该不知道你为什么会在这里。"

"他绝对知道!他说他会去《纽约邮报》上看我的新闻。"说到这里,乔治哭了起来。

"别这样。"

乔治就这样发泄了一会儿,随后,他抽了抽鼻子,啜嚅着说:"你准备告诉妈妈吗?"

"你妻子现在正在做头部手术,而你担心的却是我会不会告诉妈妈?"

"你到底会不会?"

"你觉得呢?"

他没有回答。

"你上一次去看妈妈是什么时候?"我问。

"几星期以前。"

"几星期?"

"或许是一个月。"

"几个月?"

"我哪知道?你到底会不会告诉她?"

"我干吗要告诉她?她一半以上的时间甚至不知道自己是谁。这样吧,如果她跟我问起你,我就说你被调到国外去了。我会给她送福南梅森①,好让她觉得她儿子还是个大实业家。"

他在轮床上扭动着身躯,对我说:"你能替我挠挠屁股吗?我够不着。你是我兄弟,"说着如释重负似地叹了口气,补充道,"当你没那么混蛋的时候,是我的兄弟。"

这时,医院的勤务工为乔治端来了午餐托盘。因为他的手脚都被绑着,于是他充分地扭动着身体,用自己的膝盖去够盘子,以

---

① 福南梅森,是英国伦敦著名食品商店和百货公司,销售高级食品和其他奢侈品。

至于把食物弄翻到了地上。

"每个病人只有一份,"送午餐的女士说,"明天你再试试!"

"给他进行静脉注射,以免他脱水。"我清楚地听到护士说。

"附近没人。"我想安慰乔治。但我还没来得及张口,就有医务人员掀起了帘子,手里拿着针,四个男人在她后面支援。"说到午餐,我打算去餐厅转转。"我立马改口。

"你今天或许还不会死,"他恶狠狠地对我说,"但我总有一天会把你像一团线一样拧成一个圈儿。"

"要我给你带点儿什么吗?"我打断他。

"巧克力薄饼。"他说。

我在餐厅的取餐线上转悠,冒着热气的圆形餐盘上有综合蔬菜、烤贝类、肉糜糕、三明治、披萨、饺子、麦片……我围着转了一圈,手上端着的餐盘依然是空的。我又转了一圈,取了些番茄汤、金鱼饼干和牛奶。

我扯开包装袋,袋子里的橘黄色饼干碎片四处飞散,掉在桌上和我周围的地上。我尽力捡起能吃的,发现这些饼干跟我记忆中的不太一样。我不确定这是常规的金鱼饼干,或者是袋子上的一百卡路里出了问题——它们变小了,而且感觉平平的,上面甚至还有表情。它们漂浮在一边,张着一只眼睛,露出瘆人的似笑非笑,抬头看着我。

我一边吃一边想着之前那中国菜里的"虫子",想着我住的公寓旁边那家熟食店的男人常说的"番茄片"。我一边吃,一边在脑海中浮现我妈妈炉子上的那锅汤,那些汤冷却的时候,上面会形成一层薄膜。她总是会健忘地拿那些气味过浓的凝块给我吃,而我每次吃的时候都把它们想象成血。

我一边喝着汤,一边假装它就是血。简正在楼上进行"颅骨切开术和疏散"(这些是他们的用词),而我正在这里给自己输血。我想象着那无缝手术像吸尘器一样吸掉她脑袋里的陶瓷碎片和骨头。我想象等她出来了之后,头上戴着马口铁,就像戴了个盔甲似的,而且她还要二十四小时全天都带着那个棒球头盔。

她知道发生了什么事吗?等她醒来之后会怎么想?这不是真的,这是一场可怕的梦——而到那时候,当这一切都结束的时候,她是否偶尔会产生波涛汹涌般的头痛?她会不会觉得自己的发型乱糟糟的?

简在进行手术,而我的精子在她身体里,它们正激烈地游着(尽管我们有时候会做保护措施,但也有几次是没戴套的)。有人会发现它们在里面游泳吗?我是否需要给自己找个律师?

番茄汤温暖了我,也使我想起从昨天晚上到现在我什么都没有吃。一名眼睛深黑的男子从我身边经过,手里托着餐盘,而我忽然想起我们的爸爸曾经如何将我的弟弟打倒在地,并没有什么理由,只是狠狠地揍他,嘴里还念叨着:"搞清楚谁才是老大!"

我在想乔治,他脚上的石膏灰胶夹板纸形成的凹痕"滑动"着,然后莫名其妙地,他手中的咖啡杯就被砸向了对面的墙壁。我想起简曾跟我说过关于乔治的一个故事,那时他们正要出去吃周日的早午餐,而乔治在倒车开出车道的时候撞到了一个垃圾罐,然后他突然生气起来,气得开着车来来回回地压那个垃圾罐;他把齿轮从前往后旋转出来,倒过来再转回去;他抱着孩子在空中转来转去,直到转得艾希莉吐了为止。难道那些对无生命物体爆发狂躁愤怒行为的人暗示过有一天他们会杀了自己的妻子?这难道不令人震惊吗?

我在医院的卫生间里洗手,瞥了一眼镜子,镜子里的男人与其说是我,不如说是我爸爸。这张脸是什么时候长成这样的?没有肥皂,我就用洗手液抹了脸,结果整张脸都有一种烧起来的感觉。我几乎要把自己整个人陷进水池里,去冲掉脸上的洗手液。

我的脸在滴水,衬衫都湿了,而厕所里的纸巾盒是空的。等待自己被晾干的时候,我用车钥匙在厕所的煤渣砖墙上刻下了简的名字。

一名医院工作人员差点儿逮我个现行,但我用一句"为什么没有纸巾"堵住了他的嘴。

"我们不再用纸巾了,为了环保。"

"但我的脸湿了。"

"试试用厕纸吧!"

我照做了,然后那些厕纸屑钻进了我乱糟糟的胡碴里,我看上去就像刚从一场厕纸雪暴里走出来般糟。

星期一下午,简终于被从手术室里推出来了,他们把她推到楼下的大厅,还给她戴了个巨大的机械呼吸器,把她的头包得像木乃伊一样。她的眼睛青一块紫一块的,脸看上去就像个肉球。裹着她身体的毯子下面露出了一根软管,床头还挂着个尿袋。

昨天晚上我还吻遍她全身,她曾说没有人这样对她过,然后我又深深地吻了她。我曾和她的身体亲热,用我的舌头——没人会知道这些。

我一直告诉自己,我只是做了我被要求去做的事情。克莱尔要我留下来。简要我,是她把我拉向她的。我为什么那么软弱?我为什么一直在把责难推到别人身上?我问我自己,你有没有想过阻止你自己?但那时那刻你不能也无法阻止,是吗?现在我终于理解那句"事情就这么发生了"的意思。这是一场意外。

医生告诉我,即使她能活下来,以后也不能恢复正常了。"即使在很短的时间里她能醒过来,之后的状况还是不行。她正在萎缩,身体在蜷曲。我们给她清理了伤口和头上的洞,以消除她的水肿。情况非常不理想。她的家人知道情况吗?孩子们呢?"

"不知道,"我说,"孩子们都在寄宿学校。"

"让他们了解情况吧!"医生说完就离开了。

我是直接给孩子打电话还是先打电话给他们的学校?我是不是应该先单独给他们的班主任打电话解释一下?他们的妈妈正处于昏迷状态,爸爸则带着镣铐,所以,或许可以打扰一下他们正在上的课、建议他们赶紧去收拾行李?还是我应该直接告诉他们情况真的非常糟糕?我能不能在这一天过去一半的时候打断他们的生活、告诉他们曾经熟悉的生活已经结束了?

我先拨电话给艾希莉。"嗨,艾希莉。"我说。

"泰茜出事儿了吗?"我还没来得急说什么,她就迫不及待地问。

"是你的爸妈。"我结结巴巴地说。

"离婚?"没等我开口解释更多,她就开始嚎啕大哭,这时候,另一名女生平静地接过电话。

"艾希莉现在不方便接电话。"

然后,我打给男孩说:"你爸爸疯了,或许你应该回家一趟。

或许你并不想回家，或许你永远都不想再回家。我记得当时你父母刚买这房子的时候，你们把东西塞得满满当当的。"

"我不知道你在说什么。"

"你妈妈出事了。"我一边心不在焉地说，一边想，我要不要直接告诉他实情呢？

"是爸爸干的吗？"他问。

这样直接的提问确实令我措手不及。"没错，"我只好说，"你爸爸用一盏灯打了你妈妈。我本想告诉你妹妹，但是我还没来得及说，她就哭得不行了。"

"我会给她打电话的。"他说。我很感激，终于不用再经历一次这样的对话。

我站在空旷的大厅里，老旧的荧光灯下。一名穿白大褂的男子朝我这边走来，面带微笑。我想象他是个邪恶的巫师，迅速脱下身上的白大褂，露出一身法官的长袍。我忽然想到，会不会乔治早就知道我和他妻子在鬼混，所以才独自从医院里跑出来，悄悄溜回到家？

"我不要再想了！现在，整件事已经让我感觉够糟了！"我在大厅里大声自语，尽管没有一个人听见。

我又走去病人家属休息室，再次拨通了电话。"乔治用一盏台灯打了简。"我对电话那头简的妈妈说。

"哦，这太糟糕了，"她还没有意识到我正在对她说的这件事的严重性，"什么时候发生的？"

"昨天晚上。你丈夫在家吗？"

"当然。"她说，声音有点模糊。

电话那头，我听到背景的声音，她丈夫在问："谁啊？"

"你女儿丈夫的哥哥，"她说，"简出事儿了。"

"简怎么了？"他接过电话问。

"乔治用一盏灯打了她的头。"

"她会起诉他吗？"

"她很有可能会死。"

"这可不是什么开玩笑的事儿！"

"我没有开玩笑。"

"妈的！"他说。

我想回家，想回到我的生活。我本来有我自己的生活。我好像还有很多事儿要去做，然后突然间，一切就发生了。发生了什么事？我找不到我的行程日记本，但我肯定还有好多事要做：我约了牙医，约了朋友一起吃晚餐，或者教师聚餐什么的。今天几号？我看了下手表。五分钟后，我应该有一堂课。毕业班的二十五名学生会鱼贯地走进教室，神情紧张地坐在各自的座位上。我知道他们没有做课前准备，没有事先阅读我要讲的内容。这节课的主题是"尼克松：机器中的幽灵"。快要期末考试了，这些学生像白痴一样，等着我告诉他们所有事情的意义，给他们婴儿喂食般的教育。他们麻木地坐在课堂上，偶尔还会给校长写信。有个学生抱怨他被要求在课堂上写作，还有个学生计算了每学期上这样二十二堂课的花费，然后列了个清单，列出用同样的钱他能买到什么东西。

这些学生每周两次、每次九十分钟、用苍白空洞的眼神盯着我，然后他们会在我的办公时间出现在我面前，问我："有啥新闻吗？"俨然一副跟你很熟的样子，随后他们会像在自己的地盘似的随意坐下来,告诉我他们那些对一切都毫无分寸感的想法。走之前,他们还希望我能拍拍他们的头,没有任何理由地对他们说"你是个好孩子"。反正对我来说,这不花我一分钱。这些孩子身上有一种特别随性的东西,如果我小时候像他们这样,铁定会被老师骂得狗血喷头,而且会被罚一礼拜的放学留校。

这么多年来我从未缺席一堂课,只有两次因事假调整了上课时间,一次是因为我的牙根管,还有一次是我的胆囊出了问题。

我给大学打电话,给我的系主任打电话,又打给我所属大学校长的秘书,所有的电话都是语音留言,我连个人影都找不到。如果到了上课时间我还没有出现,会怎么样?他们会在那儿坐多久?我给学校的保安室打电话。"我是西尔弗教授。我有点儿急事。"

"你需要叫急救人员吗?"

"我已经在医院了,但我两分钟后有一堂课,能不能有人替我去在教室门上贴个纸条给学生,告诉他们今天的课取消了?"

"你是我们这里的教师?"

"是的。"

"这不归我管。"

我试了试别的策略,说:"这当然是你要管的事情。如果到了上课时间老师不出现,如果没有一个专业人士替我上课,教室里就会出现暴乱。这是一堂政治课,你知道这意味着什么——那些激进的思想会被激发,学生们会觉得他们被赋予了权力。记住我的话吧!"

"纸条要怎么写?"

"西尔弗教授家里有事,不能来上课。他很抱歉,会再找时间补上。"

"好吧!是哪栋楼的哪间教室?"

"你能替我查一下吗?我从来不注意那些数字和名字。"

"等下,"他说,"西尔弗,今天没有你的课。你是在艺术与科学学院上课,你的学生现在正在放假,在海滩上开派对呢……"

"哦,"我说,"我忘了,完全忘了。谢谢你。"

我有自己的生活,但又什么事情都没有。

我回到简的家,去那里见他们的律师。律师和他的助手各开了一辆车抵达。他们带来了厚厚一沓文件,让我想起了终结者。

"顶楼,往右。"我说着,跟在后面,送他们上去。

"这里到底发生了什么?"

"什么意思?什么发生了什么?"

"这里乱七八糟。"

"是你让我别碰任何东西的。"我朝楼上叫唤。

"这他妈的也太臭了!"

泰茜也跟着我上楼,走到楼梯半路,一股恶臭迎面扑来。

"操!"律师骂了一句。

泰茜用愧疚的表情看着我。

原来,刚才泰茜独自在家做了某种清洁和净化的工作。它把简留在地板上的血舔掉了,血红色的脚印贯穿整个地板上,然后,它又在床上拉了一泡屎。

泰茜看着我的表情好像在说:"这里太可怕了,出事儿了。"

"好了,小姑娘。"我说着,跑下楼去,拿来一大盒塑料袋。这狗算是帮了我。不管床单上曾留下过什么证据,这下可都被抹掉了。我迅速将床单装了整整两大塑料袋,然后打开窗户透气,又去开了一大罐来苏尔①。

垃圾清理走了。律师和他的人也准备离开。"情况不太乐观。"出去的时候,其中一个人对另一个人说。

"不是吧!福尔摩斯。"

我站在厨房里,正对着换下来的床单发愁:丢进垃圾箱里就可以了吗?如果我把它们拿出去扔掉会不会引起怀疑?如果我试图把它们烧掉会怎样呢?烧的时候释放出来的恶臭的烟雾会不会传出好几里地?

我拨通"迅捷床垫服务"电话。"我最快什么时候能收到一个新床垫?"

"要送去哪儿?"

"梧桐路六十四号。"

"你要什么样的?有什么特殊要求吗?是要舒达的?席梦思的?带绒毛的?还是枕式造型的?"

"你随便推荐,要超大号的,软一点儿,但不能太软。硬一点儿,但不能太硬。反正就要正正好的。"

"两千八百美金,床垫和弹簧一起。"

"是不是有点贵?"

"我可以收你两千六百五十美金,然后,如果你买我们的床垫罩,可以得到十年的保修。床垫罩通常卖一百二十五美金,我可以免费送你。"

---

① 来苏尔,混合物,一般含50%甲酚,为琥珀色至红棕色,常用于医院或家庭消毒,有刺激性及腐蚀性。

"你会把旧床垫拿走吧?"

"是的。"

"上面有污点也没关系?"

"我们回收的旧床垫上都有污点。"

"什么时候能送到?"

"等一下。"

我从口袋里掏出简的信用卡。

"晚上六点到十点之间送到。"

我弄了一桶热水,拿了个硬毛刷、几卷卫生纸、清洁剂、一瓶醋,还拿来了简的乳胶手套。我在感恩节时见简戴过,现在,手套戴在我手上的一瞬间,我忍不住流出泪来。

我跪在地上擦地板。地板上的血已经变成深色,干了之后就成了一片片的。我用水将血片沾湿,那深红色的液体很快软化成了粉色的漩涡,颜色在纸巾上浸染开来,就像是甜菜汁沾上了纸巾。一不小心,我的手指头被什么尖锐的东西划到了,是一块陶瓷碎片撕开了我的皮肤,我的血很快和这些脏物混在一起。稍后,我用万能胶对付了一下伤口。

清理的过程中,我总觉得有什么东西一直在看着我,像是在监视我似的。我感觉有东西从我身边经过,大腿也像是被扫了一下,一阵凉飕飕的感觉。当我回头,那东西突然间纵身越过我的身体,我没把握平衡,随之旋转了一下,一屁股跌坐在湿湿的地板上。我这才看清楚,原来是一只猫,它正坐在梳妆台上盯着我,尾巴晃来晃去。

"混账东西,你想吓死我啊!"我对着猫说。

它眨巴着眼睛继续看着我,绿色的眼睛闪闪发光,就像两颗绿宝石。

我是一个习惯于墨守成规的人,一旦做一件事,就一定要彻底完成才罢休。我不停地擦着地板,直到桶里的血水都消失、破烂东西都被扔掉了为止。然后我才起来休息,看看家里还剩下什么东西能作为我的晚餐。我站在冰箱门前,打开门,拿出昨晚我们吃剩的东西,随便吃了几口。我边吃边想着简,想着我们在一起的晚上的饭后甜点,想着我们做爱时的场景。我盛了一盘吃的,坐在电视前的沙发上。

这时,一阵枪声吵醒了我。我第一个想到的是:或许乔治又从医院里逃出来了,准备来杀我。

嘣!嘣!嘣!

随后传来一连串粗重的敲门声。

泰茜发出吠叫。

床垫送来了。

那些工人蹒跚着把床垫往楼上搬的时候,一个工人说:"还好床垫不是易碎品,我以前是给人送等离子液晶显示器的,那才叫噩梦呢!"

随后,他们默默搬走了原来的旧床垫和弹簧床。

他们出门的时候,院子里忽然划过一道闪光。

"你妈……"又是一连串闪光。

其中一个工人扔下了旧床垫的一端,一头钻进了黑夜中。我听到灌木丛里传来一阵急促的混战声。送床垫的那个工人钻了出来,手里拿着一架昂贵的摄像机。

"把摄像机还给我!"一个陌生人踉踉跄跄地钻出花丛说。

"你是谁?"我问。

"那是我的摄像机。"陌生人说。

"已经不是了。"送床垫的工人说着,将那摄像机猛地朝路上扔去。

我要回家,现在已经快晚上十一点了。我锁上门,带着泰茜一起上车,我使劲儿把它往上推了一把,然后驾车驶向高速。泰茜抖了抖脑袋。

"没有枪声,"我对着泰茜说,"也没有兽医。我们要进城了,泰茜。"

这时,狗那边传来一阵臭气。我将车朝路边停了下来,让泰茜在高速路边缘狂拉了一通肚子。

"开夜车一路上还好吗?"夜晚的守门人问我。我没有回应。"你的信,你的包裹,"他说着,将一堆东西塞进我的臂弯里,"还有你洗好的衣服。"他将这些衣服挂在我弯屈的手指头上。

"谢谢你。"

对于我身边的这条狗,门卫什么也没说。我更不知道我腰上系着的是谁的皮带。

一打开我住的公寓门,就闻到一股熟悉而又陈腐的气味。我已经离开家多久了?感觉一切好像都凝固在了时间里,不止是我走的那几天凝固了,或许也凝固了之前的十年岁月。那些曾经显得极具现代感的、复杂的东西,就像某个历史时期的某套作品,大约像是一九八三年爱德华·阿尔比[①]时期的,电话是那种线路齐

[①] 爱德华·阿尔比(1928–2016),美国著名剧作家,代表作有《动物园的故事》《三个高个子女人》等。

整、只有一个按钮的,现在很少使用了。沙发的两边都坏掉了。地毯上有一道凹凸不平的印迹,是常年从一个房间到另一个房间经过时蹭下的痕迹。在那堆过期杂志里可以找到十八个月前的刊物。

尽管如此,此时此刻能够身处在一个一切都那么熟悉的环境中,还是让我感到欣慰的。我知道自己闭着眼睛都能在这个屋子里找着路。我让自己沉入其中,想在这屋子里打滚,希望所有发生过的一切都不是真的。

家里养的兰花还在开着,我给它浇了水。随后,我就像在观赏一部时光流逝的片段似的,不出一个小时,那些花就开始凋零,就好像突然间释然了一样,花瓣纷纷落入盆里,完成了某种形式的死亡。到了早晨,花盆里只留下一些光秃秃的枝干。

我打开冰箱,里面渗出一股馊牛奶的腐臭味,冰箱里有半个已经干掉了的葡萄柚;一瓶不知道放了多久的花生酱;还有一些棕色的面包,面包的边缘已经出现带毛状的白色东西了;一个大米布丁,中间都酿出了牛眼,装在一个塑料的熟食容器里面。我一阵狂乱地打开家里的每一个柜子,将找到的所有过期品一股脑儿全扔了。我在想,是不是每个人都一样?这里摆点儿玻璃用品、那里摆些碟子和干货、瓶瓶罐罐放在一起?从哪儿学来的这种收纳法?难道要把自己喜欢的东西按组分类?我提着满满的垃圾走到客厅,然后给中餐店打电话订餐。老板大概认出了我的来电号码,知道我是熟人,于是说:"您今晚挺晚啊?好久不见了。要替您点酸辣汤、炸鸡饭和木须肉吗?"

等他们送餐的时候,我乘电梯到地下室,打开储藏室的锁,费劲儿地从里面取出一个巨大的蓝色古旧行李箱。我把箱子拖上楼，放在床上，打开来，然后往里面塞东西。我也不太确定自己究竟在想什么，这样打包行李，似乎是要强化自己，尽可能让自己的一切最少化。我只知道，等克莱尔回来，这个家就不会再欢迎我了。我拉开抽屉、衣橱、药箱……我发现所有的事物都非常和谐而美好地共存在一起：它们或是挂着，或是依偎着，彼此待在一起，没有任何紧张或者苛刻感存在。我对此深感震惊。她的牙线、牙刷、脱毛膏、睫毛膏，我的漱口水、指甲钳、鼻通……它们就这样安祥地在一起，显得那么亲密，就像两个人一样，明确地分成她的东西和我的东西，有些甚至是共用的。

我们结婚比较晚，婚礼也办得很简单。克莱尔曾经结过婚。我们结婚两年后，我带她去见我的父母。她告诉他们的第一件事就是："我们办了个非常小的婚礼，只请了一些朋友。"

"你为什么这么长时间都不带她来见我们？"我妈妈问我，"她很漂亮，也有不错的工作。你觉得我们会不同意？"

我妈妈拉过她的手说："我们总以为你一定是有什么问题，他不愿意带你来见我们一定是有理由的，比如说你有腭裂，或者你其实是个男人之类的？"她说着，扬起眉头，仿佛在说：我猜得没错吧？

带走些什么呢？我往箱子里装的东西根本毫无逻辑可言——一些照片、我童年时留下的一些不值钱的小玩意儿，还有两套西装、几双鞋、一个帆布包，包里装的是我未完成的关于尼克松的手稿。我还拿走了克莱尔睡的那一头床头柜上的黑色闹钟。我并不想要带走太多，不想显得很刻意。我甚至故意留下了一些我最喜欢的东西，因为我不希望被人唾骂为弃家而逃的人。

午夜后过了很久，送餐的门铃终于响起。我给了快递慷慨的小费，然后坐在桌边，直接在盒子里吃东西。我吃得狼吞虎咽，好像我已经好多天没有进食了。这味道棒极了，热热的，辣辣的，口感很好。黏糊糊的蘑菇和豆腐，切得方正的猪肉。我往薄饼上蘸了些苏梅酱，然后将整块饼都浸进了酱油里——钠和谷氨酸盐的完美结合让我重新有了活着的感觉。

泰茜安稳地坐在我脚边。我给它盛了碗白米饭，淀粉有助于消化。它很快将米饭吃完了，随后不久，却开始不停地放屁。

我想到上网查一查，于是我在谷歌上输入"狗喝了人血后的反应"，但我又不想留下任何我访问过的网页的文字记录。

"泰茜，你多大了？你有十二岁了吗？那按照人类的年纪来算，你算是人类中的百岁老人了，连麦当劳叔叔都该为你庆祝了。那只猫是谁？你是在哪儿认识它的？你似乎一点儿也不介意它在那里。"我又继续唠叨着，"我是这么想的：我们今晚就住在这儿，等到明天早晨，我们就回去，白天的时候回去。"

我在跟一只狗说话。

我给远在中国的克莱尔打电话，想着在我最后离开前至少跟她说说话。

"我在开会。"她说。

"我们可以晚点儿再说。"

"简好点儿了吗？"

"她戴了个呼吸机。"

"我很高兴她感觉好多了。"克莱尔说。

我们谈话的节奏一如既往,周围的说话声我完全听不懂。

我躺在床上,将克莱尔的枕头拉过来,抱在胸前。我想她,以一种常规的方式想念她。我平衡收支的时候,克莱尔会跨到我肩膀上,坚持我们俩的银行账户应该合在一起;克莱尔在浴室里,用我们从加油站偷来的橡胶滚轴把浴室的玻璃门弄干;克莱尔站在厨房的水槽边上,倒了杯水喝,然后又将水杯洗干净、弄干、放在架子上。克莱尔总是把一切事情都做得井井有条,四平八稳,没有任何瑕疵,她总是能够掌控一切。当然,我喜欢她的那些原因也成了问题,问题就是,她常常不在。她对我没有要求。而这就意味着,她常常不在我身边,也不会给我什么回应。

泰茜在我周围走动着,看上去一脸迷茫。我从浴室拿来脸盆,在床边给它做了个窝。泰茜是条老狗了,刚带它回来的时候它还是条可爱的小狗。那时候一切都充满了希望和前景,那时候好像不管发生什么,都会好起来。

我们一起睡着了。

梦里面,她向我走来,猛捶我的枕头。"滚出我的屋子!滚出去!"她重复道。一个穿着西装的男人站在她身后。"够了,我们待会儿再来弄走他。"男人说。我冲到门口,男人正在那里换锁。

就在这时,我醒了。她是谁?是克莱尔?还是简?

狗要出去散步。狗要吃早餐。狗想要回到它自己的家。

孩子们就要回来了，我早就安排好司机去接他们回家。在这之前，我和他们的外婆外公之间有一场电话会议。

"孩子们怎么办？孩子们要去哪里住？"简的父母在电话会议中问我。

我不喜欢小孩子。我当时在想我自己的问题，没有回答。

"他们可以跟我住一起，"简的妹妹苏珊说，"我们多出来一间房。"

"那是书房。"苏珊的丈夫立即提醒道。

"里面有张床。"苏珊说。

他们自己有双胞胎。他们给孩子系上皮带，以防他们到处找麻烦。我想到了苏珊的学步恐慌症，那种孩子总是不停地动，常常跑着跑着就惹出麻烦。我想象苏珊和她丈夫带着孩子去度假，在海边，他们给孩子松绑皮带，比赛谁先抓到对方。

"他们还有一条狗。"我说。

"你对狗过敏。"简的妈妈提醒苏珊。

"好吧，他们对我的父母来说负担太重了，"苏珊说，"那是两个精神有问题的青少年。"

对孩子来说负担也太重了。让他们被两个人生中大部分时间都在讨论肠胃蠕动的一致性问题以及是否应该多喝李子汁的外婆外公管制，他们一定会疯掉。

我故意无视她关于精神问题的论点，比起其他人，他们的精神问题根本不算什么。

"孩子们需要待在自己家里。"我说。

"我们有自己的生活，"苏珊说，"我们不能放弃一切。况且，我甚至不喜欢那房子，我真的从来都没喜欢过。"

"这不是房子的问题。"我说。

我们谈话的时候,我爬上楼去了主卧室。我已经铺好了床,将乔治床边成对的另一盏灯挪进了衣橱里。既然一切都可以看起来那么正常,它也可以。我从窗台上取了一盆植物,放在简常睡的床边的床头柜上面。

纳撒尼尔第一个到家。车开进车道上,他从车里爬下来,后面拖着个巨大的行李包。

我一只手握着泰茜的颈圈,另一只手打开厨房的门。狗一看到小男孩就安心了。

"嗨。"我对他打招呼。

他没有回应我。一放下行李,他就开始跟狗说话:"这儿到底怎么了,泰茜?"他对着它的耳朵说,"小姑娘,这是什么?这太疯狂了!"

他又转向我:"我能给它一块饼干吗?"

"当然,"我立即回答,"给它一块曲奇饼。给它两快好了。你饿了吗?要来份三明治吗?"

不等他回答,我就从冰箱里取出所有需要的食材,堆在桌子上——面包、芝士、火鸡肉、芥末酱、蛋黄酱、番茄酱、酸黄瓜——这是我和简上星期一起做三明治时用的材料。我给了他一个盘子、一把剪刀、一把小刀,还有餐巾纸。

"你不来点儿?"他自己做了个三明治之后,吃之前问我。

"我不饿。"

"我们有奶油苏打水吗?"他问。到了这种时候,还特定地坚持点什么东西,这感觉有点奇怪。我在冰箱里翻了翻,果然在最底下一层找到了,有六瓶布朗先生牌苏打水。我取出两瓶。

艾希莉到的时候,只拖了个很小的"我的小马驹"滚轮行李箱,显然是从她童年时就一直用到现在的。

一进家门,她就立即弯腰热情地和狗打招呼。"泰茜,哦,泰茜!"

"要三明治吗?"

"我要一杯牛奶。"她说。

我给她倒了杯牛奶。

她啜了一口,说:"快到时间了。"

我点点头。

"我是说牛奶,有点坏了,好像快过期了。"她说。

"哦,"我说,"我们会去买新鲜的。"

之后是一阵沉默。

"爸爸会回来吗?"艾希莉问我,我还不知道要说什么。

"不会。"我说。

"我们的车呢?"纳特问。

"我想不起来你们的妈妈是否提到过车,但这整件事的开端是你们的爸爸出了场车祸,所以车应该还在店里维修。不过我开了我的车来。你们想去医院吗?"

孩子们点点头。他们回来之后都没有上楼,事实上他们回到家后只是拍了拍狗。

当我们一起出门的时候,我的脑海里瞬间闪过童年的记忆:我叔叔里昂将我推出家门,他的膝盖狠狠地踹在我的背上。我的骨头至今都对那膝盖的滋味印象深刻——恐惧、无所依靠。我到现在想起时还能感觉到那种痛。

我抵着敞开的门,让孩子们一个个出去。"慢点儿。"我说。

我们穿过停车场,往医院走的时候,艾希莉主动牵住了我的手。

"他们状况如何?"纳特问。

"你妈妈正在重症监护室,所以不用担心。她身上连接了很多设备,有一台大机器帮助她呼吸。他们给她胳膊上挂着吊针,注射药和食物。手术之后,她的头被绷带缠起来了。她现在看起来有点儿像只浣熊,两只眼睛都黑黑的。"

"是我爸爸打了她的眼睛吗?"纳撒尼尔问。

"不不,是手术留下的瘀伤。"

上电梯的时候,艾希莉一直紧握着我的胳膊,太过用力了,我疼极了。但她自从经过医院大厅进入重症室,一直这么抓着我。

孩子们进来后,简的妈妈突然放声大哭。

"别这样,你会吓着孩子们的。"她丈夫说。

"太多了,太多了,人太多了。"护士边说边把人群往外赶。

结果,只留下孩子们和简单独待在病房里。

简的父母站在医院廊厅里,怒视着我。"混账!"她爸爸骂了一句。

"我们去弄点咖啡喝。"他又对妻子说。

我趴在窗户上往里看。艾希莉握着她妈妈的手。我想这手是温暖的,即使还那么柔弱。她摩搓着简的脸颊,轻轻按摩,仿佛在用这种方式汲取妈妈的感情。纳撒尼尔站在一旁哭泣,但很快他又强止住泪水。不久之后,当艾希莉的头枕着她妈妈的肚子时,她忽然抬起头微笑,指了指简的肚子说:"它在叫。"好像肚子发出咕咕叫是症状好转的表现似的。

护士进来需要对简做一些护理的时候，我把孩子们带去了餐厅。

"接下来做什么？"纳撒尼尔一边吃着他今天的第二顿午餐，一边问我。

"你们可以和你们的妈妈多待一会儿，想待多久就待多久，让她知道你们爱她，也知道她是多么地爱你们。"

艾希莉去上厕所的时候，纳撒尼尔靠过来对我说：

"你跟我妈妈做了吗？"

我没有回答。

"她很喜欢你。她从前就老喜欢在跟爸爸开玩笑的时候说起你。"

我还是不知道说什么。

"爸爸呢？"艾希莉一回来就问。

"他也在这里。"

"这座医院里？"纳撒尼尔问。

我点点头。"你们想去看看他吗？"

"我们应该去看他吗？"艾希莉问。

"这完全取决于你们。"

"我要当他已经死了，"纳撒尼尔说，"这是唯一能让这些事显得合理的解释。他对妈妈做了那种事之后，就拿枪指向了自己。"

"他没有枪。"我说。

"你知道我的意思。你为什么不阻止他？你为什么不杀了他？"纳撒尼尔说。

我为什么没呢?

我现在已经对这家医院的各个楼层都相当熟悉了。我领着孩子们直奔急诊室。乔治被晾在一个走廊后面,绑在椅子上,神情萎靡,就像是睡了好几天一样,满脸的胡楂。

"我们只要不给他服镇静剂,他就会失控。"护士对我说。

"这是他的孩子们,"我介绍,"艾希莉和纳撒尼尔。"

"他午餐吃得不错,我们正在等着给他的下一步安排。"护士用有些轻快的语气说。

"他的情绪就是这样吗?"艾希莉问。

"反正医生的病历上写着让我们带他去哪儿,我们就去哪儿。"护士说。

乔治张开眼睛。

"孩子们来了。"我说。

"嗨,爸爸。"艾希莉说。纳撒尼尔则沉默不语。

"对不起。"乔治说。

之后是一阵令人尴尬的沉默。我们全都盯着地板,看那条油毡毯的花纹。

"乔治,我一直都想问你来着。有只猫老是挠你家厨房的大门,灰色的,眼睛是绿色的,尾巴上有点儿白色。它已经进来两次了。看上去好像没有人养,所以我买了点猫粮在家里。"

"是沐菲,"乔治说,"我们的猫。"

"你们什么时候开始养了猫?"

"几年了。她的猫砂在客房的浴室里,你用之前最好洗一洗。"

"她喜欢吃罐装食物。"艾希莉轻声说。

"你之前到底是怎么想的?"纳撒尼尔问他爸爸。

"不知道,"乔治说,"今天几号了?"

我们回到简所在的重症室。医生也在那里。"她在努力自我恢复,还不错。"医生说。

"当然,她是个好姑娘。"简的爸爸说。

"但还是没有活动的迹象。你们考虑过器官移植吗?"医生问。

"那对她有用吗?移植器官?"简的爸爸问。

"他是说让妈妈捐献器官。"纳撒尼尔解释说。

"你们就不能等到她不行了再做吗?"简的妈妈问。

"用不了多久了,我们都很清楚。"医生说。

"如果你们想留下来,那就留下来。或者你们想出去走走,晚餐后再来也行。"我对孩子们说。

"我们出去透透气吧!"艾希莉说。

我带孩子们去了附近的商场。"这是你们妈妈常带你们来的地方吗?"我给他们买了双球鞋,还有冰冻酸奶。商场里空荡的,让人很不习惯。现在是工作日,没什么人来这里。

"你为什么对人那么好?"纳撒尼尔问。

我依然不知道说什么。

"烦!一切都很烦!"一回到车上,纳撒尼尔就问,"你能带我们出去兜兜风吗?"

"去哪儿?"

"我想离开这里。"

"你有自行车吗?或许我们可以先回家,然后你再骑车出去兜兜。现在外面肯定很暖和。"

"我不是问你我能不能出去,"他说,"我是让你带我们出去。"顿了一下,他又说:"我带了些药。"

"药?你指什么?"

"没太多,但足够了。"

"足够杀了你自己?"

"不是,是让我冷静下来。我现在太累了。"

"你从哪儿弄来的?"

"从家里的药箱里。"

"你怎么知道什么药能吃?"

纳撒尼尔盯着我,眼神仿佛在说:我不说话不代表我傻。

"好吧,你想去哪儿?"我问。

"游乐场。"

"没开玩笑吧?"

显然不是开玩笑。

在纳特的坚持下,我给游乐场打了电话,发现由于这种偶然而异常的暖冬气候,游乐场并没有季节性关闭。"游乐场主认为,最好还是继续让人们使用。如果有必要,还能下场雪,但到现在还没下。"游乐场的工作人员说。纳特在游乐场里转了一圈又一圈,玩了过山车、索道、飞天火箭、惊魂古塔、重力战机……那重力战机飞速旋转,他整个人都被甩到一边,脸上的表情就好像是刚钻过风洞被鞭打过一样。

"你不觉得这很奇怪吗?"我们一起朝下一站走的时候他对我说。

"我有什么资格说别人?"

"我有诊断书。"他说。

"什么诊断?"

"就是,我或许有问题。"

"你想说什么?"

"你觉得这是真的吗?"他问。

"你觉得呢?"我反问。

他耸耸肩。

"你还想继续兜吗?"我问艾希莉,这个十一岁的小女孩此刻正攥着我的手,看上去像只有六岁大。她摇摇头。"你确定不要了?我待会儿带你回去。"她耸耸肩。

"我想念下雪天,"她悲伤地摇着头说,"在我很小的时候,冬天是下雪的。"

"会下的。"我安慰她。

"什么时候?"她问。

"当你没那么期待的时候,它就会来了。"我说。

我们留纳特一人继续坐云霄飞车,那种将整个人在空中抛来掷去让人不停旋转的游乐活动似乎让他感到放松。艾希莉选了叫"空中秋千"的游乐设施,看上去简单、无害。

游乐场里和刚才的商场里一样空荡荡,没什么人。纳特和艾希莉都有自己在玩的东西。游乐场的设施操作员为我们做着机械性的游览指导,每转一圈都会跟我们交代一番,打开每一个机器进行旋转测试之后才让孩子们上去玩。

"整天待在空荡荡的游乐场里,不觉得难受吗?"我跟其中的一位设施操作员搭讪。

"总比跟我老婆待在家里强吧!"他耸耸肩说,看着我的眼神就好像我是个白痴。

当一位设施操作员为艾希莉打开旋转椅时,艾希莉对他说:"我妈妈正在住院。我们是从学校里被送回家的。我爸爸打了她的头。"

"野!"操作员回答说,他的声音听起来含糊不清,好像在说:"耶!"但更像是一种吠叫。

空中秋千轻轻地离开地面。我坐在艾希莉前面的座椅上,被镀锌的链条悬空,离地二十英尺高。秋千在空中优雅地转了两个大圈,每转一圈都会升高一点儿,然后就正式启动了,旋转得越来越快。秋千椅向外摆动,倾斜,现在我们高高地飞了起来,然后又猛然朝下俯冲。我感觉头晕目眩,一阵恶心,试图在眼前找到一个稳定的、不打转的东西。我盯着前面空荡荡的座椅和头顶湛蓝色的天空。我已经失去了平衡,觉得自己要晕过去,或者被甩出这秋千椅,落到地上去了。

当我们着陆的时候,纳特正在那里等我们。我蹒跚着从秋千椅上下来,膝盖撞到了链条上,一阵生疼。

接下来,我们朝鬼屋前进,纵身跳进各自的车里。列车开始晃晃荡荡地穿过双重门,朝着黑暗中前进。鬼屋里面感觉很温暖,闻起来有股臭袜子的味道。头顶传来死亡的咆哮声和刺耳的尖叫声,伴着木头嘎吱作响的声音,一些鬼从空中掉落下来,在距离我们的脸几英尺的地方突然停住,然后慢慢挪走。机械混音制造的声音中,时不时传来吓人的啜泣声。

"那是什么声音?"我问。

"是艾希莉。"纳特说。

"你在哽咽吗?"我松开自己座位上的皮带,试图转向她,看着她问。

"她在哭,"纳特说,"她就是这么哭的。"

伴随着闪电在我们周围汹涌,我们的车越过一座小山坡,驶入了黑暗的城堡。我转过身,试着从我自己的车子里爬出来,好钻进艾希莉的车。突然间,闪光灯刷地亮了一下,就好像马克思兄弟①电影里的某个慢镜头一样,我的双手和双膝就这么跪在了列车顶端。列车正笔直地朝城堡里一扇关闭的大门飞去,就在它即将撞上门的瞬间,列车又突然来了个急转弯,我被甩了出去,撞到了墙壁上。我急忙伸手,试着抓住任何东西来让自己保持平衡,深怕自己掉在了第三条轨道上面(如果鬼屋里真有第三条轨道的话)。随后,一切都停止了。鬼屋里一片漆黑。"别动。"我们听到头顶传来的声音。艾希莉还在那儿哭,在黑暗中只能听见她的啜泣声。不一会儿工夫,明亮的荧光灯冲进了鬼屋,一刹那,黑暗中掩藏的一切秘密都昭然若揭——令人作呕的人造山洞,捆在一起的廉价骷髅头被挂在金属架上面,到处都是在黑暗中发光的黄色和紫色的画。

"这他妈的怎么回事儿?"设备操作员一边说着,一边朝着轨

---

① 马克思兄弟,美国早期的喜剧演员中,除了卓别林、巴斯特·基顿和劳埃德之外,马克思兄弟也非常受欢迎。他们也是经典的喜剧之王,被称为无政府主义四剑客。尽管他们只合作了十数部电影,但仍被誉为电影史上最成功的喜剧团体之一,堪称无厘头的鼻祖。他们热衷于塑造或癫狂或装傻充愣的人物,表现荒诞不经的内容,并凭此独步二十世纪三十年代的喜剧电影界。

道处走来。

"对不起。"我说。

"对不起个球!"他对我说。

"小女孩在哭。"

"你还好吗,亲爱的?"操作员关切地问艾希莉,"有人受伤了吗?"

我们全都摇头说:"我们很好。"

随后,操作员抓着列车前面的牵引绳,一直把我们拉下了轨道,屈身钻过前门,我们才得以重见天日。

"你们确定没事儿?"

"就目前看来,我们好得很。"我说。我给了这哥们儿二十美金,虽然我也不知道为什么要这么做,只是觉得有这个必要。

"我们回家吧!"我带着孩子往停车场走。

"直到鬼屋之前,一切都还很好。"纳特说。

"没事儿。"我安慰他。

晚餐,我们用冰箱里简做好冷藏的意面酱做了意面吃。

"我最喜欢妈妈做的意面酱了。"艾希莉说。

"很好。"我边说边想着,冰箱里只剩下简做的两瓶冷冻的意面酱了,而它们要如何才够吃一辈子呢?我在想,这意面酱能不能进行某种克隆。又或者,我们让谁来尝尝这意面酱,他能不能依照这口味做出一模一样的?

意面和冷冻西兰花,配上奶油苏打水和莎拉·李的重油蛋糕。一切都那么家常,让人一度以为什么事都没有发生过。

猫在我们身边走来走去,在桌子底下,用她的尾巴扫到了我的脚踝。艾希莉站起来,带我走到放猫粮的柜子那里,打开,里面整整齐齐地码着四十多罐猫粮。

"它最喜欢鲑鱼了。"艾希莉不忘补充一句。

晚餐后,我带孩子们回到医院。这里的一切都显得有点过于寂静,重症室在黑暗中尤其散发着一股惨淡的光芒。重症室的一大块空间被玻璃墙分隔成八个房间,其中的六间都已经有人了。

"怎么样?"我问护士简的情况。

她摇摇头。"没什么好转。"

孩子们来看他们的妈妈。纳撒尼尔带来了他在学校里写的作文。他大声地读给简听,然后问她还有什么需要添加的。他等待妈妈的回答,但只有呼吸机发出机械的呼吸声。读完作文,他又对简说起我们在游乐场的事情,还跟她讲了关于学校里的一个男孩的事情,显然简也和那个男孩很熟。纳撒尼尔告诉简,他计算了一下,等到他开始上大学的时候,家里每年要花七万五千美金的学费;而等到妹妹艾希莉开始上大学的时候,学费估计会涨到八万多美金。他告诉她,他爱她。

艾希莉摩搓着妈妈的脚。"这样感觉不错吧?"她一边往她的脚趾头和脚踝处涂抹润肤霜一边问,"或许明天我可以把指甲锉刀带过来,帮你修修指甲。"

晚一点儿的时候,我穿过房间,打开灯。现在已经将近午夜,艾希莉在她自己的房间里玩她的旧玩具,所有的玩偶都从架子上被挪到了地上,包围着艾希莉。

"该睡觉了。"我说。

"一会儿。"她回答。

纳特在楼下他爸妈的房间里,大字型地躺在床上,衣服也没换。泰茜就躺在他旁边，头枕着枕头，占据了本该属于简的位置。

早晨，一辆厢型车停在屋子外面，一个男人从车里下来，陆续卸下了六个箱子。我在屋子里看着他把箱子一个一个搬到前门口。起初我想到的是箱子里装的一定是炸弹，是被乔治杀了的那家人的亲戚快递过来的。但这看上去又太过有条不紊了，这个男人用这么费劲儿的方式搬运东西，显然是另一种专业级别的。最后从车里搬下的是一棵巨大的植物。现在，他已经把所有的东西都码放在门口，才按下门铃。

泰茜叫了起来。

我小心翼翼地打开门。

"快递，"他说，"你能签收一下吗？"

"当然。这些是什么？"

"你的财物。"

"我的财物？"

"办公室里的，"男人说完，转身就走了。朝厢型车走去的一路上，男人都在大吼着自言自语道："我他妈怎么会知道是什么？我就是个送货的！早晨八点了，这些人闲得开始发问了。什么时候才他妈的是个头啊？"

我把箱子一个个地拽进屋子里来。这些都是乔治办公室里的东西。

"你订了什么东西？"艾希莉问。

"是你爸爸的东西。"我说，于是我们三个一起把东西一点点儿挪到乔治的房间，并关上了大门。

"我能要这棵植物吗?"纳特问。

最后的决定出来了。他们要摘掉简的维生设备,并捐献她的器官。"我整晚都没有睡,"简的妈妈说,"我下定了决心,然后改变了主意;然后我又下定了决心,可我又改变了主意……"

"谁来告诉孩子们?"有人问。

"你,"简的爸爸将手指指向我说,"一切都怪你。"

纳特和艾希莉被带到会议室,他们让我也跟着一起去。我们坐下来,静静等着,终于等到医生走了进来,他手里还拿着扫描片子和图表。

"你们的妈妈病得很重。"他说。

孩子们点头。

"她头部的损伤已经无法修复了。所以,我们准备用你们妈妈的身体去帮助那些可以恢复和治愈的其他人。她的心脏可以帮助某个心脏不好的病人。你们能理解吗?"

"爸爸杀死了妈妈。"艾希莉说。

还有什么可说呢?

"你们打算什么时候拔掉设备?"纳特问。

医生打起精神说:"我们将会带她去手术室,然后移除那些可以进行移植的器官。"

"什么时候?"纳特想知道得更详细。

"明天,"医生说,"今天,我们会打电话通知所有接受你们妈妈器官移植帮助的病人,他们明天会去他们住所附近的医院,那里的医生会帮助他们进行移植准备。"

"我们能去看看妈妈吗?"艾希莉问。

"当然可以，"医生说，"你们今天和明天上午都能随时见你们的妈妈。"

警方不知如何得到了通知，一名警官带着摄像师出现了，他们让我们所有人都离开病房，随后，他们拉下简病床四周的帘子开始拍照。白色闪光灯在帘子后面不停闪烁，警察和摄影师的轮廓被照得一清二楚。我不禁想：他们是在拍特写吗？是不是拉下了简身上的毯子？他们有没有拍她的裸体？闪光灯太过引人注意，房间里其他病人及家属都用奇怪的眼神默默地看着我们。中风、心脏病突发、烧伤、谋杀……这些人是用各自的病况而不是名字来记住每个病人的。

警察结束之后，我们回到简的病床边。我看着她身上的毯子，在想，如果他们拉下了毯子，会看到什么？一个脑死亡的女人看上去是什么样子的？我很害怕自己已经知道的答案——只不过像个死了的女人的样子。

鲁特科夫斯基，乔治家的律师和我在医院的停车场里碰了一面，然后我们一起去找乔治谈。"他从未问起她的情况。"我告诉律师。

"就让我们假设他已经精神失常了。"律师说。

护士替我们拉开帘子。"乔治。"鲁特科夫斯基和我几乎同时叫出他的名字。乔治正在床上蜷缩成一个球。

"你的妻子简，已经被正式宣布脑死亡了，他们很快就会拔掉她的呼吸器，而对你的指控将会上升为谋杀，或者是过失杀人，或者其他我们能够成功协商的罪名，"律师说，"重点是，这事一旦发生,罪名一旦成立,到时候你的选择就变得很有限了。我会去协商,尽可能把你送到我过去曾工作过的某个机构里去。你到了那里,要经历一段时期的治疗。之后,我希望他们能够强调一下你潜在的精神错乱。你明白我在说什么吗?你了解我们将要做的事情的意义吗?"律师说到这里暂停了一下。

"她舔了我哥哥的鸡巴。"乔治说。

接下来的几分钟里,没有人再说任何话。

"她看上去怎么样?"乔治问,而我并不确定这个问题是什么意思。他又说:"哦,不管怎样,我相信他们会给她找到一顶漂亮的帽子戴的。"

护士告诉我们,她需要单独和乔治待一会儿。我们心领神会地离开了。

"你有空吗?"律师问我。

在医院的休息大厅里,律师让我坐下来。他将自己那硕大无比的公事包放在我旁边的小桌子上,然后从里面取出一沓文件来。"鉴于目前简和乔治的身体和精神状况,你现在是两个孩子——艾希莉和纳撒尼尔的法定监护人了。还有,你是乔治的暂时监护人兼医疗委托人。这些监护人的角色赋予了你一定的责任,这些责任既是基于信用,也是基于道德的。你觉得你能接受这些责任吗?"他看着我,等我回答。

"我能。"

"你同时还是已经转移到孩子身上的大部分资产、房地产和其他财产的托管人。你有权请律师对你的股份、资产和事务代为处理。"说着,他递给我一把小小的万能钥匙,这感觉就像是被传教者带入了一个秘密组织一样,"这是他们的保险箱钥匙。我也不知道保险箱里有什么,但我建议你最好熟悉一下保险箱里的东西。"随后,他递给我一张新的银行卡,"用乔治和简的家庭电话激活这张卡。会计穆迪先生也能够进入这个账户,并且,他会指导你如何使用。这是一个相互制约与平衡的系统,也就是说,穆迪会监督你,你也会监督穆迪,而我会监督你们两个人。明白吗?"

"明白。"我重复。

他又交给我一个马尼拉纸信封。"这里面是所有相关文件的复印件,以备有人询问你任何情况。"然后,律师很诡异地取出了一小袋金币巧克力,在我眼前晃了晃。

"是什么?"我问。

"你看上去脸色很苍白,"他说,"我妻子给我买了一百个这种巧克力,于是我不得不沦落到要如此不择手段地散发它们的境地。"

我拿了一小袋巧克力金币,道了声"谢谢",又加了一句:"谢谢你为我做的一切。"

"这是我的职责,"他说着离开了,"我的工作。"

克莱尔呢?

她在返回的旅程中失去了联系。当时她正在往回赶,后来又转了航班。一路上,她收到了朋友们的信息,我则收到了她从夏威夷打来的充满敌意的电话,飞机在那儿出了点机械故障。是一通问责电话。

"你的这些责备有什么根据?道听途说?"我问。

"《纽约邮报》都报道了。"她说。

"是最新一期的吗？"

"去你妈的！"她说，"去死吧！去死吧！去死吧！"说着她拿起电话听筒往墙壁砸去，"你听到了吗？这是我在用我的黑莓手机砸墙壁的声音。去你妈的混蛋！"

"我听到了，"我说，即便那头已经听不到我的声音，"我们都在医院里，孩子们，简的父母，还有医生。我很抱歉让你那么难过。"我撒谎。我现在是一个人在公共电话亭里，至少这里曾经是个电话亭，只是设备已经被取掉了，只留下空落落的玻璃空间，真没用。

"去你妈的！"

真是地狱般的日子。知道简明天就要死了，这感觉很诡异。当屋子里的电话铃响起时，答录机里简的声音接了电话："嗨，我们现在不在家，如果你愿意留下姓名和电话号码，我们回来后会打给你。如果你想找正在办公室里的乔治，他的办公室号码是212……"

她还在这屋子里，我看到她从拐角走过来，她在洗碗，在吸尘，在晾衣服……她还在——等着，她一会儿就会回来。

第二天去医院的时候，简的妈妈又在她的病床边哭得天崩地裂，所有的流程就此暂缓，所有人只能等她恢复情绪。"你能想象有一天你要为你的孩子做这种决定吗？"他们用轮椅把她抬到楼下大厅的时候，她问我。

"我无法想象，所以我才没有小孩……更正一下，是我可以想象，所以我才没要小孩。"我说这些的时候，脑子里想的是：我在自言自语。但我的脑袋里一片寂静，也无法意识到事实上我是在跟所有人说话。

"我们还以为你们无法生孩子。"简的妹妹说。

"我们根本没试过。"我说,尽管这并不全然是事实。

一家人轮流跟简告别。我是最后一个。我看到简的额头上还留着她妈妈刚吻过的唇印,就好像印度教里女人额头的吉祥痣一样。我吻了她,简的皮肤是温暖的,但已经没有生命的气息。

艾希莉跟着担架往楼下的大厅去。他们在等电梯的时候,艾希莉在她妈妈的耳边耳语了些什么。

我们待在原地,尽管在这里已经没什么好等的了。我们坐在重症室的探亲室里。隔着玻璃,我看到保洁人员正在剥掉床单、被罩,擦洗地板,准备迎接下一个病人。

"我们去餐厅吧。"我提议。

走廊上,身边的人们脚步匆匆,他们拿着玻璃冷却器,上面贴着"人体组织"或者"移植器官:人类眼睛"等标签。他们来了,又走了。透过餐厅的巨大玻璃,我看到一架直升飞机正在降落,落在停车场上,然后起飞。

她的心脏离开了大楼。

我们这一边的时间像停止了一样,而在他们那一边,时间却显得格外宝贵,人们争分夺秒地忙碌着。当这一切都结束之后,你会去哪儿呢?这一切什么时候才能结束呢?每时每刻,随着简的身体器官被一块块分离,她一点点地离我们远去了,再也不会回来了。一切都结束了,真的结束了。

"她知道自己最后还能帮到其他人,这样很好,她会喜欢的。"简的妈妈说。

"她的心脏和肺不应该浪费,"简的爸爸说,"她的眼睛很好,很漂亮,或许什么人能用得上这双明亮的眼睛,或许有什么人就此能过上好的生活,尽管我们简的人生已经沦为一坨屎了。"

"别在孩子面前这样说话。"她妈妈说。

"我都没意识到自己在说话。如果有人想听,我真能说出一箩筐的话来。"

"我在听。"我说。

"我可没在跟你说话。你是个大笨蛋,跟你那个不负责任的、狗娘养的弟弟一样,混蛋一个!"

他是对的——不可思议的是,一切就是这样结束的。

简的妹夫准备去挑选一口棺材。他让我问问纳特是否想一起去,一起帮忙安排。我问了,但纳特戴着耳机,像是没听见。我戳了戳他的肩膀。"你想要参与帮着安排吗?"

他一脸迷茫地看着我。

"安排,也就是葬礼计划。苏珊的丈夫要去殡仪馆挑一口棺材,你想一起去吗?我也曾为我奶奶做过。"我主动说,就好像在说,这事儿没那么糟糕一样。

"我需要做什么?"

"去看看棺材,挑一口,想象你妈妈穿着她最后的衣裳躺在里面的样子。"

纳特摇摇头说不。"去问问艾希莉,"他说,"她喜欢挑选东西。"

那天晚上,纳特跑来沙发这边找我。"你用谷歌搜过爸爸吗?"

"没有。"

"他不止杀死了妈妈，他还杀害了一个家庭。"

"那是一场事故，车祸。一切都是从那场车祸开始的。"

"人人都恨他。还有帖子专门说他是怎么毁了广播网的，以及他在办公室里是个土匪般的混蛋，尤其是对女员工。上面还说，有无数申诉被强制缄默，都是控诉他骚扰女员工。"

"这不新鲜，"我对纳特说，"人们总是对你爸爸的事情特别敏感。"

"但我读到这些还是感觉太难受了，"纳特几乎要歇斯底里了，"我认为他混蛋是一回事儿，但当陌生人说着他的混蛋事的时候，感觉完全是另一回事儿了。"

"你想来点儿冰淇淋吗？"我试图安抚他的情绪，"冰箱里应该还有半份冰淇淋奶油蛋糕。"

"是艾希莉生日的时候剩下的。"

"那就不能吃了？"

纳特耸耸肩。

"你想来一点儿吗？"

"想。"

我用一个大锯齿刀切下一大块蛋糕，那冰淇淋奶油又咸又黏，坚硬如石，但融化之后就好很多了。等我们开吃的时候，发现味道还相当赞。吃完之后，泰茜把我们的盘子都舔净了。

"它把盘子舔得真干净啊。"纳特说。

之后，纳特和我一起躺在沙发上，他的头在沙发的另一端，小臭脚就靠近我的脸。等他睡着之后，我把电视关掉，将吃过的碗碟放进洗碗机里。泰茜跟在我后面，我给了它一块饼干。

一辆加长黑色豪华轿车驶向路边,停在我们房子外面。孩子们穿上了他们最好的衣服,朝这边聚来。我把纸巾和小零食塞满口袋。

"我从未参加过任何葬礼。"艾希莉说。

"我去过一次,"纳特补充说,"是和爸爸一起工作的某个人的孩子自杀之后。"

到了殡仪馆,两个男人帮我们抵住门让我们进去。"直系亲属去左边接待处。"一个人说。

"我们是直系亲属。"纳特说。

说话的男人领我们走到楼下大厅。简的父母、妹妹和妹夫都已经到了。

最折磨人的环节是,总有些陌生人,甚至一些朋友,他们蹲在孩子身边,抚摸他们,拥抱他们,一个接一个地将脸贴到他们的小脸上,把脸蛋揉搓得跟漫画里的角色似的,试图用这种方式表达安慰。这种感觉很糟糕,明明没有什么好说的,但又觉得自己必须说些什么予以回应。但就是没什么可说的。

我很遗憾。哦,我可怜的宝贝。你们怎么会变成这样了呢?你们的妈妈是个多么好的女人啊。你们的爸爸还有什么可说的呢?我实在很难想象。你们的爸爸会坐上电椅吧?

他们就是这样,觉得自己有权利或者有义务去说这些不经过大脑的话。

"我很抱歉,我真的非常非常难过。"人们不停地对孩子们说。

"没关系。"艾希莉回应他们说。

"什么没关系啊?"纳特对艾希莉说,"别再说什么没关系、很好了——一点儿都不好。"

"当人们跟你说他们很难过时,你只要回答谢谢就行。"我对艾希莉说。

我们被领进大教堂接受葬礼服务。坐在教堂的排座椅上,就和参加婚礼时一样,简的家人坐在一边,我们则坐在另一边。我们身后坐着简家的熟人、孩子们的同学的家长、简在健身房认识的人、简的朋友和邻居们。感恩节时的那个主持人也在场,他是乔治的助理,是个同志,很喜欢孩子们,常常给他们弄到抢手的演出票或后台通行证等。

棺材就摆在教堂前面。

"她真的在里面吗?"艾希莉朝棺材点点头问。

"是的。"我说。

"你怎么能知道他们给她穿对了衣服?"艾希莉问。

"全凭信任。"

这时候,苏珊的丈夫走到我跟前。"这口棺材看起来怎么样?"他问,"这可是那店里最贵的了。在这种情况下,如果选口便宜的棺材,就会感觉太残忍了。"

"你是在征询我的同意吗?"

不知怎么的,我想到了尼克松的葬礼。尼克松在新泽西州的家中突发中风,那是某个星期一的晚上,晚餐之前。他的管家急忙替他叫了辆救护车,他们开车送他去纽约,他当时昏迷不醒,但依然有意识。最初的医学诊断结果还不错,但随后,他的脑子就开始肿胀,进入昏迷状态,不久就死了。人们用飞机把尼克松的棺材从纽约运到了约巴林达,那个寒冷的夜晚,人群散落在安静的街道上,静静地等待了数小时,只为了见尼克松最后一面。我当时本来也准备去的,去做一次朝圣,就像摩门教徒聚集在山上,或者像"感恩之死"乐队的歌迷一样。

但我没有去,我只是在电视里观看了现场报道。

四万两千人去瞻仰了尼克松,场面持续了整整二十四小时。事实上,我没能在这些人的队伍中成了后来一直让我后悔的事情。我在电视上观看了完整的现场报道,但感觉不到什么。我没有那种实时实地的体验,那种在寒冷的夜晚和人们一起在外面等待着、默哀着的亲身经历。尼克松去世后,我只去过一次约巴林达。

"我该怎么跟学校里的人说这事儿呢?"艾希莉突然问。

"他们大概已经知道了。"纳特说。

"这不公平。"艾希莉说。

我递给艾希莉妙妙熊软糖。

苏珊看到了,从他们那一边匆忙走过来。她坐在我后面一排的椅子上,身子前倾,在我耳边耳语。

"你什么时候学会用这种小零食来哄小孩了?"

"没有啊。"我头都没回地回答。

我不喜欢小孩,但我觉得内疚;比内疚更糟的是,我感到自己的责任;比这更糟糕的是,我觉得这些孩子的生活已经被毁了。

压力之下,我开始追忆那不属于我自己的人生故事。我舔了舔糖果,将两颗妙妙熊软糖扔进自己嘴巴里,并没想到要和苏珊分享。

"你家的双胞胎呢?"我问苏珊。

"保姆带着。"她说话的时候,注射过肉毒杆菌的脸部肌肉一动不动。

一位老妇人朝前走来，摸了摸艾希莉的头发，说："可怜的孩子，你的头发真漂亮。"

音乐响起。

拉比出现了。

"简的朋友、家人和父母、妹妹苏珊，以及简的孩子纳撒尼尔和艾什。"

"没人会叫她艾什。"纳特直截了当地说。

"我们要如何去理解这种死亡？一场被突然打断的人生？简是妈妈，是女儿，是姐妹，是朋友，同时，她也是一场犯罪的受害人，失去了生命的自然过程。"

"我从来就不喜欢乔治，"简的妈妈在拉比做仪式的过程中突然大声说，"从他们约会的第一天起，乔治就是个不折不扣的混蛋。"

拉比继续仪式悼词："由于简的死亡有违传统，当一位犹太人去世。我们毫无疑问要为其举办一场仪式，或是一场葬礼，来悼念其死亡。但我们要如何对待其留在人世的躯体呢？简的家庭选择了器官捐赠，这样，简躯体上的某些部分依然会强有力地存在于世，充满活力，并且可以挽救其他人的生命。他们将简献给了别人，成就了简在世上最后的善行。举办这场葬礼的目的之一，是要帮助简的朋友和家人进行调节，以适应痛失简的定局。尽管对于简的死亡，我们至今仍不明就里，但我们还是要在这里祝福她的人生，也祝福她将要赐予的别人的人生。HaMakeom yinachaim etchem batoch shar avlai Zion v'Yerushlayim.[①] 愿上帝安慰你，和所

[①] 此段与下文中的类似段落皆为犹太祈祷词的希伯来原文，祈祷场合多为失去挚爱之人时。

有锡安和耶路撒冷的哀悼者们,"拉比献祭,"这是传统的犹太人表达哀悼的方式。"

"我们成了孤儿吗?"艾希莉问。

"差不多吧。"

"Yit-gadal v'yit-kadash sh'mey raba, b'alma di v'ra birutey, vyam-lih malbutey b'ha-yey-hon uv'ha-yey d'hol beyt yisrael ba-agala u-vizman kariv, v'imru amen." 拉比长声吟叹。

"我们一直是犹太人吗?"艾希莉又问。

"是的。"

葬礼结束,一位客人走过来对我说:"就当前的情况来看,我觉得这个拉比做得非常好。你认为呢?"

"我的原则是,对葬礼不予置评。"

"请客人们暂时留在原地,等亲属离去之后再离开。非常感谢您的配合。"拉比说。

简的灵柩从我们身边经过,感恩节上的那个主持人正是抬棺人之一。

简的父母朝出口处走去,苏珊在他们中间。我注意到苏珊哭的时候,脸上的表情仍是没有变化的——就像小丑的眼泪。

纳特、艾希莉和我尾随着灵柩,钻进豪华轿车。与此同时,简的棺材也被抬进了灵车。

"我希望永远都不需要再做一遍这种事。"纳特说。

"我们现在能回家了吗?"艾希莉问。

"不行,"纳特说,"好像还有什么类似事后派对之类的活动吧?"

"我们要从这里直接去墓园。然后大家聚在坟墓旁边,说些话,再把棺材放进地下埋起来。"我在想自己是不是应该继续告诉他们人们会把土一点点铲到他们妈妈的棺材上之类的细节,又或者我还有什么遗漏的可以说,"去过墓园之后,我们会在你们的苏珊小姨家里服丧。那些认识你们妈妈的人会过来看望我们,也会提供午餐给大家吃。"

"我只想一个人待着。"纳特说。

"这不是让你做选择。"

"这些车是谁送来的?他们还做其他工作吗?"纳特问。

"你指什么?"

"比如开车接送摇滚明星之类的,还是他们只做葬礼业务接送?"

我把头探到前面问司机:"你们是只做葬礼司仪业务,还是葬礼接送和摇滚明星接送都做?"

司机从后视镜里瞥了我一眼,说:"就我来说,我做葬礼接送和机场接送。我不喜欢摇滚明星。他们会用一张亲笔签名来支付你两小时的工作,可四天之后,你还是得将车停在某家酒店门口,等着某个家伙决定是否上车去吃个汉堡。我喜欢有规律的活儿,有日程安排的那种。"说着,他停了一下,接着说,"你们很幸运,今天天气很好。希望你不要介意我说的话,但是,说真的,没什么比在糟糕的天气里做葬礼司机更倒霉的了,那时候你会看到每个人的情绪都差极了。"

豪华轿车驶向墓园的途中,孩子们全程都在玩手上的电子设备。一边玩着电脑游戏一边坐在车里前去埋葬自己的妈妈,这确实不太合适。但从另一方面来说,谁又能去责备他们呢?他们根本不该出现在这里。

简落葬的位置就在她姨妈和她爷爷中间,一边是死于卵巢癌,另一边则是中风而死。她,和她的亲人们在一起了,只是,这些亲人皆生老病死,却没有谁是因为家暴而死。这显然不一样,后一种的死亡原因要糟糕得多。

孩子们坐在他们外公外婆后面的折叠椅上。尽管今天天气很好,但很寒冷,每个人都穿着外套,手齐齐放在口袋里。棺材被放下的时候,人群中发出安静的低语。突然,一阵惊讶声掠过人群。

"爸爸来了。"艾希莉说。

我们都回过头,确定无疑,他正从车后面出来,身旁站着两个魁梧的黑衣男人,他们站在灌木丛中。

"这可需要相当大的勇气。"简的妈妈说。

周围所有人都在窃窃私语,人们转过身看着他,能听见很多声音在空中沙沙作响。

"她毕竟是他的妻子。"

"他们到死都不会分开。"

"他至少该等到我们都走了再出现。"苏珊说。

"他是有他的权利的。"有人说。

"除非他感到内疚。"

时间就像是停止了一样。乔治本应该待在车里,躲起来,等到所有人都走了再出现。但他就站在不远处,一直等到坟墓这边的活动都做完。

"我们应该去和他说说话吗?"纳特问。

"现在不要,"我说,"我们待会儿还会见到他。"

随着葬礼的程序逐渐完成，我们从乔治身边经过离开。他双膝跪在墓碑前面，戴着太阳镜，戴着镣铐的双手摆在前面。我看到他用双手捧起泥土，撒到简的墓碑上。

有人在用长焦距镜头不停地拍照。

"外婆和外公恨死我们了。"纳特说。

"他们只是很伤心。"

"他们表现得好像一切都是我们的错。"

服丧是在苏珊家做的。她家住得很远，我们从墓园开车需要一个小时。车开了四十五分钟左右的时候，孩子们开始抱怨起来。我问司机能否停下来让大家上个厕所，于是，我们乘坐的轿车从车队中驶出，等其他车辆都开过去后，我们才钻进路边的一家麦当劳。

"我请客。"我对车上的每个人，包括司机说。

"我想苏珊小姨家会提供午餐吧。"纳特说。

"你想要什么？一个汉堡包？还是鸡蛋沙拉？"

当我们的车终于到达苏珊家时，司机说："我把车停在显眼的位置。"

"意思是，你会等我们？"我说。

"你自己没车？"司机问。

"我的车停在你去接我们时的房子后面了。"

"我们一般把客人放下就结束了。但，我可以等你们。我会计时，我们是一小时七十五美金，四小时起价。"

"我们用不了那么长时间。"

司机耸耸肩。

苏珊家的双胞胎在屋子里玩耍,追着只小狗满屋子乱跑,真让人担心会不小心撞到老人。屋子的前厅贴满了镜面瓷砖,上面缀满了金矿纹理。只在前厅瞥上一眼,都让我感到紧张。我被无数镜面反射出无数的我。我想,这"魔镜"会不会有什么超能力,将我的内心状态暴露无遗?

苏珊领着客人参观她重新改建过的错层式房屋设计,给简的朋友们看她是如何"打掉"了天花板,把后墙"往后移",这样就可以弄出一个大房间和一个餐厅,以及她又是如何"再利用"车库,从而造出了一个带有法式门的早餐房,并在每一个可能的地方添加阳台甲板。

"我们把一切能想到的都做了,而且更多想不到的也都做了。"苏珊骄傲地说。

确实如此,显而易见。

这些客人和参加葬礼的是同一拨人,朋友、邻居、好心人,还有一些好奇的混蛋。在这里根本无所事事。尽管我在来的路上已经吃了个双层吉士汉堡,但还是围着餐桌转了一圈,午餐一览无余地摆在那里:无核黑橄榄和樱桃大小的番茄面无表情地盯着我看;牛油果和洋蓟、放了红辣椒的魔鬼蛋、烟熏三文鱼、百吉饼,以及通心粉沙拉⋯⋯我看着这一切,突然间觉得它们都变成了人的器官肢体:果冻模子看上去就像肝脏;通心粉沙拉则像是颅腔里的东西⋯⋯我赶紧往嘴巴里灌了一大口健怡可乐。

这时候,一位上了点儿年纪的男人朝我走来,看表情应该是有什么事要跟我说。走近的时候,他朝我伸出了手。

"我是海勒姆·P.穆迪,"他握着我的手自我介绍,"你弟弟的会计师。你现在脑子里一定思绪重重,但我要让你知道,我可以向你担保,你会好起来的。"

我肯定给了他一个奇怪的表情,他接着说:"你没什么好担心的。从财务上来说,你们的财务状况良好。乔治是把好手,抓住了机会,这儿赌赌,那儿博博。他还是很擅长把握时机的。"

"不好意思,你说什么?"我发现这个叫勒姆·P.穆迪的人说话很难让人跟得上。

他点点头:"让我直率地说吧,你和孩子们会得到非常好的照料。我会为你们付账,不管你需要什么,只要告诉我就可以。我不仅是在每年四月中旬出现一次为你打理税务的家伙,还是你的执行人——为你管钱的人。"他继续说,"我相信你已经知道了,你是孩子们的法定监护人,同时也是你弟弟的法定监护人兼医疗代理人,而且简特别提出,希望你作为他们所有财产的执行人,她担心她妹妹跟她的价值观不一致。"

我点头。在他说话的时候,我的脑袋一直上下晃动,就像受人指挥的木偶一样。

这位穆迪先生将一张名片放在我手中。"我们稍后再好好聊聊。"他说。当我转身准备走掉的时候,他又从背后叫住了我:"等下,我还有一样更好的东西。伸出手来。"我照做了,他将什么东西搁进了我手心。"冰箱贴,"他说,"我老婆做的,这上面有我所有的信息,包括我的手机号码,以防万一。"

"谢谢。"我说。

穆迪揽过我的肩膀,用力抱了一下。"我会永远站在你们背后,支持你和孩子们的。"他说。

我的眼睛莫名湿润了起来,眼眶里噙满了泪水。穆迪转过来,面对我,想要给我个拥抱,而此时我又恰好准备抬手擦擦我的眼睛。哦，或许该说我不是用手，或许是用我的拳头，可能我并不是要擦眼睛，只是想用拳头揉揉眼睛。我的拳头正好撞到穆迪的下巴，给他来了个力度不大但出乎意料外迅猛的上勾拳，直将他扣到了墙壁上。他撞上墙壁的瞬间，墙上挂着的壁画轻微地抖了抖，斜掉了。

穆迪大笑起来。"所以我才说我爱死你们这对兄弟了，你们真他妈的是一对疯子。给我打电话，"他说，"等你准备好了，随时都可以打。"

艾希莉和纳特坐在苏珊的皮沙发上，我坐在他们身边。一位年长的妇人走过来，坐在我们身边说："我认识你们的妈妈。我常替她做指甲，她的指甲非常漂亮。她常常跟我谈起你们，她真的非常为你们骄傲。"

"谢谢你。"艾希莉说。

纳特站起来，要去拿点吃的。回来的时候，他为艾希莉端了盘红莓。

"你真是个好哥哥。"我表扬他说。

又一个女人走过来，弯腰凑近孩子们，她那松垮的满是皱纹的乳沟暴露无遗。我立即把头转向别处。她伸出手来，但没有人接住她的手，于是，这带着巨大钻石的手停在了纳特的膝盖上。

"我是你们妈妈的保健师。我们以前常常在一起愉快地畅谈，哦，大多数时候是我在滔滔不绝，她倒是很少说话，但是她是个很好的聆听者。她真是个好人啊。"

"你有东西吗？"纳特突然问我。

"你指的是什么东西?"

"类似安定啊,劳拉西泮啊,可待因啊①之类的。"

"没有,"我惊讶地说,"我为什么要带着这些东西?"

"我不知道。你带了零食——妙妙熊软糖——还有餐巾纸,我以为你或许会带点这类的药。"

"有什么药是你在情绪不好的时候常服的?医生开给你的药?"

"我只从我爸妈的药箱子里拿。"

"哦,很好。"

"好吧,没关系,我只是随便问问。"说完,纳特走开了。

"你去哪儿?"我赶紧追上去。

"厕所。"

我尾随在他身后。

"你在跟踪我吗?"

"你是要去看医药箱吗?"

"我要去尿尿。"纳特说。

"如果这样,那我要跟你一起去。我们一起去看。"

"靠!"

"总比你一个人做好吧?"

我跟着他来到卫生间。进去后,我把身后的门锁上了。

"我真的要尿尿。"

"那就尿呗!"

"你站在这里我怎么尿?"

---

① 可待因与劳拉西泮皆为安定类药物。

"我会转过身去的。"

"我做不到。"他说。

"我才不信。"

"等我回学校之后,你不可能再跟着我上厕所。所以,这是信任的问题。让我尿尿吧!"

"你说得对,但要是你忽悠我,那就太过分了。"我说着,打开了卫生间里的药箱。

"乔治的奥美拉唑,简的避孕药、百忧解;还有阿昔洛韦①——很好,他们肯定有疱疹——羟考酮是他治疗背部疼痛的。"

"羟考酮就行,"纳特说,"这玩意儿很棒。"

"给你这个。"我说着,拔出一个粉白色相间的胶囊递给他。

"这是什么?"

"可他敏②。"

"这连处方药都不是。"

"那也不能说它不管用,它的镇静作用还是很好的。"

"还有别的吗?安定,那是通用安定,给我来两片。"

"不行。"

"就一片总行了吧?那仅仅相当于你克服乘飞机恐惧症的量了。"

"四片怎么样?那是你做结肠镜手术所需要的量。"我不无讽刺地说。

---

① 一种治疗疱疹的药。
② 伤风抗生素的一种。

"你真搞笑。"纳特说着,取了一片药,把剩下的药瓶装进了口袋。

"把瓶子放回去。要知道这里到处都有摄像机,万一被拍到了,他们会骂我不负责任。"

当我们一起走下大厅时,简的爸爸突然抓住我的胳膊。"你真该把你那家伙阉掉!你应该失去些宝贵的东西,带着这份失落活着!"

说完,这位爸爸轻轻地推了我一把,转身去和宴会负责人聊天了。我看到宴会负责人的男朋友正朝我走来,真是个身材壮硕的家伙,我迅速想到:他是来让我滚的。于是我在人群中穿梭,试着避开那家伙,同时我知道自己最好找到艾希莉,告诉孩子们我们该走了。可我还没来得及抓住孩子们,那位男朋友就逮到了我。

"你尝了那些金枪鱼吗?"他问我。

"哦,还没,"我说,"我还没尝呢。"

"你一定要尝尝,"他说,"是我亲手用新鲜的金枪鱼制作的。"

"好的,一定,"我回应道,同时感觉自己在发抖,"我们得走了。"我告诉纳特。

"好的,"纳特说,"我去找艾希莉。"

"我们要去哪儿?"艾希莉问。

"我也不知道,"我回答,"我通常不习惯告诉别人我要做什么,我也不习惯和别人一起走。"

"你不能把我们留在这儿。"纳特说。

我顿了一下。"我想去看看我妈妈。"

"你准备告诉她发生的一切吗?"

"不。"我说。

我们招呼都没打就离开了苏珊家。我告诉司机疗养院的名字,他在导航仪上定位后,我们就出发了。

"我们该给她带点儿什么吗?"纳特问。

"比如?"

"一盆植物?"

"我觉得我们最好不要带那种能随身携带的小东西,要显得是有人真心挂记着她的。"艾希莉说。

我们的车经过了一家花店,我请司机停一下。我们在里面花了二十分钟争执该买什么送去,最终还是选择了一盆非洲紫罗兰,只因为觉得这花会缓解疗养院里干燥、闷热的空气。

疗养院闻起来就像一坨屎。

"肯定有人出事了。"我说。

我们离前门越远,屎的味道就越来越淡,转而有一股越来越浓重的化学药水味儿和老人味儿。

"我们把你妈妈转移到了一间半私人式病房。她需要更多的陪伴。"护士告诉我说。

我轻敲她的门,没有人应答。"嗨,妈妈。"我推门而入。

"嗨,在这儿呢。"

"是我,"我说,"我还带了人来。"

"进来,进来。"我们走进房间,房间的另一张床上躺着个老女人,她以为我们是来看她的。"走近一点儿,"她说,"我看不大清楚。"

我走到她床边说:"我是哈里。我来看你的邻居,我是她儿子。"

"你怎么知道?"

"因为从我长大以来她就一直住在这房间里,"我说,"你叫什么名字?"

"我也不知道,"她回答,"'名字'是什么东西?"

"你知道我妈妈在哪儿吗?我妈妈,你邻居。"

"他们在楼下餐厅开冰淇淋社交会,可以自己做圣代吃,但是糖尿病人是禁止参加的。他们还让我们戴上这丑陋的手镯。"说着,她举起手臂给我看。在她手腕上确实套着个黄色的手镯,上面醒目地写着"糖尿病"三个大字,而她的另一只胳膊上套着个橘黄色的手镯,上面写着"不可恢复","所以我的视力才这么差劲儿——都是血糖害的。"

在我们说话的当口,我妈妈坐着轮椅进了房间,两只手上各拿着一支巨大的圣代冰淇淋。"我听说有人来看我。"她说。我注意到她手上也戴了个手镯,一个蓝色的,上面写着"精神错乱"的字样,另一只手上同样套着个橘黄色的、写着"不可恢复"字样的手镯。

"我在和你的室友聊天呢。"

"那家伙看不见。"妈妈说。

"但我还没瞎。"室友说。

"你们两个也该来了,"妈妈对纳特和艾希莉说,"孩子们怎么样了?"

"她以为你们是乔治和简。"

"她认识妈妈吗?"艾希莉问。

"别在我们面前嚼别人的舌根子,这样很不礼貌。"另一张床上的老女人说。

"很高兴见到你。"纳特说着,拥抱了妈妈。

艾希莉将买来的植物递给她,放在她的大腿上,不过被她忽略了。

"你工作努力吗?"妈妈问纳特,"还在用垃圾塞满电波吗?孩子们都上学了吗?有问题的那个孩子现在感觉好点了吗?"

"孩子们都好极了。"纳特说,"他们各有所长。"

"我在想这些孩子都是打哪儿来的?"室友说,"他们是领养的吗?"

"好的,妈妈,"我急忙打断说,"我们这次只是顺路来看看你,不久后会再来的。你有什么要带的吗?"

"什么?"

"我不知道,你觉得呢?"我说。

"下次你来的时候,可以给我带点东西。"室友说,"给我带点无糖的东西来,因为我是糖尿病,但这并不意味着我就应该被惩罚。看看我,又不胖,我也没有过度饮食。再看看她,还在吃冰淇淋。"

"我要生奶油、软糖,最重要的,樱桃。"妈妈说着说着突然咳嗽了起来。"我吞下了樱桃茎,"她说,"忘了吐出来了。"

"省省吧,"室友说,"我可以用我的舌头把樱桃茎打个结。"

"我打赌你现在肯定不行。"妈妈说。

"我当然行,"室友说,"小姑娘,去给我拿个樱桃过来,我给你们展示展示。"

"我要去吗?"艾希莉问我。

"没理由不去吧。"我说。

艾希莉跑去餐厅,回来时拿来了一颗马拉斯金樱桃。她把樱桃递给室友,鲜红的汁水像血液一样滴在了白色床单上。老女人将樱桃扔进嘴里,我们隐约看到那颗樱桃在她嘴里绕来绕去。

"戴着假牙比较难,"她说,过了一会儿,"但我还是有进步的。"

于是,她将樱桃吐到手上,那樱桃的茎果然被打了个结。

"你是怎么做到的?"艾希莉好奇地问。

"多做练习。"她说。

"好吧,妈妈,我们现在真的要走了。"

"那么着急啊,"室友说,"你们才刚到呢。"

"司机还在外面等我们,这就说来话长了。"

"好吧,不过,"我妈妈说,"下次再告诉我吧!"

星期一一大早,司机来接孩子们去学校,他们带着我用冰箱里剩余的食材做的午餐走了。

孩子们一走,厨房里钟摆滴答的声音就显得格外吵人。"那个钟一直在那儿吗?"我忍不住问泰茜,"它总是那么吵吗?"

我将碗碟放进洗碗机,给泰茜和猫准备了些新鲜的水和食粮,把该摆好的东西摆放整齐,然后就发现自己无事可做了。

我在房子里转了一圈又一圈。

从这里开始,我该去哪儿呢?我想象自己离开这里,大步流星地走出去,然后永远都不回来。狗看着我。好吧,好吧,那我就在走出去之前留一张纸条给收快递的人,告诉他们把宠物送给精神病院里的乔治,要知道,动物是很难治愈的。

在这一切发生之前,我曾有自己的生活,至少我认为自己有。至于那生活的质量,或者成功与否,姑且就不去质疑了。反正,我是要去做什么事的。

书。现在是时候完成那本书了。我突然感到一阵释然,终于想到,事实上我还有事可做。有任务要去完成,就好像一片空白得到了填补。我抓起我的帆布包,里面有一千三百页的手稿纸,上面用便签贴和小旗子做了细致的标记,纸上的字迹密密麻麻,几乎都快无法辨识了。我将它们在厨房的桌子上展开。

我坐在那里,汗水从我背上一直往下滴,但我根本不觉得热。我的心脏跳得越来越快,整个世界就像要走到尽头,好像这个屋子要爆炸了。我冲向医药箱,拿起上面标有"以备焦虑之需"字样的药。我吃乔治的药,于是想到了乔治。我必须离开这个房子,房子里太冷了,冷得刺骨。于是我迅速收拾了东西:我的手稿、我那堆空白的稿纸。我觉得如果我不立即离开这儿,一定会出事儿。我抓起东西,冲出家门。

外面天空明媚,空气清新。我呆呆地站在外面。

书。对了,我要去工作。我要去镇上的图书馆写我的书。我这就准备出发。我走到车边,发现自己没带钥匙。我还穿着乔治的裤子。我又跑回房子里,抓起车钥匙、我的手机。泰茜冲我直摇尾巴,它以为我是回来接她的。"我要去图书馆,泰茜,我要写我的书。乖一点儿哦。"

这座图书馆上一次修葺还是在一九七二年,它那所谓现代化的外貌还保留了类似唯一神教会或者说是社区中心的风格，所以对写作这本书的我来说，正是完美的场所。进门处有一个从地板延伸到天花板的接线板，上面贴满了各种类似"咖啡交流会""妈妈和我"等社区组织活动的通告。门口还有一张桌子，上面堆满了选民登记信息，还有一沓沓关于"灾难预防"的小册子。这让我想起了上学那会儿学校里每到上午十一点就开始响起的民防警报的霹雳哭号声，每月一次，每次持续三分钟，这声音几乎贯彻了我整个学生时代。

　　我走进图书馆，将包里的东西全部铺在了一张长桌上，然后阅读自己迄今为止所写的东西，试着以既批判又宽容的态度（尽管我知道这是一种不可能的融合）重新审阅。我略过了开头，从上次结束的地方开始。我上一次写这本书是什么时候的事了？我有一堆标准稿纸，还有一支钢笔，因为太久没用，墨水都干了，不能用了。于是我从参考桌那边借了一支笔，一支粗胖的高尔夫登记用笔，然后回到自己的座位上。我又想，或许我应该在继续写这本书之前，先温习一下尼克松时代之前这个世界上发生了什么重要的事情。尼克松写过十本书，最后一本书叫《超越和平》，是他在死前几周里完成的。《超越和平》这类书名让我感到毛骨悚然，就好像他自己的某个部分早就预知了死亡临近似的——《罗纳德·里根自传》的第一卷就起了一个具有预知意味的标题：剩下的我去哪儿了？书出版于二十世纪六十年代初。关于尼克松的书还能再写些什么呢？人们常常问我。而我说，好吧，你们听说过尼克松的中国之行，但你们了解他对新泽西州房地产的热情吗？还有他对动物权益保护的兴趣吗？我搜索了图书馆的资料，发现有些内容值得一读再读。在我的纽约公寓里，收藏了好多关于尼克松的书,我称之为尼克松图书馆,而克莱尔常常强调是"你的"尼克松图书馆,而不是"尼克松图书馆"。

我选了些想看的书,手里捧了满满一堆,艰难地走到借书柜台边。

现在回顾当时,我真希望自己从没有接近过那个柜台。我希望自己没有捧走那些书,而是就地读完后放回去。而我当时却千方百计地想把它们弄到一个舒服的地方仔细阅览。

我将所有的书放在柜台上,递给柜台对面的图书管理员一张图书卡。

"这不是你的卡。"管理员说。

"我从自己口袋里掏出来的。"说着,我将口袋里其他东西都一股脑取了出来。

"这不是你的。"

"你说的没错,"我说,"这是我弟弟的卡。这裤子也是我弟弟的,这是我弟弟的驾驶证。我是来替他借资料的。"

"你弟弟杀了他妻子。"她淡定地说。

我倒抽一口气。"我弟弟没办法自己过来借书,所以我来替他办。"

"我会将这张卡标记为'已被盗',你可能会被起诉。"

"为什么?"

"是什么原因没那么重要,"图书管理员用不屑的口吻对我说,"我们本来就活在一个什么事情都喜欢起诉的社会里,人们只是用这种方式来表达愤怒而已。反正它会让你的个人记录留下污点就对了。"

"把卡还给我。"

"不,"管理员说,"这背后写得清清楚楚,图书馆有权随时收回卡片的使用权。"

"但这又不是我的卡,你有什么理由收回使用?"

"此卡很少使用。"她淡淡地回答。

"是因为我的研究课题吗?你不喜欢尼克松吗?"

"不,"管理员说,"是因为你。我不喜欢你。"

"你都不认识我,何谈喜欢不喜欢?"

"我也不会认识你,"她说,"走开!不然现在我就正式起诉你了。"

"起诉我什么?"

"起诉你骚扰。"

在图书馆外,我走在人行道上时被路上的一条裂缝绊了一交,背包飞了出去,我的手稿(和上面所有的便贴条)散落一地。我双膝跪地,一张张拾起稿纸。弯腰的瞬间,我抬头在阳光中看见一家可以通宵寄存物品的书店。我在心里默默记下我准备寄存的东西。正在这时,电话铃响了,我感觉声音来自口袋。我在口袋里一通乱摸,先掏出了乔治的手机,然后才是我的,我的手机上正闪着"克莱尔"的来电显示。

"喂。"我蹲在地上,接起电话。

"谁知道事情的真相?"她问。

"你在家?"

"谁知道?"她又问。

"我不知道谁知道。"我一边说一边收拾好地上所有的稿纸。

"你知道我在说什么。"

"如果你是在问我曾和什么人谈过,那么我告诉你,我对谁都没有说过。"

"人人都知道了,"克莱尔说,"就在《纽约邮报》上登着,上面有一张沾满血的床垫,照片是在他们家门口拍的。照片里,你像个白痴一样站在那里看着。"

"我肯定漏看了那期报纸。"

"事情经过全都刊登在上面。头版的右下角就是你弟弟戴着手铐把泥土推到坟墓上的照片。"

"你觉得这些会不会是他的律师筹划的?"我问。

"说到律师,"她说,"你需要给自己找个律师。对了,我已经给搬家公司打电话了。"

"你搬去哪里?你不必搬走,克莱尔,那公寓本来就是你的。"

"我哪儿都不去,是把你的东西搬走。你想让人把东西搬去哪里?"

"就送到乔治和简住的房子里吧。"

"行。"她说。

然后她挂了电话。我艰难地站起来,将帆布包甩过我的肩膀,继续朝前走去,身子略微有点儿倾斜着。我经过了网球店、干洗店,最后停在了星巴克门前。我试着启动某种常规流程,试着做其他人都会做的事情。

"中杯咖啡。"我说。

"大杯?"

"中杯的。"

"大杯?"收银小姐又说了一遍。

"Non parlo italiano.①"我指着旁边中杯尺寸的杯子对她说了我唯一会说的一句意大利语。

过了一会儿,她递给我一杯滚烫的咖啡,我拿着咖啡,找了张桌子坐下。我将所有的稿纸都摊在桌上,再将它们按顺序整理好。我发现有一群女人正盯着我窃窃私语,有个女人还拿手指着我。

"干吗?"我回望她们,大声地问。

"你长得很像那个家伙。"一个男孩一边用手上一块臭得令人作呕的抹布擦桌子一边回应我。

"哪个家伙?"

"就是杀了自己老婆的那个。他老婆以前健身结束后常常和这些女人一起来这里坐坐。她们经常来。"他说,"你是第一次来吧?"

说完他开始擦桌子,好像在示意让我离开。

"好吧。"我说完站了起来,带着我刚点的咖啡,毕竟我是花了四美金买的。我其实压根不想喝咖啡。店门口站着个男人,看上去像是无家可归的流浪汉,我想把我的咖啡送给他。

"你是在把你的咖啡给我吗?"他问。

"是的。"

"你喝过吗?"

"没有。"我说。

"我为什么要你的咖啡?你搞不好往里面加了什么东

---

① 意思是"我不会说意大利语"。

西呢?"

我看着这个男人,觉得他眼熟,就是那种介于帮你换新房的地产小土豪和大侠伊斯特伍德之间的感觉。

"你知道,"他说,"问题是,我不喝咖啡。"

"哦。"我回应了一声,手腕用力,一不小心,手里握着的热咖啡洒出了一些。

"我来是想要一磅柠檬蛋糕和一杯茶。"

我点点头,还是觉得在哪儿见过这人。"好吧,"我说着,感觉肩膀上的帆布包在慢慢往下滑,"祝你过得愉快。"

"你也是。我希望你能找到接手这杯咖啡的人。"

告别后,我将咖啡随手放到车顶,打开车门,将帆布包扔进了车里。德里罗,我一边关车门一边想。德里罗,我发动引擎。天哪,那人是唐·德里罗[①]。要是我能跟他聊聊尼克松就好了。我给汽车挂挡,出发。车后面的挡风玻璃瞬间被咖啡打湿。我从后视镜看着车顶的咖啡杯坠落在我身后的街道上。

该回学校了。我准备好去上课了吗?我已经教这门课程十年了。我当然准备好了。我已经可以无需任何准备就能驾轻就熟地去上课了。

开车去学校的路上,我迷路了。通常我是直接从家开往学校,路径了然于心,但我从没走过这个方向。车里的电话铃响起,慌乱中,车子刮到了路边的栏杆,我艰难地从口袋里掏出手机。又是克莱尔。接起电话,她什么都没有说。

[①] 唐·德里罗(1936—),美国当代著名小说家。

"克莱尔,"我说,"嗨,你在吗?能听到我说话吗?我在开车,克莱尔,开车去学校。我们晚点再说,行吗?"

我一奔进系办公室就匆忙查看有没有我的信,信箱里寄给我的东西很少:一封明信片,是一个学生发来的,上面说她很抱歉要缺两堂课,因为她住在缅因州的外婆病得很严重。邮戳显示的地点却是佛罗里达州的代托纳。很遗憾,落款的签名已经模糊不清了,所以我甚至不知道该把这缺席登记在谁头上。另一封则是一封跨部门的信,信上说:"你的系主任想跟你约个时间谈谈。"我一看完信就撞开系秘书的办公室:"不好意思,我不知道这封信是不是给我的?"

"是的,"她说,"主任想跟你谈谈。"

"是要安排什么吗?"

秘书钻进系主任办公室,立即返回来对我说:"从星期三开始的持续一周的午餐,是你的年度午餐周①。他说你有多年经验,很清楚所有的细节。"

"很好,"我说,"谢谢。"

我用钥匙打开了共享办公室的大门,这间办公室是我和斯皮瓦克博士共用的,他每星期二、星期四和星期五使用,我则是每星期一和星期三下午两点到三点使用。我在这里等了一会儿,没有人进来找我。我取出手稿,着手写作。这份手稿跟着我,陪伴我,我在上面做了大量的笔记,在一些地方做了注释和修订,十足老师修改自己作品的样子。上课前五分钟,我离开办公室,锁上门。穿行在去往教室的途中,我差点被一个飞盘削了脑袋。我的后脑勺

---

① 此处指学校的年度考评周。

狠狠地被飞盘打了一下。没有人来跟我道歉，也没有人来问我有没有事儿。我将飞盘揣进包里，继续往前走。

　　唐奇格大厅的三〇四教室里，我站着迎接进来的每一个学生，他们鱼贯而入，鲜少有人抬头看我一眼。"下午好，我希望你们都度过了一个愉快而充实的假期。你们的论文都写好了吧？交上来吧，然后我们直接进入今天的课题，关于尼克松与基辛格的对话，以及巴黎和会。"

　　一沓论文递到我面前。其中一篇的标题引起了我的注意："吹箫职业或战争：睾丸酮的范例"。另一篇标题看上去略正常一点儿："检察官和伙伴，以及白宫走狗在塑造公共意见上所扮演的角色"。

　　"我只收到十二份，还有谁没交？"

　　就在这时，我的电话铃又响了。我不得不接电话的原因是如果我不接听就没法关掉这该死的电话。"哦，嗨，拉里，我在上课，我待会儿再打给你，好吗？""是我的律师，"我说，"家庭紧急状况。"底下有学生在窃笑——他们中有人是看新闻的。

　　九十分钟的课堂时间里，我满怀诗意地描述了一九六八年开始的那场和平进程的复杂性，在这之前历经了各种曲折和拖延，其中也包括关于"座位"的争论。当时，北越想要在一张圆形的桌子上举行会议，这样才能显示参会各方看上去都是平等的；然而，南越觉得只有长方形的桌子才能在外形特征上表达出冲突双方的立场。最后，他们让南越和北越双方坐在一张圆形桌上，同时，所有相关各方各自坐在一张小方桌子上，从而解决了这场关于"座位"的冲突。我继续阐述关于尼克松、亨利·基辛格在其中所做的很多事情的细节,以及陈香梅——这个一九六八年巴黎和会幕后破坏代理人——在当时所扮演的重要角色。大选前夕,南越人民从和谈中回撤,这一举动帮助尼克松赢得了选举,并为战争的继续铺就了道路。为此,一九七三年的诺贝尔和平奖授予了基辛格和北越停火谈判专家黎德寿,奖励他们在其中所做的"努力",而后者拒绝接受这份殊荣,这也成了诺贝尔奖评选史上最不受欢迎的一次评奖。

讲到这里,我有一股抑制不住想要跑题的念头。紧接着,我给学生讲了关于玛莎·米切尔的故事,玛莎·米切尔,不是那个写《飘》的著名女作家玛格丽特·米切尔——她放着如意郎君约翰·玛莎不嫁,偏偏选择嫁给私酒贩子瑞德·厄普肖,后者天天殴打她,让她忍无可忍,离开了他,回到了约翰·玛莎身边。不,我今天要说的是玛莎·米切尔,美国前司法部长的妻子,约翰·米切尔,人称"南方之嘴"的女人。她是个酒鬼,一到半夜就会醉醺醺地唱民谣,说着类似"我丈夫是他妈美国的司法部长"之类的话。这个经常在酒精作用下言辞大胆的米切尔太太让我觉得颇有意思。她声称白宫涉嫌非法活动的言辞被描述成精神病症状,并因此被解雇。但最终有人证明了她说的话是正确的,而她的经历被定性为一种合法的综合征。后来人们还给这种现象冠名为"玛莎·米切尔效应",用来描述精神专家错将病人认为的看似不可能的事件描述成一种幻觉,但实际上这件事是真实发生的。

我讲得太入戏,整个人像燃烧了一样,在讲台上像个陀螺般转来转去,吐沫横飞。这是这么多年来我上过的最棒的一节课。"还有什么问题吗?有什么想法吗?"我对台下的学生们说,他们眼睛眨也不眨地盯着我,神情呆滞,"好吧,今天就到这里,下周……"

离开学校的时候,我感觉自己精力满满,对尼克松的喜爱益发强烈。我开车返回乔治家,一路上费劲儿地记住这条路线。当我把车开到镇上时,感觉好像一夜之间这里所有的店都打烊了似的,餐厅、女士服装店等等,全部关门了。"三一口味"店门前,有一家人穿得脏兮兮的,在那儿滴巧克力。我把车停在中餐馆旁边。那家用红色霓虹灯写出的汉字可以拼出任何东西,但据我所知,那些汉字看上去就像在说"吃屎死"。我带着学生论文走进中餐馆。这家店是家族经营的,老板是那个每次端上来滚热的汤和成小山那么高的白米饭时会发出咯咯痴笑的男人。我的手机又响了。我接起电话说:"克莱尔,你总是这样一而再再而三地给我打电话却又什么都不说,到底是什么意思?跟我谈谈吧!我知道我是个混蛋,但是我会听你说的。你想说什么都可以。我现在正在一家中餐馆里吃饭。我点了你讨厌的葱油饼,还有酸辣虾汤,哦,我知道你对虾过敏,但我不。"

屋子里一片昏暗。泰茜看上去有些不安,我放它出去尿了泡尿,又给了它一些狗粮磨牙。那只猫一直在我脚边蹭来蹭去,还不停朝我摇尾巴。

"我没忘了你,"我说,"我什么时候忘过你啊?"

电话铃响了起来,是拉里,直到看到他的来电我才想起自己忘了给他回电话。"不好意思,这时间段很奇怪。"我大笑着说,"非常诡异。"

我坐在沙发上,手里握着遥控器,翻来覆去地换频道,并注意到电视机太大了,以至于我每按动一次遥控器,房子里的光线都会随之发生变化。我还是更喜欢老式的黑白电视机,至少对眼睛来说比较舒服。

"我是拉里。"他重复道。

"我——"我本想说点什么。

"别说话,先听我说,"他打断我说,"我有个消息,克莱尔让我代表她。"

"你的婚姻不是很幸福吗?"

"代表她,不是娶她。我要做她的律师。"

我关掉电视。"拉里,我们是朋友啊,我们从小学四年级起就认识了。"

"没错。"拉里说。

"我不明白你为什么这么做。"

"我一直在等待这一刻的到来。我永远不会忘记你和你那个弟弟是怎么对待我的。我那时还是班里的新生,刚从纽沃克转学过来。"

"哦。"我回应,但其实我真的不记得了。

"你们逼我跳那什么'爱哭鬼之舞',然后你弟弟还说我必须每周付给他三美金,不然就别想活。"

"你算走运,"我说,"我得给他五美金呢。"

"反正这些都无关紧要了,"拉里说,"克莱尔觉得她手上有证据。你有律师吗?我应该跟你的律师谈谈。"

"你就是我的律师。"

"已经不是了。"

"克莱尔是不是想约个时间坐下来,聊聊我们的共同财产、退休金和健康保险金,谁该得到哪些,等等,这一类的事情?"

"不。她把所有事情都交给我处理。"

"这涉及到什么利益冲突吗?"

"对我来说没有。"拉里说。

"好吧,你要是当了她的律师,谁来当我的律师?"

"你不认识别的律师吗?"

"没有,当然没有,我又不是整天跟'律师'打交道的家伙。"

"我想乔治有律师。还有,我必须跟你说,不要再给克莱尔打电话了。她说你总是不断打她的手机,给她留言。"

"我没有。是她的手机不断给我打电话,我接了她又什么都不说。"

"我可不想去掺合你们那些'他说她说'什么的争论,总之别再打电话了。"

我没说话。

"行,然后,"拉里继续说,"还有一件事,是关于闹钟的。她说你拿走了她床头柜上的闹钟,是一个四乘四英寸的方形黑色博朗牌旅行钟。"

"我会给她再买个新的。"我说。

"她不想要新的,"拉里说,"她要她自己的钟。"

我们都没说话,中间沉默良久,他继续说:"她不想要别的什么,不需要赡养费,也不需要任何形式的补偿。克莱尔同意支付你二十万美金,然后你永远不能再来找她,不能再和她说话。"

"这真伤人。"我说。

"二十五万美金如何?我可以帮你提到二十五万美金。"拉里说。

"这不是钱的问题,是这样的,克莱尔再也不想跟我说话。不但如此,她还要羞辱我一番,用钱打发我走。"

"那么,你打算接受这二十万了?"

"二十五万。"我说。

"你还要把闹钟还给她。"

"行!"说完,我们的对话就此结束了。

第二天早晨,乔治律师的秘书打来电话。"你有笔吗?"她问。

"有。"

"有些信息需要你记一下。你弟弟已经被移送至莫宏克馆度假村,B室。你去他家的医药箱里仔细查一下,列一张他所有药物的清单,包括药物的日期、剂量、药房、医生等信息。还有,任何关于他个人物理和精神医疗师的信息都会对我们有帮助。去查看一下他的信用卡记录,看看在过去的六个月里有没有任何异常消费记录,我们想了解这些。还有,对他的起诉已经立案了。"

刚开始我以为是乔治的信用卡被起诉了,比如当有人试图用你的卡号在网上购买一辆拖拉机,你的卡就会突然被吊销之类的。但她继续说:"地方检察官的意思是,他蓄意离开医院,企图对他人进行伤害。"

"哦,我可不这么认为。"我惊讶地说。

这时,窗外突然出现的景观吸引了我的注意:一个女人全副马具武装,手里拿着农作物,骑在一匹看上去非常昂贵的、巨大的马的马背上漫步。外面很冷,马从窗户前经过时,我看到一股潮湿的鼻气从它那巨大无比的鼻孔里喷出来。

"他们在往谋杀和故意杀人方面查,这是底线,在他们看来,这绝不是一场事故。"

"他回家或许是因为想念他的狗。他和那只狗很亲。"

"难道他非得大半夜从医院跑出来,就为了给狗塞一块饼干?"秘书说。

"是的,就是那样。"我说。

"祝你好运,先生,"她说,"我会把度假村的详细路线传真给你。"

等待传真的过程中,我在衣柜里找到了一个装有露营用具的包。我把网球衫、短裤、卡其裤塞进去。我又拿来袜子、内衣和乔治的牙刷、牙膏、剃须用具、运动鞋及游泳裤(万一用上了呢)。狗在一边狂吠,原来是信件投递口发出了响声,一张手写字条滑落进来,躺在地板上。我凑上去看,上面写着"我们有东西要给你"。我打开门——

街道上空无一人。

这是一个晴朗而美丽的日子,很适合驱车远行。即便如此,我还是一边开车一边吃了一惊,那个度假村真的在非常偏远的新泽西州北部,深藏在山里,是一栋纯朴的阿迪朗达克式建筑,有一扇巨大的门。

车开到山里,一个男人朝我走来,让我打开行李箱。他用一面镜子照了照车底,在我身上和我带的包上用金属探测仪扫了扫。"介意我先保管一下吗?"他手里拿着我的杰克轮胎说,"放心,我们不会拿走,你走的时候一定会还给你。我们会小心保管的。"

到达山顶后,一位男服务员替我开走了车,而我则拿着装满乔治衣物的露营包走了进去。

　　房子里有一张超大的接待桌——这里与其说是一家精神病院，不如说更像是一家旅店。

　　"我来这里看我的弟弟。"

　　"他叫什么名字？"

　　"乔治·西尔弗。"

　　"不准探视。"

　　我把露营包放在桌上。"有人让我来给他送东西。"

　　她接过露营包，打开，将衣服和内衣胡乱地在接待柜上堆成小山。

　　"嗨，我花了好大力气才把它们叠整齐。"

　　"我们是精神病旅馆，不是时尚秀场，"她说着，将乔治的电动牙刷、除臭剂以及牙膏都递还给我，"只接受未开封的产品，而且不准有电器。"

　　"我什么时候能见到他？"

　　"他是新进来的，五天内不准探视。"

　　说完，她将拒收的东西放回到包里，说："你打算把这些拿走还是我直接扔掉？"

　　"我会拿走。那么，接下来呢？这里有可乐机吗？或者有什么地方能让我弄到一杯咖啡喝？"

　　"去镇上，你可以找到很多吃喝选择。"

　　"你瞧，"我说，"他妻子死了，而我们一直都没机会好好聊聊这事儿。"那女人点点头。

　　"我在想，这次袭击根本就不是什么精神问题。我开了三个小时的车才来到这里，难道只送了这些内衣就完了？"

"够了！"那女人开始咆哮。随后，她努力镇定下来，对我说："我可以给你一份我们的推广宣传片。"说着，她伸手去够柜子底下，掏出一份文件夹给我，"这里面有我们所有的信息，还有一份对所有项目的介绍。我们无法让你有一场达成实际意义的旅程，因为我们对客户的隐私高度保护。我会登记下来，说您希望医生给你打电话。家庭访问必须提前登记预约。我们不接受临时拜访，这样对其他人来说太打扰了。"

"我真的是大老远跑来……"

"是的，我知道，"那女人说，"你要自己登记留言吗？"

"去你妈的登记。"我转身离开。

我在汉堡王里找了台付费电话打给乔治的律师，手机在这里连信号都收不到，根本不管用。我将硬币塞进电话。"你让我向法庭请假，就为了跟我抱怨他们不接受你的牙膏，令你觉得自己受到了伤害？"

"没错。我这么大老远开车过来见他。早知这样，我还不如直接把衣服快递给他呢！他们甚至不愿意接收乔治的电动牙刷，乔治要是知道了肯定会很不爽。"

"我肯定他们会告诉他你来过了。你能出现，这本身就很重要。"律师说，"我要走了。"说完，没等我进一步解释，他就挂了电话。

开到高速公路上的一个加油站时，我的手机有了信号，但是我的银行卡不能使用了。

"是的，"银行的客服代表对我说，听上去他像是在印度跟我通话，而不是新泽西州的彼得森，"您的卡被吊销了。"

"谁干的？"

"是为了对您进行防欺诈保护。您知道密码吗？"

"去你妈的！"我大吼一声。加油站里的每个人都盯着我看。

"请不要使用脏话。"电话里的人说。

"我没有说脏话，这是密码。"

电话里一阵沉默，只听见敲打键盘的声音。"十四美金，在医院餐厅里的消费，还有一笔花店的消费，对吗？"

"这些都是我自己的消费记录。是谁吊销了我的卡？"

"我不能向您透露这一信息，但是新的卡已经寄出给您了，您将在七到十天内收到新卡。"

"你能把新卡寄到我现在的住址吗？我现在不在城里。"

"不好意思，我们只能将卡送至档案上的地址。"

"这里不可以打手机。"有人在冲我嚷嚷。

"你要害死我们所有人吗？"另一个家伙也跟着嚷嚷。

"离你的车子远一点，白痴！"

我一只手放在燃油喷嘴上，另一只手拿着手机打电话，同时用满是愤怒的表情看着加油站里的家伙。

"你不识字吗，白痴？"其中的一个家伙指着油泵对我叫嚣，那上面写着——"手机和其他随身电子设备发出的闪光可能使烟气点燃。不要在使用油泵的同时发短信或者讲电话。"

我将手从油泵上移开，喷嘴从油箱滑落，油贱到了我的鞋子上。我迅速抽身，一边后退一边对着听筒大叫："我现在在离我住的地方几百里地的加油站！要是我问你的名字，你只会告诉我约翰或者汤姆或者什么随便编出来的听起来很美国化的名字,但实际上你的真实姓名应该是阿庇曼尤①这种。"

"您需要我的主管来跟您说话吗?"

"非常需要,谢谢。"

我回到车里,发动引擎,双手抱在胸前,等待着一场情绪大战,但并没有发生。电话接通他们的主管,我又重复了一遍我的经历,告诉他我身上没有现金,而我正身处离家几百英里外的一个加油站。

"我这边看到您的账户因为一些悬而未决的法律问题而处于冻结状态。"管理员说。

"是你们冻结了我的账号,不是我。"

"您需要现金,是吗?"她问。

"是的。"

"和这个主账号绑定的还有一个房屋抵押贷款账号,不知出于何种原因,它还没有被冻结,您可以从那个账号取钱。您的账号可取用的上限金额是六万美金,您可以直接从自动取款机取钱,每天只能取一千美金,不包括手续费。"

我在加油站的小食店里用自动取款机取了钱,把现金塞进口袋后出发了。

车子开进乔治家所在的镇上时已经是下午,正是一天中最百无聊赖的时候,所有的一切都悬在半空,懒散地等待着灌几杯鸡尾酒下肚的时光。我要是一只猫,这时候估计会睡一觉。

我没有直接开车回家,而是寻找犹太教会堂。我现在急需一

---

① 印度史诗《摩诃婆罗多》中的悲剧英雄,般度五子之一阿周那的儿子。

些忠告。我停了车,熄了火,但我出不来,好像被什么卡住了。你觉得拉比会愿意出来跟我谈谈吗?或者有什么可以不必下车的寺庙吗?我拨通电话查询服务号码,教会的电话系统是自动接听的。"希伯来学校,请按2;预约教会活动,请按1;接通拉比·斯查芬贝格的办公室,请按3。"我按下3,接电话的是个女人的声音,用中文对我说:"你好。"

"我想找拉比。"

"拉比现在很忙。"

"我最近经历了一些难过的事情。拉比替我们主持过葬礼,我们还握过手。"

"你是教会的会员吗?"

"我弟弟是,我侄子还在你们那儿接受过受戒礼。"

"你可以先加入教会,再来跟我们谈。"

"我不住在这一带。"

"你可以捐赠。"

这女人说话的声音非常奇怪,像是翻译器。

"您好,我无意冒犯,但您的口音很不寻常,您是哪里人?"

"我是中国犹太人,是个被收养的大龄女孩。"

"您是几岁被收养的?"

"二十三岁。那家人来领养婴儿,但对所有的婴儿都不满意,所以他们领养了我。我就像个婴儿。我没受过教育。我无知,这对双方来说都是好事儿。他们常开玩笑说我是新生大宝宝,不过我一点儿不觉得好笑。我喜欢当犹太人,有美好的节假日,有美味的汤。"她停顿了一下,"那么,你打算捐多少呢?"

"您的意思是,我必须花钱才能买到拉比的时间?"

"犹太社区需要很多东西，我们因邦氏骗局而受到沉重打击。"

"您是指庞氏骗局吧？"

"没错，所有的钱都烟消云散了。你能捐多少？"

"一百美金。"

"这可不太好，你最好再加点儿。"

"您建议捐多少？"

"最少五百美金。"

"好，五百美金能换来和拉比聊多长时间？"

"二十分钟。"

"您真是个称职的犹太人，"我说，"精明的商人。"

"我是个女人。"她说。

我把自己的信用卡号报给她。她让我等了一会儿，我听了会儿电话里的古典音乐，犹太人的声音又传了过来。

"你的卡无法使用。"

"为什么？"

"不知道。你给信用卡中心打个电话问问，再来找我们。拜拜，顾客。"

我没听错吧？她刚刚真的说了"顾客"！

我开车驶出教会的停车场时，差点儿被一辆运货卡车撞翻。

回到家，我发现信件投递箱里面又躺着一封留言信。

"我有事找你解决，你应该待在家里。"

"泰茜，谁留的这字条？你看到他们进来了吗？是谁匿名将字条投递到邮箱里的？投递人的手是什么样的？他想要什么？"

泰茜看着我，样子好像在说："老兄，我知道你已经很努力了，但是我连你都不太认识。而且最近发生了太多奇怪的事情，我甚至不知道这一切该从何谈起。"

感觉有点儿不对劲儿，不是什么大事，就是一种奇怪的感觉，感觉家里的东西被人动过，比如，我离开的时候报纸是在邮箱里面还是外面？还有，前门堆积成山的信件好像变得不太一样了。柜台上有一罐奶油苏打水，我摸了摸，罐子竟然是冰的！

我立马心跳加速。

我看了看泰茜，它正使劲儿摇着尾巴。

"你好？"我大声呼唤，"有人在家吗？"

太奇怪了。

"你——好……"

楼上有一点儿响动声。

"谁在上面？纳撒尼尔？艾希莉？自己报上名来。"

我的心在胸口怦怦狂跳，感觉要散架了似的。我双手握拳，压低嗓音说："这里是警局的中士斯皮罗·阿格纽。我们知道你就在屋子里，双手举过头顶，走出来。"

楼上发出砰的一声，好像有什么东西掉下来。"该死。"有人说。

"好吧，我要上去了，我手上带着枪，我可不想扳动这沉重的、力大无穷的武器。华莱士，退后……"

我用脚在楼梯最下面一层台阶上踢了四下，模仿脚步爬上楼的声音。泰茜用看疯子一样的眼神看着我。"给你最后的警告。华莱士，给警局打电话，让他们开防爆车过来。"泰茜在一边看着我，好像在说："谁是他妈的华莱士啊？"我从雨伞柜里拿出纳特的棒球棍，朝楼上走去。

"别开枪。"是一个女人的声音。

"你在哪里？"

"卧室。"

我握着棒球棍走进卧室，刚准备挥棒，发现站在那里的是苏珊，她怀里捧着堆成小山一样的、简的衣服。"你不会杀了我吧？"

"我没想到你有钥匙。"

"我用了假山底下的备用钥匙。"

我看了看她怀里的衣服。"找到你要找的东西了吗？"

"我想要一些简的东西。这样会不会很奇怪？"

我耸耸肩。

"我可以拿走吗？"

"随便拿，想要什么都可以。你可以拿走电视机，这里每一个房间里都有电视机。你想要银器吗？楼下有很多，在一个小绒布袋子里。"

"我能去看看吗？"

"随时可以。她是你姐姐，不过话说回来，你在偷你侄子和侄女的东西。"我让到一边，好让她下楼。

"你的枪呢？"

"什么枪？"

"你说你有一把很大的重型枪，但我怎么只看到纳特的棒球棒？"

"我说谎呗。"我把棒球棒放到一边，帮苏珊把东西搬到她车里，"她肯定有很多鞋。"我说。

"她有双好脚,"苏珊说,"穿什么鞋都适合。"

"好脚配貂皮大衣。"我说。

"你觉得那件大衣在哪儿?"苏珊问。

"你找过前厅的衣柜吗?"

"那混蛋杀了我姐姐,我至少应该得到一件大衣。"苏珊说着又返回房子里,打开前厅的衣柜,同时骂骂咧咧。不一会儿,她找到了那件大衣,穿上身朝大门走过来,停在我面前看着我,好像在问:"你会阻止我吗?"

"我说过,随便你要什么,都是你的。"说着我把那罐苏打水递给她,"这个也是你的吧?"

"你可以自己留着。"她说。

我抿了一口。"你知道那个邮箱吗?总有人不断往里面留下些奇怪的字条。"

"什么样的字条?"

我给她看那张字条。

"你完蛋了。"她说。

"为什么?"

"可能是乔治杀害的那家人寄来的,他们来寻仇了。"

"我该报警吗?"

"我可不是能给你建议的人。"说完她上了车,开走了。

我打算去五金店看看防盗报警器,再买几个定时夜灯放在楼上。苏珊擅闯我们家的时候,有人在邮箱里留下了纸条,这还不够吓人吗?最重要的是,在过去的二十二年里,我一直都住在一居室公寓楼的十八层,这种时候却在这么大的豪宅里独处,压力瞬间向我袭来。

五金店里卖电池的走廊上,有个女人在拼命地弄着某个藏在枕头套里面的东西。我并不是故意要盯着她看,但我着迷般地看着她在那儿不停地把手放进枕套里,努力做着不知道什么事。

"那袋子里是啥?小兔子需要电池吗?"

她看了看我。"你难道看不出来吗?"

我耸耸肩。"没看出来。"

她把枕头套递给我,我往里面窥了一眼,里面是一个硕大的粉色人造阴茎和一个镶满滚珠的蛋蛋,还有两个奇长无比的兔耳朵。

"它不动了,"她说,"你按下按钮试试。"

我照她说的做了,那东西转了半圈,声音就像一辆无法发动的汽车打不着引擎时的声音。"搞不好烧坏了。"我说。

"啊哈。"她不可置信地说。

"真的,问题可能不是电池那么简单。"我说着,拿起枕头套,小心翼翼地在枕套里修理。我摸到了装电池的盒子,装了四节电池进去,然后,啊哈,兔子果然开始运作了!我从外面打开开关,观察那只兔子在旋转,跳舞。"她真是个迪斯科兔子。"我说完,将枕头套还给女人。

"它还会弯腰,"女人说,"你可以改变它的角度和震幅。"

"很好。"我说。在那枕套里,兔子还在跳舞,那疯狂打滚、扭动的样子,就好像里面放了份美味的点心似的。

"顺便告诉你,这种事以前从未发生过,"女人说,"就好像,如果我再遇见你,可能还是不认识你。"

"知道,"我说完离开了卖电池的走廊,朝家用防盗部门走去。我发现有一个自制防盗系统是可以"自己设置"的。我当时并不知道什么叫可以"自己设置",但那玩意儿看上去很厉害的样子,所以我买了一个回家,结果才发现这里的"设置"就是"自己设置说话的程序"。你可以选择你想说的话,如:"窃贼!窃贼!"或者说:"小偷,快点出去!"你可以设置成比较低沉的声音,或者是刺耳的声音,或者干脆录一段你自己的语音留言,像是妻子抱怨晚归的丈夫:"亲爱的,还记得我为什么给你设置禁令吗?"

我把背包放进车里,去常去的那家中国餐馆。那家店的老板已经认识我了。

"你是要点老样子还是换换新口味?"店员问我。

"老样子就行。"我说。

"唉,孤独的男人。"服务员说着,给我端上了一杯汤。

回到乔治的房子,我喂了狗,又遛了狗,然后安上定时器,把夜灯设置在纳特和艾希莉的房间里,亮灯时间从晚上五点半到上午十点。孩子房间里的东西摆放得整整齐齐,显得空空荡荡,就像家居目录里的样板房,而不是有人居住的家。我想象孩子们的房间里应该堆满了代表他们过去经历的各种纪念物,还有迄今为止他们所搜集的为生活下定义的东西,譬如从沙滩上捡来的石头,在游戏中取得的胜利旗帜,家庭旅行时买的纪念帽,等等。但他们的房间里完全没有这些,架子上秩序井然,一切都是固有的,仿佛人生被悬吊或被拖延了。

这种寂静让我觉得难受。我想到了尼克松及其一直做笔记的习惯,他大量的手稿、录音带,还有那些后来对他不利的录音资料馆。我又想到了理查德·尼克松,他是金·亨利二世的儿子,他们以狮心王理查德一世的名字为他起名。他是位勇敢的战士,也是位才华横溢的作词家。我忽然想到,我其实对尼克松及其周围的关系了解得还不够。我在心里默默记下来,要重新查阅关于这类主题的书。

我回到楼下,给学校里的孩子们打电话。"现在说话方便吗?"我问纳特。

"还好。"纳特说。

"我没打扰你学习或踢球吧?"

"没事儿。"纳特说。

"嗯,"我说,"我就想问问你最近怎么样。"

"还行。"他说。

"你还行,那就好。"我说。

"反正就那样,"他说完,顿了一会儿,接着说,"只是,她不会打来电话了,太安静了,我不断努力让自己忘了妈妈已经死了这回事儿,我有点儿喜欢这种努力。忘记了会更好,感觉她好像还没死。但是当我忘不掉的时候,就会觉得很难受。"

"我可以想象,"我说,然后我也顿了一下,"你父母通常什么时候给你打电话?有没有什么固定的时间和频率?比如一星期一次或两次?"

"妈妈每天晚饭之前都会打电话,大约在晚上五点四十五到五点五十五之间。我不记得爸爸曾打过电话。"

"说来你肯定觉得奇怪,"我又停顿了一下说,"泰茜和我相处得很不错。我带它出去散步,哦,我感觉之前好像很少有人带它出去遛,因为它似乎不喜欢离开家里的院子。但只要我带着它穿过车道,它就没问题了。"

"那里有一道看不见的篱笆。"纳特说。

"肯定是的,它被训练得很好。只有当我使劲儿拽它时,它才肯走出院子。就好像我得跟它搏斗一番,它才肯离开家似的。"

"因为那篱笆墙吓到它了。"

"什么篱笆墙?"

"看不见的篱笆。"纳特又说。

"一道看不见的篱笆,真的存在吗?"

纳特叹了口气,不无痛苦地说:"狗的项圈上有个小盒子,那是个发射器,如果你打算带它离开院子,就把那个盒子取下来,否则它会受惊的。如果你打算开车带它出去,也要记得把那个盒子取下来。"

我看了看狗的项圈,确实有个醒目的小盒子。

纳特继续说:"洗衣房的墙上还装了个大一点儿的盒子,就在防盗报警器旁边,那是控制看不见的篱笆的——所有这些东西的使用说明书都在微波炉下面的抽屉里。"

"真神奇,你什么都知道。"

"我又不傻。我在那个家住了一辈子。"

"你们家还有防盗警报器?我刚刚买了套家用安保系统。"

"我们很少用那玩意儿,那玩意儿一响起来会吓到所有人。"

我下意识地摸摸口袋,五金店的收据还在。"有没有密码或者什么暗号来控制那个防盗系统?"

"全都在说明书里,"纳特说,"你自己去看吧。"

"好的，那么……"我说。

"我要走了。"纳特说。

我在心里默默记下：明天大约五点四十五再给他打电话。

艾希莉的室友说她不能接电话，因为她正在校医务室里。她得了脓毒性咽喉炎。我立即给她学校的校医打电话。

"你们怎么不通知我？"我质问。

"你是谁？"校医问。

"我是她叔父。"我回答时有点儿底气不足。

"我们只通知父母。"

"好吧，"我又打算奉上一番已经重复了无数遍的信息，"显然你还不……"

才开口，我就发现那只猫被一只毛球困住了，于是我简单地说，我明天再打来，希望能和艾希莉说上话，现在请她替我好好照顾艾希莉。

"你在电话通知的名单上吗？"我隐约听见她问，但我已经挂了电话。

清理那团毛球的时候，我差点吐了。狗和猫用极其同情的眼神看着我双膝跪地用苏打水和勺子刮着地板。

清理完之后，我登录简的亚马逊账户，给艾希莉买了些书。过程超级简单，简在电脑里列了张礼物清单，我从中选了两件，点"发送给艾希莉"键就可以了。我还额外付钱做了礼物包装，在包装盒里的卡片留言栏打上："祝你早日康复。给你很多很多的爱，你的狗泰茜，和你的猫，亦称'小毛球'。"

过了一会儿,信件投递箱发出刺耳的声音,把泰茜着实吓了一跳。就在泰茜疯狂吠叫的时候,另一张纸条悄悄滑到了地板上。

"明天即将来临。"字条上这么写着。

"没错,"我对泰茜说,"明天就要来了,我也该有所准备了。"就在这时,我的手机响了,吓了我一跳。"你好?"

"是乔治·西尔弗的哥哥吗?"

"你是谁?"我问。

"我是度假村的罗森布拉特博士,"他说"度假村"这个词的时候,好像这本是个有特殊含义的词语,好像这个词本身被上了密码似的。

"你怎么有我的手机号吗?"

"现在讲话方便吗?"

"我听不太清楚。你能打座机给我吗?我在乔治家。"

我匆忙赶去乔治的书房,在电话铃响的一瞬就接起了电话。

我好像站反了,面对着乔治的椅子,面对着他桌子后方的书柜,还有他那连价格标签都没撕下来的相框。

"我可以坐下来说话吗?"我问。

"随便你,怎么舒服怎么来。"

我围着桌子转了一圈,一屁股坐在乔治的椅子里,面朝着那些照片,有乔治孩子的照片,有简的,有乔治和简和孩子一起,还有泰茜的,还有泰茜和乔治和简和孩子们一起的合照。

"据你所知,你弟弟头部有没有受过伤?比如脑震荡、昏迷?以及在这次事故之前有没有经历过别的事故?有记录吗?"

"据我所知好像没有。"我说。

"他有没有过诸如脑膜炎、风湿热、未治疗的梅毒等病史?"

"据我所知没有。"

"药物呢?"

"他自己怎么说?"

一阵尴尬的沉默过后,医生再次发问:"在你的记忆中,你见过你弟弟服用什么药吗?"

"他通常都是自己吃药,吃吃这个,吃吃那个。"

"你弟弟是性瘾患者吗?"

"我觉得是这样的,"我说,"不管你觉得自己有多了解一个人,总有些事情是你永远无法知道的。"

"关于他的早年生活呢?他似乎不太记得自己的童年。你们有过被人惩罚、打屁股或者殴打的经历吗?"

忽然,我大笑起来。

"有什么可笑的?"医生不解地问。

"我不知道。"我一边说一边止不住地笑。

"游戏规则是,"医生说,"有些借口是有底线的。"

我不笑了。"我们从不会被打屁股、殴打或者以任何形式被人欺负。如果有人被殴打,那肯定是乔治殴打别人,要知道,乔治从小就是小霸王。"

"所以你的意思是,你也被你弟弟欺负过?"

"不只是我,还有别人,好多人。我可以给你一长串的名单,还有他们的电话号码,你自己可以去问问,被乔治欺负的阴影至今仍存在。"

精神病医生在电话那头咕哝着。

"你会如何描述你弟弟?"

"大,"我说,"躲不掉。"我接着描述:"其实他个儿很小,中等身材,却很大,这是浮动的。他是个体型会上下浮动的人,情绪也波动不定。他从来不容忍别人。"

"在你的经验中,他对你也难以容忍?"

我停顿了一下,转而反问:"你呢?你会怎么描述你自己和你的职业?"

他并没有上套——或许他甚至没觉得我在给他设套。

"我们的方法是针对整个人、整个家庭和我们生活的整个社区。每个人最初都是精神健康的,然后不名疾病会以指数级的速度蔓延。"他在说这些的时候,热情不断高涨,就好像整个疾病王国是一个充满了神奇的地方,是一场完美的挑战风暴。他调整了一下呼吸,转变为更职业的语调,继续说:"我们对你弟弟进行了一系列综合性的测试,包括血液测试、大脑扫描、标准智商测试等。我们想,你是否愿意也做一套同样的测试,作为实验对比。"

"我大概不太会想让自己的大脑被这样检测吧。"

"你不必今晚就做决定。"他顿了下说,"让我问你最后一个问题:除了你们的妈妈之外,你们父母那一代有没有别的亲戚健在?"

"我爸爸的妹妹。"

"你愿意去看看她,问些问题吗?"

"也许吧。"我说。其实我并不愿意承认自己的好奇:为什么这些年来,这个家里没有一个人提到过莉莉安姑姑呢?难道他们大吵了一架?

我一边和医生讲电话,一边用乔治的电脑上网。我像条件反射一样,自然而然地打开了谷歌。首先,我上"地下气象台"查了下未来十天的天气预报,然后我毫不犹豫地输入"性+郊区+纽约",立即跳出了一千多个网站,好像电脑自动进入了超光速驱动器一样。我输入我所在地的邮政编码,然后在快速搜索栏里填上我的条件。男性,寻找年龄在三十五到五十五岁之间的女性。

电脑显示要我填上我的邮箱地址?我的邮箱地址:Mihousl3@aol.com,感觉像是某个被遗落的、在另一个时间属于另一个人的东西。我立即新建了一个:AtGeodesHouse@gmail.com。哦,我当然满十八岁了,好啦。这感觉太惊人了,这么快就能在网上找到裸体的女人。

医生又在询问乔治会过敏的食物:花生、小麦、谷蛋白……"乔治挑食吗?他对衣服挑剔吗?有没有他特别讨厌的品牌?他喜欢摇晃还是旋转?"

"他会扔石头砸人,"我说,"正中别人的脑袋。"

"这是你的想法。"医生说。

"他经常扔石头砸人脑袋。"我重申。

"目标物不怎么样,"医生说,"关于食物呢?"

"他不扔食物。"

"他会好好地吃东西吗?"

"在我们那个年代,对食物没多少选择,没有什么喜不喜欢吃的说法,只有吃,或者不吃。就像你要么穿父母买给你的衣服,要么只能穿你表兄穿过的旧衣服——我们没那么多选择。"

"他在学校里常常惹事吗?"

"哦,他喜欢学校。他比同龄人都长得高大,可以去捉弄很多人。最有意思的是,我爸爸在家里自认为是一家之主,他和乔治不那么和谐。"

我正在网上看胸,各种各样的胸。显然,女人喜欢拍自己的胸,然后把它们贴在网上,你可以选择自己能驾驭的尺寸,选择大胸的女人、小胸的女人,或者选择巨乳的,选择半透不露的,一切随你喜好。

我正在网上填表,描述我自己:我的爱好、收入、眼睛的颜色、发型……所有这些都是为了帮我迅速定位到一个女人,一个愿意来见我、愿意跟我做些不只是见面而已的事情的女人。

"所以说,只有你们两个人一起长大?"

"嗯。"

"乔治和他前妻有两个孩子?"

"她不是他前妻,她是他妻子。"

"他们有两个孩子?"

"正确。"

"孩子们呢,现在在哪儿?"

"在寄宿学校里。纳特过得还不错,艾希莉在校医室,她的喉咙发炎了。"

我的注意力在屏幕上漫游,我很高兴自己能够在跟某位教授级人物通话时做这些事情,这样我就能只将一部分的注意力放在眼前的东西上,而且同样令人高兴的事情是,这位"教授级的监督人"——又称乔治的精神病学家——完全不知道我在干什么。假如我是一个人待在屋子里浏览这些网页,我肯定会被击垮的,那情况是我不愿意想象的。我以前怎么就没这么干过呢?

电话那头的医生察觉到我走神了:"孩子们如何处理和爸爸

的关系?"

"哦,我想自从他杀了他们的妈妈,就改变了很多。我还不太清楚情感究竟变了多少,毕竟,他们最后一次见到爸爸是在墓园里,当时他们正在埋葬自己的妈妈。"

我一张接着一张浏览网上的照片,这真是个名副其实的人类肉体展示目录。天晓得这些人怎么那么喜欢如此事无巨细地展示自己、把自己裸露的身体部位一丝不挂地放在网上,简直就是……动物世界。

医生还在说话:"我们鼓励你过来一趟,你愿意在这里过夜吗?多待几天?"

"我不能,"我说,但其实我并没有认真听,"我在乔治家里,还得照顾他的宠物。"

"你可以把它们一起带来,乔治很想念他的狗。"

我看到网上有人发帖说:"你的乳房盛满了奶吗?我太喜欢母乳奶了,我希望遇见一个正处在哺乳期或者孕期的女人,白天可以吃她的奶。如果你喜欢,我也会把我的脸埋在你的双腿之间,用舌头让你一次又一次地高潮,直到你叫我停。不需要你交换服务。我是专业级的德国道依茨发动机,无需燃料,不抽烟,很绅士,充分尊重女性,愿意在你家里定期为你做这件事。"

"找个时间吧,你会来吗?"医生又问了我一遍。

这个广告写得太具体了,太撩人了,让人很不舒服,以至于我不得不转过头回避一会儿电脑上的文字。

"我去过那儿,"我心不在焉地回答医生,"前几天,开车走了好长的路,带着乔治的东西,但他们连见都不让我见他一面。我并不觉得那是一次愉快的经历。"

"是的,希望这次提前预约的行程会让你感觉好受些。"

"再说吧。"我说。我现在离那儿远着呢。

"我们过段时间再聊。"医生说。

"可以,"我说,"随时给我打电话。我一直在这儿。"

在电脑屏幕的光线里,我像个老男人一样长久地趴在那里,盯着电脑。猫和狗都来看我有没有出问题。

"乡村妈妈征友午餐会,NSA。"

我一开始错把"NSA"看成了"NASA"[1],还在想,这见鬼的太空计划怎么会和一个乡下女人的约会邀请扯上关系呢?我谷歌上搜了下"NSA",发现它的缩写包括从"国家锯木协会"到"无显著异常"到"无附加条件"——而最后一个显然才是正解。

凌晨两点半到三点之间,我在网聊的过程中趴在电脑桌上昏昏欲睡,正和我聊天的女人问我:"你在边打字边开车吗?"

"不,"我敲字回应,"不是在轮子上犯困,而是在桌子旁犯困。"正在和我聊天的女人是警察的妻子(她自己是这么说的),正在等她丈夫回家。她说她总是通过网络性爱聊天来缓解她对她丈夫的工作的忧虑。

第二天晚上我又在上网。我渴望着些什么,想着要是能有个人一起分享我的馄饨汤该多好。

我发了个征友贴。电脑上有一张乔治的职场头像,是几年前拍的,那时候他的头发还很浓密,身材也比现在好。我上传了那

---

[1] NASA 为美国国家航空和航天管理局的缩写。

张头像作为我自己的。"独自在家——韦斯切斯特男人在寻找玩伴。如果你也有一颗疲惫的灵魂,渴望滋养,我们可以约会,一起喝杯奶昔,我请。NSA。"

我刚把帖发上去不到一分钟,就收到一个女人的邮件,说:"我认识你。"

"不可能吧?"

"不,我说真的。"她说。

"很高兴跟你聊天,但相信我,没人认识我。"

"我认识你的照片。"她说。

"好吧,"我说,感觉像是纸牌游戏——继续抓鱼碰运气。我搜索乔治的电脑,找到他度假时拍的一张照片,手里拿着钓鱼竿。我上传照片。

她发了一张她刮过毛的胯部照片。

"你好像认错人了吧?"我打字回应。

"乔治。"她的回应吓到我了。

"?"我打字。

"我以前为你工作。我听说了,你出事了。"

"我不太明白。"我打字,但其实我很清楚她在说什么。

"我是爸爸的小女孩儿,我们以前常常假扮妈妈外出了,然你会要求检查我的功课,我把作业带到位于洛克菲勒大厦十八层你的办公室里给你检查。你让我做什么我就做什么——我从不违抗爸爸。你让我舔你的小家伙,对我说它的味道就像甜甜圈。你说的没错。我俯身趴在你桌子上,我的胸将你桌上记账本的笔都扫出去了,而你正在从后面上我。办公室的门是开着的,你喜欢这时候有人碰巧走进来时的表情。"

"还有呢?"我打字。

"哦,乔治,无所谓,我已经不在广播网了,我辞职了。我找到了一份更好的工作,我的新老板是个拉拉。"

"我不是乔治。"我打字。

"你的照片是。"她写道。

"我是他哥哥。"

"你没有兄弟,你是家里的独子,"她打字,"你是这么告诉每一个人的,说你是家里唯一的孩子,你是你妈妈眼中的瑰宝。"

"不对。"

"随便啦,"她写道,"再见,祝你好运,乔治。"

我在乔治的家庭办公室里找到了一个小型数码相机,自拍了几张照片,上传到电脑,看看我的样子多糟糕——我真不知道会这样。我又跑去楼上的卫生间,给自己梳妆打扮一番,梳了头、刮了胡子、修整边幅、用简的发胶涂抹在我的胸毛上。不知道怎么搞的,我的胸毛最近总显出铁灰色。我又找来一件烫得平整的乔治的衬衫穿上,再次拿出相机自拍。我逐一脱去衣服,先是解开衬衫的扣子、脱去衬衫、松开裤子、拉下拉链,直到浑身上下只穿了内裤——自拍了照片。我将相片上传到电脑,创建了自己的档案:"你听说过孤独教授吗?"

第二天早晨,我在迷迷糊糊中想,发生过的一切究竟哪些是真的?还是这一切只是一场扭曲的春梦?我洗了个澡,做了早餐,遛了狗,让自己尽可能远离乔治的书房,直到晚上九点半。

我收到了邮件。"有兴趣接触,我是一个正处在过渡期的女人。"我还在想这八成是某个刚失业或者刚离婚的女人,但继续看下去发现不是。"我以一个男人的身份活了三十五年,但是从三年前开始,我成了一个女人。我把自己看成一个普通的女孩,寻找遇见一个普通男孩的机会。如果你不感兴趣,礼貌地回应'不,谢了'就可以。"

"我是足球妈妈,不比赛的时候,你可以来我的小货车见我。我会让你射。"

"我很可怜,"另一封邮信写道,"不要问太多细节。上周我增加了服药剂量,这使我有精力写下这封信。现在我只想被放倒。很高兴招待你,活着一起共享BLT①。让我们一起午餐吧!"

我回复她:"什么是BLT?"

"培根、生菜、番茄三明治?废话。"

"不好意思,我对网络缩写词不太了解。"

"午餐你想吃点什么?"

"我都行,"我写道,"给我一碗汤就可以。"

她发来地址:"别搞些奇奇怪怪的,好吗?"

"好的。"我回复。真不敢相信我居然在做这个。那女人住的地方距离乔治的房子有七里地。我开车到达她家,有点儿紧张,我将车停在她的车后面,然后按响了门铃。来开门的是一个相当普通的女人。"是你吗?"我问。

"进来。"她说。我们坐在她家厨房里,她给我倒了杯酒,然后去冰箱里拿东西,其间我们一直在聊天。我注意到她家里有一块巨大的白板,上面有各种彩笔画的日程表。布拉德、泰德、莱德

---

① 网络缩略语,有多种解释,这里需结合上下文理解。

等昵称和我的名字被写在表格的左边,表头上则是星期一、星期二……每个名字都有相对应的日程安排——足球、辅导课、班级旅行、瑜伽、便饭——每个都有相对应的颜色,那些昵称用红色,我的则用黄色。

"你是在经营什么小型业务吗?"

"他们都是家人。"她说。

"谢丽尔,这是你的真名?"

"是的。"她说。

"你不喜欢用网名?"

"我只有一个名字,"她说,"多的话,我会搞混。哈里是你的真名吗?还是什么毛怪老头的代号?"

"我爷爷的名字,"我说,"他曾从俄罗斯一路走到美国。"

"我们一起去餐厅吧?"谢丽尔领我进了餐厅,桌上的餐具都已经摆好了。她一盘接着一盘端出食物,有开胃小菜、炖牛肉和三文鱼蛋挞。

"我不是特地为你做的,"她说,"我的朋友是宴会承办人,昨天晚上我帮她承办了一场酒席,这些都是昨晚的剩菜。"

"真的很不错,"我说着,嘴巴被食物塞得满满的,"我很久没吃过除中国菜之外的其他食物了。"其实我想问的是:"你常做中国菜吗?"但如果她的答案是肯定的,那我会觉得恶心,会抑制不住地想要离开。但问题是,我现在还不想走,所以忍住没问。

"我该为你感到难过吗?"

"不用。"我说。

"你有孩子?"我一边问,一边伸手去取第二份炖牛肉吃。

"有三个男孩,泰德、布拉德和莱德,分别是十六岁、十五岁和十四岁。你能想象吗？我看上去像是生了三个孩子的妈妈吗？"说着她迅速撩起衬衫，给我展示她那平坦的小腹。我看到了她胸罩底部的轮廓。

"你的身材很漂亮。"我回答，突然觉得喘不过气。

"你要喝咖啡吗？"她问。

"好，谢谢。"我说。

她转身去了厨房，我听到熟悉的做咖啡的声音。她回来的时候，手里端着咖啡——裸着。

"哦，"我说，"我真的只是来见见你，聊聊天，我们不必……你知道的……"

"但是我想。"

"是的，可是……"

"可是什么？我从没听说哪个男人不喜欢免费性爱。"她气愤地说完，把咖啡递给我。我迅速喝完咖啡，喉咙被烫着了。

"我只是不……"

"不什么？你最好说清楚。混蛋！不然的话，这里可能会有人很不好受。"

"我以前从未做过这事儿。"

这话让她放松了下来。"好吧，凡事都有第一次。"她拉过我的手，领我上楼，"你想要我把你绑起来吗？有些人只有在被束缚起来时才会放松。"

"谢谢，我很好，"我说，"我喜欢这样，自由些。"

到了楼上，她问我想不想玩揉面团。我还在想钱的问题，她却已经双手抹上了润滑油，放在我的小家伙两侧。她告诉我她会像揉面团一样揉捏我的小家伙。刚开始时感觉有点像医生在做检查,但并没有不舒服,随后她将我的小家伙放进了她的嘴里。说真的,我从未想过这一切如此简单。克莱尔从不肯舔我的小家伙,她说我的蛋有股潮湿的味道。

突然,楼下的大门被砰地打开了。"嗨,妈妈!"

她的嘴巴迅速抽离出我的家伙,但她的手还使劲儿攥着我,似乎不想让那儿的血液回流。

"泰德?"她大叫一声。

"是布拉德。"孩子回答,声音略微有些不高兴。

"嗨,宝贝,你还好吗?"她对着楼下喊。

"嗯,我忘了拿我的曲棍球棒。"

"好的,晚点儿见,"她说,"我做了些布朗尼,放在柜子里,你自己吃。"

"再见,妈妈。"

楼下的门又砰地一声关上了。

有那么一二刻,我以为自己大概要心脏病发作了。不过当她又继续给我干她的好口活后,那感觉很快被抛诸脑后。

回到家,我睡了个漫长的午觉,然后开始想明天做什么。我终于觉得人生有追求了,有了打发漫长时光的方式了。我打算日后每天都做这件事。我会每天早早地起床,早晨六点开始阅读,写尼克松,一直到中午。我每天中午都会出去和不同的女人吃午餐,然后回家,带泰茜出去散步,晚上再睡个好觉。

一天一次,单独约会。我在考虑努力把这种约会变成一天两次,一顿午餐加一顿晚餐。没课的时候应该是可以的。但是,这似乎又有点太过分了——我最好还是加强一下自己的体能,应该用运动员的训练标准来管理自己的身体了。

"你最远能跑多远?"一个女人在网上问我。

"怎么衡量?"

"按英里。"她回复。

这是一个非常微妙的平衡——一方面,我不想离乔治的房子太近,以免撞上什么熟人;另一方面,我突然开始在意起时间来——我还有很多事情要做,不想把时间都花在路上。有趣的是,每栋房子里的女人都有着不一样的欲望,就像每栋房子的装潢都不一样。

最多二十五英里。这听起来应该很合理吧!

当我离开的时候,一个女人想付我钱。"哦,不,"我说,"这是我自愿的,我很乐意。"

"但我坚持。"她说。

"我不能收钱。收了钱,这就变成了一种受雇佣的工作,就好像……"

"卖淫,"她替我说,"那就是我要的。我想要男人收下钱,感觉自己得到了快感,同时又觉得自己很低贱。"

"我不能收,"我说,"我是为我自己才这么做的,是为了我自己的快乐。"

"是的,"她说,"但为了我的快乐,我需要付你钱。"

于是我被迫收下了二十美金。二十美金——我就值这个价?我得再多想想。或许这只是她的估价而已?

从那之后,我从每个女人、每栋房子处都拿走点东西。不是什么太大、太值钱的东西,只是一些不值钱的小玩意儿,比如单只的袜子，或者我目光所及的某个小物件。

一个特别的星期三，我那天特别期待一个稍微提前了点儿的午餐，因为那天我要去见的网友是个精力充沛又很有趣的人。"你心里到底在想些什么？你为什么要做这些事？"她写道。

"上帝才知道吧，"我回复道，"但我很期待见到你。"

我到了她住的地方，这是一栋四面都是玻璃幕墙的上世纪六十年代建筑，坐落在一条曲折的死胡同里。我从外面就能看到房子里面的一切——相当时髦的装潢设计，看上去更像是电影里的布景，人走在里面，像是走在机场大厅或者博物馆里，一点儿都不像是在舒适的家里。我按响门铃，出人意料地看到一个十岁左右的小女孩出现在房间尽头，然后她穿过一间又一间房间、一扇又一扇窗户、一块又一块地毯，跑到门前来替我开门。

"你妈妈在家吗？"开门后我问。

"关你什么事？"她说。

"我们约好一起吃个早一点儿的午餐。"

"哦，你就是那个家伙，进来。"

我踏进屋内。"你还好吗？这时候你不是应该在学校之类的地方吗？"

"应该是，但我不。"

休息室是那种嵌在格子屋里的格子屋，我从这里能直接看到厨房、客厅、餐厅，甚至后院的全景。

"那么，你妈妈在这里吗？或许我应该走了，告诉她乔来过，乔·米切尔。"

"我也可以给你做午餐吃,"小女孩说,"比如焗芝士之类的。"

"不麻烦了,但我觉得你妈妈不在家的时候你不应该自己使用炉子。"

女孩双手放在大腿上说:"你想听真话?"

"是的。"

"我妈妈现在城里。她正和爸爸一起吃午餐,看看他们能不能复合。"

"好吧,那么……"我说着,站起来,准备离开。

"所以,"她故意停顿,"我弟弟和我决定像电视剧《掠夺者》一样,玩一个我们自己版本的'掠夺者'。我爸爸说有时候人类的愚蠢程度令人惊讶。我们知道妈妈在搞些名堂,但不知道是什么。"

就在这时,一个小男孩从盥洗室里窜了出来,他肯定早就藏在里面了,趁我毫无防备的时候,他将我的双手用手铐铐在了背后。

"你瞧,"我说,"首先,你们这样做是错误的,我没有犯罪。其次,你们这样使用手铐也是错误的——要是你们割伤了我的大动脉,就什么也得不到了。你们得把这副手铐松开。"孩子们眼都不眨一下。

我扭动着自己被铐起来的双手。"这副手铐太紧了,弄伤我了。"

"我觉得这样挺好,"小男孩说,"就应该让你受伤。"

"松点儿,拜托,"我求饶,但孩子们依然摇头。

"松点儿。"

男孩没动。

我考虑要不要突然跪倒在地假装口吐白沫或者是心脏病突发，但我又想他们这样做有多少是在演戏，多少是来真的，因为事实上我真的快要恐慌症发作了。我想假装跌倒，但低头看了看坚硬冰冷的石板，计算了一下这样一摔我的膝盖骨破裂的可能性，决定打消这一冒险的念头。

"你们多大了？"我问，尝试着让自己转移注意。

"十三岁，"女孩说，"他十一岁。"

"你们的父母告诉过你们别让陌生人进来吗？你们怎么知道我不是又可怕又危险的人呢？"

"我妈妈不会和一个危险人物一起吃午饭。"男孩说。

"我不怎么认识你们的妈妈。"

"看看你，"女孩说，"你一点儿都不吓人。"

"我们要再把他绑紧一点吗？"男孩问他姐姐，"我可以把他的腿也绑起来。我还有弹力绳。"

"不用，"她说，"他现在哪儿都去不了。"

男孩用力拉了拉我的胳膊。"坐下，"他厉声说着，推了我一把。我惊讶一个小小的孩子竟然有这么大的力气。

"嘿，"我说，"轻点儿。"

我坐在了沙发上，更确切地说是双手绑在背后坐在沙发上。两个孩子站在我面前，好像在期待我说点什么。我接受了暗示。

"好吧，"我说，"你们准备怎么玩？这里有类似隐藏摄像机的东西吗？"

"我们有一个摄像机，"男孩说，"但没有电池。"

整个客厅一水儿的白色——白色的沙发、白色的墙，唯一的颜色就是两把鲜红色的子宫椅。

"那么——说说你们的故事吧!"我问。

"基本上,我们的生活糟透了,"男孩说,"我们的爸爸妈妈一点都不关心我们,爸爸时刻都在工作,而妈妈几乎永远和她的电子设备在一起。我都记不清他们已经有多久没和我们一起玩了。"

"我们觉得他有外遇。"女孩说。

"什么是外遇?"男孩问他姐姐。女孩在他耳边窃窃私语了一会儿,男孩露出一副作呕的表情。

"你为什么觉得他有外遇?"我问。

"每当他的手机响起,他就会跑出房间接电话。我妈妈就会朝他吼:'如果是工作电话,你怎么不敢在这里接?'"

"我们偷偷登录过妈妈的电脑,她也在做一些奇奇怪怪的事情,而我们觉得爸爸应该是知道这些的。但我并不确定。"

"你和她做过几次这种事?"男孩打断姐姐问我。

"做什么?"我说。然后我反应过来他问的是什么,脸红了。"从来没有过,"我说,"我还没见过你们的妈妈。我们只在网上聊过天,她邀请我来吃午饭。"

"就这么简单?"女孩质问。

"是的。"

"你有妻子吗?"女孩问。

"我离婚了。"

"有孩子吗?"男孩问。

"没有。"

"好吧,但她有。"女孩说。

"嗯。"男孩附和。

"我理解,"我说,"你们试过和你们的妈妈聊聊吗?问问她这一切究竟是怎么回事?"

"根本无法和她聊,"男孩说,"她不跟我们谈话,她整天都是在跟别人聊天。"他用大拇指做了个奇怪的动作。

"我妈妈只跟她的黑莓手机聊天。整天、整夜地聊。连半夜醒来都会打黑莓手机跟人聊。我听到她在浴室里用黑莓手机不停地打字,"女孩说,"我爸爸曾因此非常生气,还把她的手机冲到了马桶里。然后那手机把管道堵住了,我们不得不请水管工来家里修。"

"哦,这可不是什么好主意。"男孩说。

"非常贵。"女孩说。

我们这样坐了一会儿,孩子们开始做点心吃了。有菠萝汁、马斯拉斯樱桃和抹上了美国起司的白面包。由于我的双手被铐了起来,他们不得不喂我吃。

"不要咬。"女孩说。

我差点被樱桃呛死。"你可能需要查一下这玩意儿的保质期。"我说。

"茶包是什么?"女孩在给我喂第二片白面包时问。

"我不知道。"我诚实地回答。

她用餐巾纸替我擦拭嘴角,让我吸了口果汁。

"是大人们做的事情,在我妈妈的电子邮箱里。"男孩说。

"随便看别人的电子邮件不好,那是隐私。"我说。

"反正,"女孩说,"我待会儿会上网查查。"说完,她把果汁拿走了。

"你养宠物吗?"我问。

"学校放假的时候,我负责养班里的鱼。"男孩说。

"你们喜欢上学吗?"

两个孩子茫然地看着我。

"你们有朋友吗?"

"我们只是认识人,那些人不是我们的朋友,但我们认识他们。就好像如果我们出去,在什么地方或者做什么事的时候看到他们时,我们可能会招招手,点点头,但不会说什么。"

"你们有保姆吗?"

"妈妈叫她走了。她不喜欢有人在屋子里转悠。"男孩说。

"我们有电子监护。每天下午三点,我们都要对它录入检查。要是我们不回应它,不对它录入检查,它就会给一串名单打电话。而如果名单里的人也不知道我们在哪儿,它就会报警。"

"你们怎么录入?"

"打一个号码,输入密码。"

"我总是忘了我的密码,"男孩说,"所以我把它们记在我的手上。"说着他把手伸出来给我看,他的掌心里有用钢笔写下的"1234"。

"我们有薯片①。"男孩站起来说。

"谢谢,但我最近在节食。"我说。

"不是吃的薯片,"男孩忙纠正说,"是那种植入我们皮肤里面用来追踪我们位置的薯片。"

"就像,如果有人想知道我们在哪儿,他们通过这薯片就能知道我们在家。但我最近一直在想,他们其实压根没有给我们植

---

① "薯片"和"芯片"的英文都是 chip,在这里,男孩总是把"芯片"说成是"薯片"。

入什么软件,"女孩说,"或者,他们才不在乎我们在哪儿呢。"

"听着,孩子们,我希望我这样说你们能够理解。尽管你们在我不情愿的情况下绑架了我,但你们看起来都是好孩子——你们给我做了可口的小吃,你们很担心自己的父母,而且希望他们对你们也能表现同样的关心,而这要求一点儿都不过分。你们为什么不给你们的父母发一张'监狱释放卡'呢?给他们自由,让他们找人收养你们?你们知道有多少人想要受过良好管教的——我指那种能自己照顾自己的——会说英语的白种小孩子吗?"

"哇哦,我从没想到过这一点。"女孩说。

"你们能给自己找到个很好的家庭,可以确保让你们上学、做功课,还会给你们洗牙。"

"或许你可以收养我们。"男孩说。

我摇摇头。"显然,我是患上了'斯德哥尔摩综合征'①了。"我说。

"那是什么?"女孩问。

"晚些时候你自己上网查吧,"我说,"我还有很多事情要做——我得抚养照顾我弟弟的两个孩子。我还在努力完成一本关于理查德·尼克松的书——你们知道他是谁吗?"

"不知道。"

"他是美国第三十七任总统,出生在加利福尼亚州的约巴林达,一个小城镇上,住在一栋他爸爸用自己的双手盖起来的房子里面。尼克松是美国历史上唯一在任期内辞职的总统。"

"什么是'辞职'?"男孩问。

---

① 一种被绑架者爱上绑架者的症状。

"就是指中途放弃。"姐姐回答。

"他爸爸肯定很生气吧?"男孩问。

"现在几点了?"我问。

"干吗?"

"我下午得去上课。介意我用一下你们的卫生间吗?"我问。

"在那边。"男孩指给我看。

"那是盥洗室。"女孩说。

我移到沙发前面,扭动胳膊示意说:"我没法这样双手背在后面用洗手间,"我说。

"显然。"女孩说。

"没错。"男孩说着,上来替我开锁,但钥匙不太灵光,男孩一直在弄。

"尽你最大努力就好。"我说。有时候,告诉孩子只要尽力就好能够让孩子放松心情。几秒钟之后,锁被打开了,我朝洗手间直奔过去。

"我有个消息要告诉你俩,"一走出洗手间,我就对孩子们说,而且我已经完全准备好,有必要的话跟他们干上一架,"我现在要走了,但是我请你们必须跟你们的父母好好谈谈——你们值得更好的。我想让你们知道,今天在这里发生的一切都是好事。你们做了件很好的事,说服了我以后再也不干这事儿,再不会跟人网上约会了,因为这不安全。这场经历对我来说就像是一场给大人的'恐吓从善'[①]。"

"什么是'恐吓从善'?"

[①] 美国真人秀节目,把无药可救的坏孩子送进监狱体验。

"就是一些男同志们做的事情。"姐姐说。

我现在没力气去纠正她。"好吧,那么……"我说着,打开了门。

女孩满眼泪光地望着我。"我担心这一切还是无用。"她说。

"大好的人生在等着你。下一次你父母再把你们单独锁在家里的时候,给学校打电话,告诉学校你们受到的待遇,你们是如何被当作流浪狗一样对待的。或许你还小,但这是你自己的人生,你必须要掌控!"

"他说得对。"男孩说。

"你真有说服力。"女孩说。

"再见。"我上了车,知道他们一直在看着我。

我能想象他们穿过一间又一间房、经过一扇又一扇窗、看着我开着车穿越他们家风景如画的前院,践踏他们那完美修剪过的草地,那里散发出一种富得流油的气息和小心使用害虫防护品的味儿。现在是中午,星期三,这里的植物长得枝繁叶茂,但找不到一点儿生命的气息。

开车回去的一路上我都在想,他们可能真的会伤害我。他们可以把我绑起来铐在暖气片上——他们家有暖气片吗?——或者他们可以把我关在地下室里,像某种科学实验一样。他们还可以像电影里那样残忍地把我切割成一块一块的,再丢进某个被遗弃的冷冻柜里。如果他们说的关于他们父母的事都是真的,那么估计永远都不会有人找到我,哦,至少七月四日[①]之前不会有人发现

---

① 美国国庆日。

我。我的大脑在飞速旋转。我被挟持了,我是个网络白痴,我成了落难者。开车的过程中,总觉得有什么东西在剧烈地震动,刚开始我以为是车子出了问题,但在一个红灯前停下来时,我一低头,发现是我的双腿在不听使唤地发抖。

我径直开往学校。系主任秘书关切地看着我说:"我希望你看到了我的留言?"

我不知道她在说什么。

"你今天的午餐?"

一听到午餐,我开始直冒汗。"我没吃午餐。"我急忙说,感觉那颗马拉斯金樱桃像是堵在了嗓子眼儿似的。

"你和舒瓦兹博士预约了你的年度午餐?"

我完全把这事儿给忘了。

"他临时出了点事儿,要去看牙医。我给你家留了言。舒瓦兹教授今早和教师们吃早餐的时候把一颗牙崩掉了,看上去可能要做牙根管手术。他很想尽快见到你,所以重新预约明天——明天中午。"

"我会准时的。"我说。

现在是办公时间。我想我必须停止这一切。不管我正在做什么或者我以为我正在做什么,总之所有"和某位女士共进午餐"的行为都要结束。今天我侥幸逃脱,下一次可就不一定了,而我永远不知道还有多少糟糕的事在等着我。我拿出我的日程本查看了一下。明天我约见了一个女人,而我唯一记得关于这个女人的事情就是,在我们的聊天中她反复提到了上世纪六十年代的那部电视剧《家有仙妻》①。我直觉（也可能只是我的幻想）她肯定有什么新奇的想法，需要找个人一起实践那部电视剧里的戏码。另一方面，今天上午的经历让我对这种约会有了非常负面的想法，现在我想的是，搞不好这个女人是某个隐居在乡村的女巫，正准备找个狗一样蠢的男人上钩，好在他身上施展自己的黑魔法。

我立即想在学校的电脑登录我的邮箱取消约会。但我怎么都上不了网。这让我有点抓狂，因为我觉得我必须现在就取消约会，就是现在，不是几分钟以后，而是当下。就在我的决心和意志都还坚定不移的时候，就在我的欲念还没有湮没理智的时候，刻不容缓。我立刻奔向系主任秘书处。"我为什么上不了网？"我问。

"服务器坏了。"她说。

"整个学校都坏了？"我还盘算着去图书馆上网。

"是的，整个学校的网络系统都瘫痪了。如果你需要查收邮件，可以用我的手机上网。"她说着在我面前晃了晃她的手机——二十一世纪最奇怪的设计，手机竟然有一个可以滑出来的键盘！

天哪！如果我用她的安卓机或者不管什么其他机子登录我的邮箱，不就留下了我的登录线索吗？用学校的电脑登录也一样，都会留下我的私人邮箱密码。然后用某种电子拖把之类的东西，他们就能直接追踪到我和这位"家有仙妻"的聊天。

"没事儿。"我突然变得好像没什么急事儿的样子。事实上，我暗自庆幸网络瘫痪得很及时，刚好阻止了我差点儿犯下的大错。

---

① 1964年开播的美剧，讲述有法术的女子与丈夫的生活故事。

我来到课堂上，今天我准备和学生们讨论关于"狡猾的迪克"这个绰号的来源。我先介绍了海伦·加黑根·道格拉斯这个人物，她是一名女演员，也是演员梅尔文·道格拉斯的妻子。二十世纪四十年代，海伦曾为三届国会服务，和当时的国会议员也是未来总统林顿·约翰逊有一腿。一九五〇年，道格拉斯竞选美国参议院，对手是尼克松。尼克松因为反华情绪而大占优势，他还在公开演讲中暗指加黑根·道格拉斯的"红色同情心"，煽动了一场针对道格拉斯的反对运动，还发行了印在粉色纸上的反对道格拉斯的小册子。海伦·加黑根·道格拉斯因此落选，但从此尼克松再也没有摆脱"狡猾的迪克"的绰号。

"狡猾的迪克"这个绰号后来用来指代尼克松的各种狡猾行为，从私自挪用竞选基金到间谍、偷窃、窃听乃至密谋策反等，不一而足，甚至很可能更糟。每当尼克松情绪不好的时候，他就会变得很坏。而当他失败或者落选的时候，他就会变得更坏。后来他对自己的自信越来越膨胀。一九七七年的那场著名的采访中，当尼克松被大卫·福斯特[①]问及行为的合法性时，尼克松的回答斩钉截铁，他说："当总统这么做的时候，就意味着这不是不合法。"

全班同学盯着我。我重复了一遍："当总统这么做的时候，就意味着这不是不合法。"他们点头。"这样说对吗？"我问。他们看上去一脸茫然。"想想这个问题，"我说，"租那部电影来看看。"说着，我合上书本，走出了教室。

[①] 美国脱口秀主持人，在环球影业 2008 年发行的剧情片《对话尼克松》中，尼克松于水门事件爆发五年后接受其访谈。

"我竟忘了和舒瓦兹约好的事儿,"我一进家门就跟泰茜唠叨起来,"今天这一天过得真是奇怪透了,我把这事儿给忘了个干净。"我蹲下来,看着狗的眼睛说,"泰茜,就算我告诉你,你也不会相信我今天所经历的事儿。"我用家里的电脑登陆邮箱,取消明天的午餐"约会"。

"你要取消,是什么意思?"女人回复道。

"就是我不得不取消我们之前的约定。"我写道。

"你想重新预约吗?"

"不用了。"

"你要取消,也不想再约。是这样吗?"她问。

"我别无选择,这段时间我要做年度工作综评。"

"你的那家伙会死得很惨。"女人写道。

"你的这种敌视情绪让我无话可说。"

"操你妈!"

"嘿,说话客气点儿,"我打字,"我知道你住哪儿,你给过我你的住址,记得吗?"

"你这是在威胁我吗?我丈夫会揍死你……"

"你丈夫?你不是说你没结过婚吗?"

"唉。好吧,祝你好运,祝你工作顺利。你知道我只是开个玩笑,对吧?要是你想重新预约,就写信给我,我们再找时间。"

我拔掉了电脑插头。关掉电脑还不够,我要让这块屏幕全黑,而不仅是去休息。

年度综评,我为和舒瓦兹一起的午餐忙碌着做了很多准备。我查阅了所有关于尼克松的事件,了解在这一领域内最近和即将出版的新书内容。我温习了选我课的学生名单,将名单上每一个名字和每一张脸都对应上,以防他跟我提及某个朋友的朋友的某个孩子。我还研究了学校的年度报告,在脑海里整合了一系列符合高等教育水平的思想。就这样,我出发了,出发前还不忘提醒自己:我是这个领域内的高手,我是独一无二的,我是尼克松专家。

舒瓦兹这个人,我们已经认识好几年了,他现在转变主业了,书教得少,在电视上演讲的频率倒是变多了。他的专业领域是战争史,这使得他几乎成了会对每一件事发表评论的关键人物。我想他可能是想让我接更多的课。他估计会说:你别每个学期靠这一门课混日子了,你有很多东西可以说,你有那么多有价值的经验,我们比从前更需要你——你能不能多选一两门课教教?

我们的午餐改了地方,没有去我们常去的那家。以前的那家,我总是会点维也纳炸小牛排,他会来一份肝烩洋葱。我们会拿我们父母那辈人开玩笑,聊我们很小的时候不会吃这些东西,但等到我们慢慢长到了我们父母当年的年纪,也开始疯狂地享受这种食物了。在那样的饭局上,我想到的都是我妈妈和她朋友一起出去吃午餐时会点白软干酪和黏黏的桃子吃。

"我们选这家餐厅是因为你的牙齿吗?"我问舒瓦兹。

"我的牙齿很好,"他说,"我们选这里是因为时代变了。我要来份汤。"他对服务员说。

"一杯还是一碗?"

"一杯。"他说。

"还有呢?"

"一杯苏打水。"他说。

"您呢?"

我在犹豫，其实我心里想点一份土耳其俱乐部薯条，但我还是说："一份希腊煎蛋卷。"

"家庭煎法还是法式煎法？"

"随便。"我话一出口，又突然感到局促不安，补充了句，"家庭煎法吧！"

"那个——'诡计'进展得如何？"舒瓦兹问我。

"诡计？"我不解。

"你不是说在写小说吗？"

"我还在查资料，记笔记，这其实是一本非虚构作品。"

"你从他下台就开始查资料记笔记了。"

"还没完呢，"我说，"故事还在展开，这是一个不断发展的故事，还有很多事情正慢慢被披露出来。"

"我直接跟你说吧——你要处理的事情太多了。"他说。

服务员甚至还没来给我们倒水，他就切入了正题。

"你已经在我们这里很长时间了，但时代变了……"

"你是不是想让我去教别的课？比如美国总统对比课，对比乔治·布什和理查德·尼克松，看看谁是最狡猾的狐狸？"

"事实上，我想跟你说别的事情。我们有一位教员，他有一套教历史的新方法，是那种未来型的教学方法。"

"什么意思，什么叫未来型？"我质问，语气中有克制不住的义愤。

"现在的学生们更喜欢探索未来，而不是研究过去，他们想探索一个充满可能性的世界。而我们也觉得这比不停回顾赞普德电影①要好得多，没那么压抑。"

---

① 一种彩色默片，美国公民赞普德曾以家庭摄录机拍下肯尼迪遇刺的纪录片。

"哦,"我说,"哦。"无言以对。

"当然,你可以教完这个学期的课。"

我点头——这是当然。

食物送上来了。

"我希望你不要怨我们。尼克松已经死了。尼克松在任的时候,你现在教的这些学生可能还没有出生。"

"你的意思是,我们以后都不教历史课了?"

"我是说你的这门课已经没有必要了。"

"恕我不能赞同。"我说。

"别这样,"他说,"你还不知道吧,我们安排到你那个班里的学生都是些多出来的学生,选修网络课和美国文献课的学生都满员了,实在插不进去了,而这些学生又必须修满一门历史课来完成学分。相信我,真的没人关心尼克松了。"

"但他们有些人的论文写得相当不错。"

"那是他们从网上买来的。他们从网上弄来别人写的论文,然后换上他们自己的名字。说实话,这年头都没什么人卖关于尼克松的论文了,所以他们买关于克林顿的论文,然后改头换面。"

"不。"我是真的很惊讶。

"是的。事实上,我们在你那个班上做过一个测验,我们将《莫妮卡·莱温斯基的道德》的论文标题改成了《'水门事件'打破的信仰》,而你给这篇事实上写的是关于通奸而不是关于窃听的论文打了B+。"

"我的打分不是很委婉吗?"

"你根本就是脱离现实。"他说。

"我是教授。我们这种人本来就不能世俗化。还记得肘部的那些补丁和烟斗吗?"

"都不是这个世纪的事儿了。"

"要不然教一门关于谋杀的课怎么样?用回忆录的形式,关于我那谋杀犯弟弟在美国萧条时期经历的人生故事?"我建议。鉴于现在的形势,我不得不把这一切与刚发生不久的乔治事件联想到一起。

舒瓦兹依然无动于衷。"我救不了你——我们没多少经费。写完你的书吧,写两本,然后我们再来谈。"说完,他举手示意服务员结账。"你知道,"他说,"现在这些学校全都在开展网络教学,或许你可以选一两个网络班去教教。"

"就这样了吗?"我说,"我跟了你这么多年,就得到这半顿午餐和一声再见?"

"我并没有催你的意思,"舒瓦兹说,"只是,我们真没什么好说聊了。"

我寻求法律仲裁。当地的一家教堂举办下午聚会时,我开车路过,看到外面停了很多车,老房子透着灯光,散发出温暖且欢迎的感觉。我停了车,走进去,在楼上的小教堂里随便遛达。

"聚会在楼下。"门卫对我说。

当我走进聚会的房间时,发现已经开始了。我在后方找了个位置坐下。聚在这里的男人和女人都有相似的姿态,我感觉他们应该彼此认识,而且认识了很长时间。我是唯一闯入的陌生人。我能感到有的人微微侧过座椅,好奇地看了我一眼。然后,终于轮到我了。

"嗨,我的名字叫尼特。"

"嗨，尼特。"他们异口同声地说。所有人共同发出的声音产生的回声使我深深吸了口气，是那种充满了包容和欢迎的回声。

"你今天为什么来这里？"有人问。

"我今天被开除了，"我说完，停顿了一下，然后我开始讲自己的事，"我上了我弟弟的老婆，当时我弟弟正好回家看到，就杀了他老婆。我妻子正起诉要跟我离婚。就在今天，我在大学里教了很多年的一门课，被告知这学期教完就停课了，以后我不用再去教课了。我现在住在我弟弟的房子里，他却住在垃圾堆里。我照顾狗和猫，用我弟弟的电脑，你知道，就是那种可以上网浏览各种各样网站的电脑。我和许许多多的女人约会吃午餐，但其实我们大多数时候都不是在吃饭，而是做爱，很多很多的性爱。"

"你喝醉了吗？"有人问。

"没，"我说，"一点也没醉。"

"你酗酒吗？"

"我很少喝酒。我想我应该挺能喝。我一直在外面看着你们，你们看上去很温暖，很友爱，也很欢迎我。"

"对不起，尼特。"人们异口同声地说。

"你得离开这里。"团队的领导人补充道，而我觉得自己好像被人一脚踢到了某个荒岛上。我从折叠椅上站起来。离开的时候我经过餐桌，上面放着把老式的铝咖啡壶，上面的灯光显示咖啡已经煮好，还放着一品脱的全脂牛奶、糖和甜甜圈。这些全都是我此时渴望的。我恨不得冲到一间酒吧里，一夜之间把自己喝成个酒鬼，这样我就能回来这里参加酒鬼聚会了。

"还有别的地方会接纳像你这样的人。"一个男人说。

"每个人都有适合他的地方。"一个女人在我身后说。

我坐在停车场里想象着那场聚会在没有我的情况下如何继续进行，所有人在我背后谈论我——又或者，他们只是冷淡地把我略过，然后继续他们的聚会。

我刚把车开出停车间，克莱尔就给我打了电话。"我们应该把停车位卖掉。"她说。

"当然，"我说，"如果你想，我们就可以。你确定你不再用那个车位了？"

"我不开车，你忘了？我把车位卖给了住在楼上的人。"

"就是小孩子整天在我们头顶跑来跑去尖叫不止的那家？"

"是的，"她说，"他们有一辆小型货车，愿意出价两万六千美金。"

"两万六千美金？"

"还有竞价呢，那里的车位本来就少。"

"哇噢。"

"他们付现金。"

"很好啊，那么我们是要五五分账吗？"

"事实上，停车位的钱是我付的。"她提醒我。

"那你为什么特地打电话告诉我？"

"只是想让你知道一下。"说完她就挂了电话。

我梦到了尼克松。尼克松，关于夜晚的故事。尼克松有一个密友，每当他夜里睡不着的时候，他就会打电话给这位朋友聊天。有时候这位朋友为他读书，读《白鲸》《地下室手记》，还有保罗·约翰逊写的《陷入混乱之旅》或者是《社会的敌人》。有时候他们隔着电话看同一个电视节目。当尼克松醒着的时候,他喜欢知道他的密友也是醒着的,这样他就永远不会觉得自己是孤单一人。独处令他害怕。

星期五晚上,清洁工玛利亚照例清洁完毕,把拖把和垃圾桶摆整齐,然后进卫生间换上她的私服后,走出来对我说:"先生,我不能再在这里工作了,我太想念简太太了,这思念让我每次来这里都很不好受。我在这里工作的时候,您总是坐在这里。我不认识您,我只知道您的弟弟杀了简太太。那两个没了妈妈的漂亮孩子呢?他们怎么办?请帮我向他们转达,玛利亚向他们问好。但对于您,我只能说再见了。"

我找出钱包,递给她五百美金。她只收了三百美金,把剩下的两张还给我,说:"我没有债务。"老实说,我没明白她的意思。

"我会替你问候孩子们的。"我说。

"很好,"她说,"还有,您需要另请一位清洁工。"

"谢谢你,玛利亚。"

星期一一大早,房子外面开来了一辆大卡车,白色的,顶上装了一只巨大的昆虫模型。两个身穿白大褂的男人从车里出来,卸下一些巨大的不锈钢金属喷雾罐。两人将面具罩在鼻子和嘴上,朝着房子的大门走去。进门之前,他们一个右急转,另一个左急转,呈半圆形包围房子,然后开始向房子喷洒东西。泰茜的吠叫声和那刺鼻的味道使我一骨碌从床上爬起来,打开门大叫:"嘿!你们有什么事吗?"

但我一打开门呼吸了第一口空气后,整个人就憋住了,感觉我的肺剧烈收缩,眼睛也开始灼烧。那两个家伙立马摘下面具。

"这味道太可怕了。"我说。

"你是谁?"第二个人问。

"我还想问你们同样的问题呢!"

"我们是有合同的。每年来给这房子杀两次虫,几个月前就定好了日期。"

"现在情况变了。"我说。

"太晚了,我们已经开始了。这可不是那种你说停就能立即停止的活儿。这些都是繁殖好的抗药细菌,后果很严重……"

泰茜疯狂地叫着。

"天哪,狗也在家?女主人去哪儿了?她总会把狗和猫事先安排在车里带它们出去一整天。这东西毒害性很大,你要是老待在那里会死的。"

"好吧,你叫我怎么做?"

"我哪知道?你压根就不该出现在这里!你应该早就带着你的狗和你的猫远离这里至少八个小时。要是你有哮喘,建议你过更长一点儿时间再回来。"

"好吧,你至少能先暂停一下吧?至少给我几分钟把这些家伙带走?"

"靠!靠!靠!"一个家伙不停地咒骂,"现在还不到九点半,我们今天肯定要砸了,要迟到了,肯定要迟到了!"然后他转向我,"好吧,别光站在那儿啊,快动起来啊!"

我给泰茜套上项圈绳,放了些饼干在我的口袋里。我抓住了猫,但找不到可以放它的笼子。于是我花了些力气,挣扎着把她弄进了一个帆布袋子里，然后不顾猫的哀嚎冲进了车里。到了车里，我把猫砂拿出来，安置在后座椅上，然后让猫从袋子里出来，放好了水和食物，关严实车窗，再回去找泰茜。我琢磨着我得带着泰茜多绕几圈，如果有必要，带上猫和狗去个什么地方待着。好像也没有太多的选择。

　　泰茜和我一起沿着街道出发了。大清早，天气格外明朗，空气也很清新，是冬季里很不合逻辑的暖和日子，这样的日子充满了承诺、希望和可能。

　　公园里空空荡荡的，这个地方的存在就是为了种些树，为周围的社区提供氧气，长长的绿化带好像在向游客展示："嗨，我们这儿是不是有个可爱的公园？这是不是个美丽的绿化带？"在遥远的尽头有一个停车场，还有打网球和篮球的专门场地，有一排秋千和一个攀岩用的假山。我带着泰茜一路小跑穿过公园到了公园的另一边。在秋千旁边，我拉紧狗绳，示意我们在这儿停下，然后，为了证明我还拥有童年时好玩的记忆因子，我一屁股跳上了秋千椅，那厚厚的橡胶坐垫完全符合我的童年记忆。我在秋千上荡来荡去，荡来荡去，越荡越高。然后在荡到顶点的时候，我将头后仰，整个天空都铺展在我的眼前，布满了我的视野。天空湛蓝，饱满的蓝色上面点缀着厚厚的白色云朵，完美的云朵，有那么一瞬间，一切都是那么完美，美得令人心旷神怡。然后，当我往回荡的时候，一不小心速度过快了，感觉胃上升到了嗓子眼。我在打转。我闭上眼睛——更糟。我睁开眼睛——还是更糟。我整个身子被强制往后退，然后我从秋千上摔了下来，手和膝盖都扑在了泥土里。秋千还砸到了我的后背，好像在说："活该！白痴！"我又去玩滑滑梯，一爬上楼梯就感觉扶手那光滑的曲线感和四十年前的记忆一模一样。我站在滑梯顶端，松开手，滑到底部。站起来的时候，我屁股口袋上的纽扣挂住了什么，一拉，裂开了。尽管儿时的我能从一个单杠滑到另一个单杠，倒挂金钩的记忆别具吸引力，但我并没有继续尝试攀岩和单杠。可我还是坚定地相信自己可以做任何事，而且我想一直保持这样。

我一直在想着那些从未有过的时光，那仅存在我想象中的完美童年。在我小的时候，操场地只是一块什么都没有的空地，并不像现在这样是一片修剪得体的绿色。我们家可不会去关心孩子们是否有安全、干净的地方玩耍——在他们看来，玩本身就是在浪费时间。那时候能玩的东西很有限，可能一个孩子得到了一只棒球手套，另一个孩子有一把球棒，其余的就只能去徒手抓棒球，每次都弄得手上无比刺痛，那种剧痛不仅是因为接球时摩擦出的生疼，也有从空中抓到球后那种成功的震颤。我们徒手伸到空中，打破了球的轨迹，很可能还要付出赔偿一块窗玻璃的代价，但接到球的那种成就感令人震撼。所有这一切的底线是，你要是有时间玩耍，千万别告诉任何人，因为如果被你的父母知道了，他们肯定会给你找点儿别的事做。

所以我们通常都安静地玩耍，悄悄地躲起来玩，我们把身边可能发现的任何东西做成玩具。我爸爸的鞋被我做成了最优秀的海军舰队，九码雕花款燕尾皮鞋从地毯上成排滑过，散发出皮革和脚汗的混合气味。知道我用什么做航空母舰吗？是我从餐厅偷偷借来的银盘子。当我妈妈发现她的银盘被很多鞋子围着，她骂我脑子有毛病。难道她看不见吗？地毯是海洋，是战场啊，为什么她就是看不出来呢？她骂我是个没用的家伙，而我记得我当时哭得很厉害，乔治则满脸看好戏的表情站在一边。他一定觉得我很搞笑。

两个穿紧身运动衣的女人在公园外散步,看到我之后,她们加快了脚步,越来越快,就差拔腿狂奔了。她们边走边盯着我看,事实上是对我指指点点,好像在互相确认我真的在那里。我朝她们招招手,她们没有理睬。

在网球场边上,我找到了一只旧网球。我用球示意了一下泰茜,然后把球扔得远远的。泰茜拔腿就跑,我不得不在后面追赶它。它似乎对这游戏很兴奋,有这么大的一块场地可以让它奔跑,可以转无限大的圈圈,还能在泥土里刨一个坑,把身上掉落的黄毛安置在里面。这季节,公园里一半的树光秃秃的,另一半则是一片死气沉沉的绿色,草地则是结缕草和黑麦草的混合色,很反常。

冬日里有着完美天气的一天,我独自一人坐在公园里。这地方实在太他妈空旷了,空旷得让我紧张,深怕自己孤身一人处于某个开放地域的中间,随时有可能突然陷落下去。好像有什么东西移到了我头顶,应该不是什么焦虑症发作,而是一朵云,一朵厚厚的灰暗的云。这让人感觉更震慑了,因为天空本应该是那么清澈。一切都很好,或者说应该很好,除了我被一群执行杀虫任务的人从我弟弟的房子里赶了出来。我平躺在草地上,感觉自己在下沉,感觉得到身子底下的深度,或许这云朵一直都在那里。如果此时再给点儿压力,我就会招供。我会说我知道,我知道我耍了这么多把戏和伎俩,使了那么些华丽的手段给自己找各种借口,只是他妈的为了活下去。但现在,我感觉到了,感觉到了距离我一千年以前在我父母房子里的感受——或许我在秋千上荡的那五分钟令灵魂里的什么东西松动了,那感受就像是某种心理浪潮朝我涌来,而且我嘴巴里有一股非常难以忍受的味道,像是什么金属或者钢丝的味道。我感觉到我们家里的每一个人是如此憎恨彼此,我们实际上真的极少关心或尊重除了我们自己之外的其他人。我感觉到我的家人对我的失望是多么地深刻,而到了最后我又是如何回避他们、如何变得一无所有的,因为我知道,比起挑战他们的轻蔑而试图成为别的什么人,一事无成比较容易。

看看我最近都经历了些什么。看看我都做了些什么。注意,此时此刻我压根都没在跟谁说话,我是在跟我自己说话。看看我。一个无家可归的男人独自待在公园里,身子蜷缩成球,一个待在公园偏僻角落处的操蛋的人肉球。我都不忍直视我自己——也没什么可看的。

我在啜泣,我在哭号,我哭得越来越用力,越来越放肆,好像要哭完我这辈子所有的眼泪。我在低号,连泰茜都凑过来,舔舔我的脸,又舔舔我的耳朵,试图让我停下来。但我停不下来,我才刚开始呢!看上去好像我要这么哭上好几年——看看我都做了些什么!哦,去他妈的,我甚至连酒鬼都不是,我什么都不是,我就是个什么都不是的家伙,一个真正平庸的家伙——这或许就是所有这一切中最令人伤感的地方了。我知道自己没有任何特长,没有任何特殊。除了迄今为止和简的婚外情之外,我是个平常得不能再平常的家伙。在那场婚外情发生之前,我结婚那么多年,从未睡过除我妻子之外的别的女人……

看看我——即使没人会走过来说出来,你也和我一样清楚,我们都心知肚明,我和我弟弟都是凶手,谋杀犯。我和他没什么两样。

我对我自己说——我已经毁了。

一个年轻的警察出现在我面前。"你还好吗?"

我点点头。

"我们接到电话说有个男人在哭,是你吗?"

"这也犯法?"

"不是,但这附近不常见,尤其是一年中的这个时候。刚下班回家吗?"

"我被解雇了。今天家里来了杀虫队,他们让我离开房子。公园似乎是个理想的去处。"

"大多数人会选择去购物。"警察说。

"真的吗?"

"是的,当人们不知道该如何打发时间的时候,他们就会选择去商场,上上下下地转悠,花点钱。"

"我从未想到过这一点,"我说,"我大概不是那种爱购物的人。"

"大多数人都会那么做。"

"带着狗也行?"

"没错,你可以去露天购物中心。"

警察站在那里。

"我并无冒犯之意,但这是公共场所,我待在这里是我自己的事情。"

"不可以在这里露营,"警察说,"不可以在这里流浪。"

"你怎么区分一个人到底是在这里流浪还是在享受待在公园

里的美好时光？牌子上写着公园的开放时间是上午七点到黄昏。我带只狗来这里，说明我们有权享受待在户外的时光。显然待在你看来这好像不行，显然待在这个镇上去公园似乎是一件奇怪的事情。你知道吗？你说的没错，这肯定是挺奇怪的，因为压根就没人待在这里，整个公园除了你和我，谁都没有，空空如也。所以我向你道歉。"

我开车带着猫和狗一起去学校教书。我把车停在阴凉处，给每只动物留了一碗水，给车窗开了条缝，空调的温度打到低温五十度①，然后离开。我知道对它们来说，这和把他们停在房子外面没什么区别——不会更好，也不会更糟。

"今天，我们准备讨论一下猪湾……"

还没说完，就有几个学生举起手来，说他们对这个话题感到不太舒服。

"为什么？"

"我是素食主义者。"一个学生说。

"这话题不爱国。"一位外国学生提议道。

"好吧，我很感谢你们提出的异议，但我还是打算按计划进行。而事实上，这是一次爱国主义行为，即便略有瑕疵，但它确实从政府内部激发了对我们这个国家的爱。猪湾既不是饭店名也不是食物，这个名字涉及一次政治攻击事件，一九六一年，中情局特工企图推翻菲德尔·卡斯特罗政府，但企图未果。这个计划是尼

---

① 此处为华氏温度，约合摄氏 10 度。

克松的主意,且此次计划的执行得到了艾森豪威尔将军的支持。但直到肯尼迪上位,这个计划都未能彻底实施。历史记录说是由另一个'团队'计划的,是由一个新部门负责执行的一项隐秘行动。这种说法是有问题的。尼克松负责让中情局执行古巴流亡演练,这一点是非常重要的,而且在尼克松写的《六次哭泣》中也对此事进行过讨论。确实可以说,我们政府的很多活动都是从一个部门转接到另一个部门,这一点在历史上的越南战争和最近的伊拉克战争中都有所体现。一九六一年,肯尼迪未能成功推翻卡斯特罗,这场失败是由于原本精心策划的布局临时出现了转变而造成的,这一事件也加速了尼克松和他的'同党'的政治生涯的终结。值得我们注意的一个有趣现象是,参与这次事件的一些中情局的人在水门事件中也出现了。"

学生们用空洞的眼神看着我。"你们熟悉这些事情吗?"我问。

"不熟悉。"那位声称自己是素食主义者的学生说。

我让学生们自由发言。我谈到了历史常常喜欢自我重复,最重要的是,我们要学会在历史中了解我们是谁,我们从哪儿来。谈到历史常常是一种叙述,一个真实故事的文书,故事可大可小。我们谈到一个人如何去学习和研究——调查和探索的意义是什么?我们谈到历史档案的价值以及它们如何改变了网络时代和硬盘时代。我问他们手上有什么材料可以成为历史档案。

"短信,"他们说,"比如当我和某人约会的时候,或者和某人吵架的时候,我都会保留短信。"

"可我们不会把这些短信文字打印出来,"另一个人说,"那样不环保。"

我问他们他们所了解的更大的世界是什么样的，以及他们认为谁是这个国家最强的人。孩子们的回答通常不是某个体育明星就是某个电影明星——没有一个是总统。

我提醒他们，有一天他们很可能需要填写一份文件，要求他们定义和描述自己的政治观点，并比较政治领导人的观点，对比自己的立场。

"这很难啊。"一个学生说。

"对某些人来说很难。"我说完这句话，顺便给这堂课画了个突兀的句号。

我回到车里，猫和狗看上去都还不错，只是车里臭气熏天。猫似乎有些焦虑，把座椅挠成了碎片，用来当洗手间了。我一路开车回家，几乎只能用嘴巴呼吸。

回到家，地板上留了张字条："有大惊喜等着你。"房子里还有残留的杀虫剂臭味。我迅速找到清洁设备，回到车上，把猫从车里抱出来放回房子里（希望它没有哮喘什么的），然后竭尽所能地清理了车里的猫屎狗屎以及被猫撕烂的座椅。

清理完车子，我又从地下室里拖出来一把老旧的安乐椅安置在后院。我找来一个旧的睡袋，在后院里给自己搭建了一个类似床的东西，睡了。不知道什么时候，泰茜的叫声把我吵醒。我跑到屋子的角落处，看到马路牙子上停了辆白色厢式货车。

货车乘客座边的门打开着，一个东方男人拿着一张小小的方形纸朝我走过来——又是一张字条！

"有什么事吗？"我问。

"我讨厌住在这里的那个男人,你认识他吗?"

"哪个男人?"

"他叫西尔弗。"

"我也叫西尔弗。"

"你之前去哪儿了?我就像你失散多年的恋人似的给你留了快一百张字条了。"

"关于什么的字条?"

"我这儿有你的一份超大快递。几个礼拜以来,我开到哪儿都带着你的这些东西,我得额外收你费用。"

"什么东西?"

"你这一生的箱子都在我的车里。你想把它们放哪儿?"

"我这一生的箱子?"

"从你公寓里搬出来的玩意儿。"另一个家伙一边打开车厢后门一边说。

男人和他的伙计们抬着一个接一个的箱子进了屋子。他们很快在客厅后方用这些箱子垒成了一道墙,但他们还在继续搬进来更多东西。很快,看上去就像是在盖什么东西,一个洞穴?最神奇的是,每个纸箱子都是一模一样的尺寸——全都是未作任何标注的、长宽高均为十四英寸的白色正方形硬纸箱。估计那些因不适合这种尺寸而装不进来的原本属于我的东西都不会再送来了。我签收了快递,并给他们每人二十美金的小费。

"这么多东西,折腾了这么长时间,我们就得到这点报酬?"

"我失业了,"我说,"我没有收入了。"

我没办法立刻拆包。我现在唯一能做的只有继续。我回到院子里继续睡觉。深夜,我又回到房子里给自己做了份三明治,拿了块毛毯和一个枕头,又回到院子里。泰茜不想跟我回去,它蜷缩在它自己的床上,拒绝再折腾了。

我独自一人睡在外面的躺椅上。在这之前我从未露天过夜过。这应该是我一直都想尝试的事情,但老实说,我现在有点害怕。可是转念一想,都到这种地步了,还能有什么问题呢?我没什么可害怕的了——事实上,我应该成为让别人感到害怕的家伙才对。

一大清早,我带着泰茜出去散步,我仍穿着前天穿的那身衣服,不同的是,现在它又脏又湿,沾满了潮湿的露水。之前在公园里碰到的警察又看到了我,他把巡警车停到我面前,问我在做什么。

"遛狗。"我说。

"你住哪儿?"

"那边。"我说。

他护送我回家,当看到我用假山下的备用钥匙开门进去的时候,似乎很不高兴。

"大多数人都不会用备用钥匙进家。"他说。

我耸耸肩,打开门。地板上又有一张纸条。"你这个混蛋,吝啬鬼。你要付更多钱!"

我给警察看那用"我的人生"盖起来的洞穴盒子,又带他在家里转了一圈,还看了楼上的卧室,并解释为什么床边有一盏台灯不见了。我指着乔治书房的方向,那里有很多很多照片,照片上是他们曾经的"美好时光"——或者随便什么意思。

"看来这里是你应该待的地方,"警察边说边准备离开,"注意安全。"

不久之后,我刷了牙,整个人都处于蠕动状态,就像洪水灌进了我身体里,整个人都要沉下去了似的。我刷牙、冲洗掉牙膏、看着镜子里的我。头有些疼,眼睛也疼,当我再看镜子的时候,我的脸分裂了,一半的脸耷拉着,好像在哭。我试着做出一个表情,挤出一丝笑,一个惺忪的笑,看着镜子里那个人好像在嘲笑我自己,我整个人都像是被注射了麻醉剂一样。我用牙刷的手柄戳自己的脸,戳得脸都快被刺穿了,但我依然毫无感觉。当我站在那里的时候,意识到自己实在太萎靡了,像个尖头尖脑的木偶。我甚至只能用一只胳膊摸索着出了房间,几乎是蠕动的。有一种被大块塑料包裹了整个脑袋的感觉,不完全是疼,而是熔化,好像我在化掉,脖子都快瘫在地上了。我的脸继续下垂。我看着自己,我的皮肤太松弛了,好像我已经有一百岁了。我想换个表情,却做不到。

我想这感觉会过去的。大概是眼睛里进了什么东西,可能是肥皂水,一会儿就会被眼泪冲掉的。我从盥洗室里走出来,洗漱完毕(似乎花了好几个小时),精疲力竭,不知道自己是应该躺下来还是继续走动。我想我需要帮助。狗用奇怪的眼神看着我。"发生什么事了吗?"我问,"我不知道我在说什么,你知道吗?"

我的右腿就像块橡皮筋,按下去,弹起来,皮肤底下却僵硬无比。我想给我的医生打电话,但问题是我根本不记得他的电话号码。而且我似乎也没有力气够到电话,更别说打电话了。好吧,我想,自己开车去医院吧!

我好不容易走出房子,坐进车里。我想让车子倒退时才发现我没带钥匙,引擎也熄火了。我把脚从刹车上挪开,再把自己整个人挪出车子。

车子沿着车道滑了下去。

我站在原地，呕吐。

车子一路滑上街，朝一辆车驶过来的方向撞了上去。事故就这么发生了。

我站在原地，站在车道上，站在我刚刚吐出来的一摊呕吐物旁边。

警察过来了，又是之前在公园里认识的那个。"你怎么一大早喝这么多酒呢？"他一见我就问。

我无法回答。

"他不在车里。"隔壁家出来了个女人说，"他只是站在那里。"

我努力想说出"医院"这个词，但我说不出来；我想说"救护车"，但这个词太长、太黏糊了。最后，我喷出了个"笨蛋"，非常清晰。

我做了个姿势，那种在饭店用完餐叫服务员来结账时的姿势，请过来。我做出写字的手势，有人递来了纸和笔。

"我出事了。"我用超大的字体在纸上写。刚写完，我就一头栽倒在地，平躺在地上。我听到有人说："我们可以给你浇水。"而我当时在想，难道我变成了一株植物？

救护车赶来，好吵。人越来越多，好像围殴，好像吵架。太快了，太慢了，眼花，恶心。我从未感觉如此恶心。我想我是不是中毒了？或许是，或许是杀虫喷剂害的，或许是因为客厅里堆成洞穴的盒子，或许是有毒气体残留在了草丛里。我之前的人生正在那些盒子里腐烂，散发出有毒的气味。想到这些的时候，我担心我的逻辑是否正确。

阻塞？淤血？中风？还是脑溢血？计算机断层扫描，核磁共振，验血，组织纤溶原激活物，心律不齐，介入性放射，颅内成形术，颈动脉内膜切除手术，血管内支架。

这一切都怪乔治，怪乔治和他的电脑桌，怪乔治和他的高速网络。我怪罪于最近发生的每一件事，从我在电脑桌前一坐就是好几个钟头、不分昼夜地与人网聊到我最近从事的一系列活动——无论是突然频繁与不同女人发生关系的强体力活动，还是我精神上的压力和创伤。我怪乔治和他那该死的药箱。作为一名"新闻界"人士，乔治坚信自己必须了解一切。所以，他的医药箱里堆满了一个人能想得到的所有药品，有伟哥、艾力达、西力士、泰利达斯、西地那非①等等。他的电脑，加上他的医药箱，以及这几周来发生的事情（包括发生在简身上的事情），所有这些加起来导致我患上了一种狂躁症，进行疯狂的性行为，导致了随之而来的一切。然后突然之间，我躺在了急诊室的轮床上。

这究竟是大麻烦还是小震颤（身体发出的一个小警告）？会好起来吧？那种仿佛在睡梦中游走在水底的感觉会消失吧？

一位护士站在我的轮床边对我说："西尔弗先生，您的保险出了点问题。您好像被取消了担保资格。您带保险卡了吗？"

"泰茜。"我试图告诉她没有人喂泰茜。但没人注意我，直到我自行拔掉了静脉注射针头才有人来。"得找个人去遛那只该死的狗。"他们试着让我躺下来，并问我泰茜是不是一只真的狗，并

---

① 伟哥、艾力达、西力士、西地那非为治疗男性勃起功能障碍药。泰利达为治疗神经衰弱类药物。

安慰我说有宠物照看组织,会有志愿者临时照顾它们。

"给我的律师打电话。"我说。

有人给我拿来手机。

我不知道为什么拉里的号码像来电显示一样浮现在了我眼前——212-677-3575。

"拉里,"我说,"告诉克莱尔,我中风了。"我是这样说的,但我听见自己说的像是"敢说我在外面抽烟①"。

"你说什么?"拉里问。

我更艰难地尝试着说:"你能告诉克莱尔我中风了吗?"

"你吗?"

"还能有谁?"

"你是在骚扰我吗?"

"不是。"我说。我听到自己说话的声音听起来就像嘴里含着块石头一样。

"我不能告诉她,"他说,"你这是在操控他人。再说了,我怎么知道你是真的中风还是被人砸晕了脑袋?"

"我在急诊室里,拉里。他们需要我的保险卡,我一直跟他们说,别着急,我有保险。"

"你没有保险了,"拉里说,"克莱尔把你的名字删掉了,是她让我这么做的。"

我又呕吐了,吐到了我的轮床上,呕吐物还沾到了心电图导线上。

---

① 此处指克莱尔(Claire)和敢(dare)发音接近,抽烟(Smoke)和中风(Stroke)发音接近。

"从法律上来说你们还没有离婚,你可能需要帮助。你可以打官司。"

"我不想打任何东西——我连说话都困难。"

"或许医院里有病人权益协会。"

"拉里,你能请克莱尔传真一份保险卡的复印件给我吗?"我还没说完,护士就拿走了电话。

"西尔弗先生现在真的不应该激动,他刚刚出了脑事故,焦虑或激动都对他没好处。"

拉里对护士说了些什么,然后她又把手机还给我。"他最后想跟你说几句。"她说。

"好吧,"拉里说,"我会搞定这件事,就当我帮你一个忙,就当这是我最后一次帮你忙。"

尼克松也曾不得不处理这种烂事儿吗?他也曾抱着一碗意大利面蹲在哪里吗?

我想到了尼克松的静脉炎,第一次发作是在一九六五年,某次去日本的旅程中。是发作在左腿吗?我记得到了一九七四年秋天,也就是他宣布辞职没多久,他的左腿开始水肿,右半边肺部还出现了一个肿块。他在同年十月做了个手术,然而没多久,手术的部位就开始流血了。他一直在医院接受治疗,直至当年十一月,当时约翰·西里卡大法官对前任总统进行了传唤。但鉴于病情,尼克松无法出庭。

我躺在那里,排队等待计算机断层扫描。我觉得这就像是对大脑的测谎试验,也更加确信尼克松的肿块和水门事件有关系。我也很肯定,简的死亡,以及她和乔治之间发生的种种,最终导致了我的大脑出事。

在做计算机断层扫描的时候，为了让自己放松下来，我重温了一下尼克松的敌对者名单。

1. 阿诺德·M.匹克
2. 亚历山大·E.巴坎
3. 爱德·古斯曼
4. 马克斯韦尔·丹尼
5. 查尔斯·迪森
6. 霍华德·斯坦
7. 阿拉德·洛温斯坦
8. 墨顿·哈普伦
9. 伦纳德·伍德科克
10. S. 斯特林·芒罗金
11. 伯纳德·T.菲尔德
12. 西德尼·大卫多夫
13. 约翰·科尼尔斯
14. 塞缪尔·M.兰伯特
15. 斯图尔德·罗林斯·莫特
16. 罗纳尔德·戴尔伦斯
17. 丹尼尔·肖尔
18. S.哈里森·道格尔
19. 保罗·纽曼
20. 玛丽·麦格罗里

我被带到了一间半私密的病房里，而病房所在的整层楼都设有监控。我突然想到要给我的"住院"医生打个电话。我现在每说出一个字都很艰难,竭尽全力地跟医生解释我的处境。医生办公室的管理员告诉我,听天由命吧,而且,医生如今已经不出城就诊了。重点是,医生正在休假。她问我等医生回来以后我是否愿意转去"死亡以色列"。

"什么是'死亡以色列'?"

"就是医生附属看诊的一家医院。"办公室管理人说。

"听起来有点反犹太主义啊。"我同病房的室友不知何时听到了我们的对话,插嘴道。

"我想回家……"我说的话开始有点儿连贯了,真令人熟悉。

"如果您改变了主意,可以告诉我们。"办公室管理员说。

"没有比真正需要一个医生更糟的了。"我的室友又说。

"你在这里做什么?"我问,但我脱口而出的话更像是"你为什么在这里?"

"表演结束了,"他说,"钟的指针不动了。你注意到我不能移动吗?我卡住了——只有脑袋还在运转,我的脑子里还剩下些什么呢?另外,脏兮兮的是你还是我?"

我还没来得及回答,宠物志愿者走了进来。"嗨,我是'毛茸茸伙伴'的咨询员。"说着,她拖来一把椅子坐下来,拿出一张信息登记簿和表格来,边问边填,"您有一只狗还是一只猫?"

"都有。"

"如果陌生人打开房门,它们会袭击人吗?它们的食物放在哪里?每次给它们喂多少吃的?狗单独过夜没问题吗?还是需要有人守夜陪伴?我们的实习生偶尔会愿意留下来守夜陪同。"

"我还要在这里待多久?"我问。

"那您要问你的医生。某些情况下,您也可以选择领养。"

"有人要领养我?"

"有人可能会领养您的宠物——比如说,如果您可能不会回家……"

"那我会去哪儿?"

"比如去一家专业的护理机构,或者直接……"

"死了。她的意思是你死了,"另一张病床上的家伙说,"他们都不喜欢直接说出来,但我会,就像我之前说的,我很快就要去那儿了。"

"你看上去还好啊,不像病得很重的样子,"我对那家伙说,"你说话非常连贯呢!"

我边说着边擦掉了流到嘴角的口水。

"所以才更难治,"他说,"完全精神错乱,对所有事情的感觉都是错乱的,不过这状况也持续不了太久。"

"您考虑过临终关怀吗?"毛茸茸朋友问我的室友。

"有什么区别?墙上的壁画会不同吗?反正那些画闻起来都是一股屎味儿。"说着,他把手伸到自己的脸上,"是我吗?还是别人?"他问,没有人说话。他继续问:"是我的手,还是你们的?"

"是你自己的。"我说。

"哦。"他说。

"我并不想打断您,"宠物志愿者继续说,"但是,你们俩有一整天可以交谈,而我还有很多其他事儿要做呢。"

"有一整天,或者没有。"那个濒死的男人说。

"说到宠物——告诉我它们的名字和年龄。您身上有房子的钥匙吗？"

"泰茜是条狗，我不知道它多大了。沐菲是只猫。有一把备用钥匙，在前门旁边的假山左下方压着。那里还有一把假钥匙和十美金。"

接下来，那个濒死室友的大声嗫嚅湮没了我们的对话。"信息量太大了，"他说，"我没必要知道那么多。"

"那又怎样？难不成你还想从床上爬起来偷我的房子？"

"你能帮我记录吗？"那个濒死的室友请求我说。

"我可以试试。"说完，我按下电话钮，让护士送来笔和纸。

"等一会儿。"护士说。

"有个男人快要死了，他想做告解。"

"这儿正忙着呢，走不开。"护士说。

我小睡了一觉，睡梦中我听到一声枪响。醒来的时候我的脑子里冒出来的第一个念头是：我弟弟要来杀我了。

"不是你，"邻床的家伙对我说，"是电视里的声音。你睡觉的时候，有个警察来看你。他说他待会儿再来。"

我没说什么。

"我能问你个问题吗？你是那个杀了自己妻子的家伙吗？"

"为什么这么问？"

"我无意中听到有人说起，最近有个家伙杀了自己的老婆。"

我耸耸肩。"我老婆正在跟我闹离婚，她删掉了健康保险上我的名字。"

有人进来问："是谁需要神父？"

"我们要的是纸。"①

"哦。"进来的人应了一声,然后出去,拿了一张黄色稿纸和一支钢笔回来。

"从哪儿开始呢?"濒死的室友说,"毫无疑问,有些问题我们永远也找不到答案了。最困难的是,万物不可能都有答案,有些事情你就是无法知道。"

他开始讲故事,一个复杂的关于一个女人的种种——基本上就是他们是如何在一起,然后又是如何分开的。

他的故事美丽而动人,是塞林格式的:他们各自说着不同的语言,她戴着条漂亮的红色围巾,然后,她怀孕了……

我努力把这些都记下来,可当我注意到自己写了什么东西时,我发现这些根本毫无意义。我写的这些甚至不是英文。不管我在这纸上写下的符号是什么东西,反正绝对不是能让人读懂的。我专注地造一个句子、画一幅画,我还试着画一张地图——不一会儿,我就把整张纸都涂得满满的。算了,我心想,待会儿再把它擦干净吧!那个男人还在继续讲着他的故事,正好讲到我认为应该是故事结局的地方时,男人突然直挺挺地坐了起来,说:"我不能呼吸了。"

我立刻按呼叫铃。"他不能呼吸了,"我大叫,"他的脸色从淡粉色变成了深红色,现在已经有点发紫了。"

不一会儿,屋子里围满了人。"我们当时正在说话,他正好说到好笑的地方,然后,突然,他坐起来说'我不能呼吸了'。"

现在,他像被什么东西掐住了喉咙,不停地咳嗽,喷唾沫。越

---

① 纸(paper)和神父(priest)发音接近。

来越多的人围过来,好像看戏的观众。他们全都站在那里眼睁睁地看着这个男人。

"你们打算就这么看着?不做点什么?"我问。

"我们没什么可做的。"护士说。

"肯定有啊。"我说。

"他是DNR①病人,放弃治疗。"

就算是死,他也希望好好地死啊!看看他现在的样子,挣扎着,好像噎住了。

"我们都不知道自己何时将以怎样的方式被上帝召唤。"有人说,随后开始放下床与床中间的帘子。

"那可不行。"我说着,拖着疲惫病损的身子,从万恶的病床上爬下来,拨开他床边的窗帘。

男人躬身隆背,看上去像是在祈求有人能为他做点什么。我胸口插着的心电图导线和手上的两根静脉注射管都因为身体的突然移动而被扯开,我的屁股裸露在外面。护士们看到我这副样子,纷纷给我让道。我记得那男人告诉过我要重击他一下,于是我照做了,给了他一记相当够劲儿的上勾拳,使出了我吃奶的劲儿,直接击打在他肠子部位。

他嘴巴大张,一颗假牙飞了出去,大喘了一口气。"靠!该死的假牙,差点要了我的命。"他说。

"你说过你不要做心肺复苏。"护士气恼地说。

"但我也没说我想被这要命的假牙活活噎死啊!"

"我还以为是肺栓塞呢。你说是不是?"护士对另一个护士

---

① 此处护士理解病人种类 Do Not Resusctate,为"放弃治疗"。

说。

"帮帮忙,让我回家吧,我在家里好歹还能在准备好了之后一枪解决自己!"

"要我替你给什么人打电话吗?"护士问。

"给谁?"

"医院代表?管理中心?病人权益保护协会?医生?随便你想要哪个。"

"从头开始,老老实实去做,"他说,"还有,立即更改我的信息表。你显然一点儿都不明白DNR是什么意思。"

半小时后,一个女人走进来,带着个人信息表,上面已经删掉了DNR字样。"系统上统一更改还需要一段时间,所以,我先给你门上放个标识如何?"

"你看着办就行。"男人说。

女人在门口的一块白板上写下"救救这个男人",那块白板上还有我们的名字,名字旁边的注释是:"小心坠落/注意使用"。

下午,宠物志愿者又来了,还带了照片给我看。照片里泰茜和沐菲坐在某个长得很不错的年轻人旁,它们一起坐在乔治和简的沙发上面。"全都办妥了。"她愉快地对我说。

我在公园里遇到的那个警察也来了,他穿着制服,手捧一大束鲜花,配套的花瓶旁边吊着个毛绒小熊玩具。"嗨,听我说,我想跟你道歉。我对你太不友善了,我不应该那样,希望你尽快好起来。"

"好的,没关系。"我说。

警察坐在我床边和我小聊了一会儿。直到我们实在没什么话可说的时候,他起身告辞,并告诉我他还会抽空再来看我的。

"哦,真是令人难过的场面。他肯定上过那种节目。"警察走了后,我的室友对我说。

"什么节目?"

"十二个步骤之一——总之就是:这是下一次,那也是下一次,每次都等下一次,到了第九次的时候才会对你造成的伤害做出补偿。"

"有意思。"我说。我很想告诉他关于我和那些女人午餐约会的事情,但是,鉴于他深谙此道,有些事情我觉得还是不说为妙。

晚餐送来了,但没有他的。

"什么都没有?"

"我没帮你下去取,但我或许可以帮你拿一份饮料托盘来。"送餐的女人说。

我看着自己面前的餐盘,揭起了上面的餐盖,发现里面的主食完全无法辨认。

"这是什么东西啊?"我问。

送餐的女人凑近来看了一眼,说:"哦,那是酿烤的香草乳酪鸡胸。"

"我是个要死的人,"我的室友说,"如果这是我的最后一餐,我可不想只是喝点东西而已,除非是上好的苏格兰威士忌。"

"要不我去护士那边拿份外卖单来怎么样?护士们总是叫外卖吃。"

"那太好了。"他一听,突然变得愉快起来,哦,远不止愉快那么简单,简直欢欣雀跃。

我将餐盖在餐盘上盖好，以免香味散失，然后静观接下来发生的事情。

"你想要点什么？"男人一边浏览送餐的女人拿过来的菜单，一边问我。

"什么都行，只要不是中国菜。"

他很激动地从某个隐藏的盖子底下拿出了自己的手机开始拨号。他的身体行动能力还很有限，但兴致高昂。首先，他拨通了汉堡店的号码，点了两份吉士汉堡豪华套餐，有薯条和另附的咸菜；然后他打通了披萨店，点了份中等大小的意大利香辣肠馅饼；接着他又打给熟食店，点了大米布丁和奶油苏打水。熟食店的伙计说他们的最低起送价是二十美金，他告诉店员，如果他在来的路上顺道去贩酒店带一瓶苏格兰威士忌过来，他会给他另付五十美金的小费。店员立即说他愿意。

"要是我点太多却吃不完，没问题吧？我要死了，不关心剩饭。我能给你点些什么特别的东西吗？你有什么特别想吃、想得要死的东西？我没有含沙射影的意思。"室友问我说。

我以前很喜欢鱼子酱和现烤的奶酪薄饼。哦，还有四十年前吃过的那个甜甜圈，至今都难以忘怀那味道啊。还有，我记得一九七二年总统大选期间，我在一个寒冷的早晨，在投票站旁边吃到的一份橘子味煎饼，哦，那真是世上无与伦比的美味啊。但现实是，我躺在医院的病床上，对任何食物都没有一丁点儿激情和渴望。所以我说："谢谢，你点的那些就挺好。"

我们心焦地等待着食物送来。他们会记得带上番茄酱和芥末酱吗？我们要打过去提醒他们带上蛋黄酱吗？我们又彼此交换了一番对蛋黄酱的喜爱之情，他问我是否吃过比利时炸薯条蘸酱，那种炸得熟透了的金黄色的薯条，滚烫的，撒上了盐的？是的，当然吃过，哦，光这描述已经够令人垂涎了。

等待的时间总是比预期的感觉漫长。也是，这里是医院，有那么多道门要过，门卫、楼下的保安——是不是还要打开吉士汉堡给他们检查一番？还要上电梯，过走廊。

"你能帮我把我柜子里的裤子拿出来吗？"室友问我。我缓缓地从床上爬起来，拽着手上的静脉注射针头和针管，拖着我不太灵光的左腿，挪步到他的柜子前，翻出来一条裤子。"掏掏裤子口袋。"

他的口袋里全都是钞票，一捆一捆的面值二十美金的钞票，钱包里塞满了各种旅行支票、欧元和英镑。

"看上去你要破产了。"我开玩笑地说。

"最后几次离家的时候，我总是先去银行取些现钞。你永远不知道会发生什么，而最糟糕的莫过于你发现需要现金的时候自己手上却没有。我们生在一个经济社会，也死于一个经济社会，不管去哪儿，都得给小费。没必要让自己受罪，本来就是快要埋进土里的人了，没必要忍受粗糙的服务。我好几年前就预付了葬礼的费用。你需要这些欧元吗？拿去吧！"

"我可哪儿也不去。"我说完，将这些外汇又放回他裤子口袋里。

我们打赌看哪个快递先到，结果我赌的比他的快了三十八分钟。于是，当吉士汉堡一到，室友给了我一百美金的"红利返点"。披萨是第二个送达的。"我以前从未给病人送过外卖，太酷了，"送外卖的小伙子一进来就说，"我是说，只要你们不是传染病。"熟食店的小伙子是最后一个到的。"不好意思，我花了好长时间才到,在医院门口,我还得找人掩护我进来。"说着,他递过来一包食物和一瓶苏格兰威士忌。我的室友又抽出一张一百美金大钞给快递小伙结账,还顺便请他喝了一杯。

"我得走了,"快递小伙说,"我得回去工作。但我很好奇,你们俩怎么了?躺在病床上还跟我点大米布丁和苏格兰威士忌?"

"我快死了,"男人说,"你知道最神奇的是什么吗?今天我真的差一点儿就翘辫子了,他们本来打算就这么眼睁睁地让我走。但是现在我还活着,感觉好极了,不是觉得我还能活一百年那种好,而是我现在对死亡完全不在乎了。"说完,他稍停顿片刻后说,"我要死了,"又补充道,"这句话我今天比我一辈子说的次数都多,这就成了死亡临头的征兆,就像有什么东西在外面等着我,像是电影里即将来临的悬念。"

"我想我们都会死,"熟食店的伙计说,"我是说,我们早晚都要走。"

医院送餐的女人来取我的餐盘,顺便待了一会儿,和我们分享了一片披萨和几根炸薯条。

我痛快地享受了一顿吉士汉堡,肉质软嫩多汁,夹上撒了盐的薯条和一些酸泡菜,味道完美极了。又吃了一杯大米布丁后,我已经饱得过头了。我给我俩的蓝色塑料杯斟满了威士忌。

"要我给你拿些冰块吗?"我问。

"给我一根吸管就行。"他说。

我们把他的床头垫高,现在他已经能愉快地靠在床上用吸管吸威士忌了。

"我不介意来一块巧克力。"他说。

我给了他一整条。"享用吧！"

我的肚子吃得胀鼓鼓的，打出来的饱嗝带着炸薯条和酸泡菜的味道。我提着垃圾袋，身后拖着静脉注射架，一步一晃地走到楼下大厅，将垃圾扔进楼层另一头的垃圾箱里。护士似乎很高兴看到我身体恢复得不错，她们将我身上松松垮垮的衣服拽过来，用一件工作袍挡住前面，另一件工作袍挡住后面。多么时尚的遮屁股方法啊！

回到病房，我和那个濒死的哥们儿一起看了电视里在播放的一部关于警察的电视剧，然后在大约十点到十一点之间，那哥们儿感觉浑身无力，很不舒服，按铃让护士进来，问有没有抗酸剂。护士告诉他，他的信息表上没有标明要求提供抗酸剂。他问，他的信息表有没有别的地方进行过更新。

"有。"那位护士说。

"很好。"他回答。

"虽然我比你老，但不代表我现在就要死。"他提醒我道。

午夜后的某个时刻，一阵可怕的声响把我从睡梦中吵醒。我的室友抬起身子，眼睛张得大大的，好像被可怕的噩梦纠缠一般。我立即按铃叫护士，不停地叫他们"快点！快点！"在护士赶到之前，室友已经无力地瘫回床上了。

先来了一个护士，然后来了一屋子的医生，他们还叫来了红色急救车。我看着医生和护士们飞速从我身边经过，声音都是吼出来的。他们迅速弄开一瓶又一瓶的药，给他注射各种药物。这场面既残忍又令人恐惧。但是，从某一时刻开始，事情变明朗了，不管他们多么努力地给他进行各种急救，效果都不好。他们给他做了两次电击,他的整个身子从床上弹了起来。就在这些人像秃鹰一样围在他身体上方时,我逃出了那间病房,拖着自己软弱无力的双腿,在大厅里上蹿下跳地跑了几圈,最后又回到了病房,将自己挤在角落里。一直等到十二点四十八分,他们说出那句最终判决为止。他们用一条干净的床单盖住他,然后离开了,还带走了他们的急救车。房间里到处是医疗处理后的残骸——用完的注射器、纱布、各种塑料碎片。他就躺在床单下面。我走近一点儿,在这之前我从未像这样看过一具不呼吸的身体。新床单的褶子让他整个人显得很松弛。我握住他的手,摸了摸他的脸和腿。他的身上还残存着余温,却是空洞的,肌肉已经脱离了骨头,没有半点弹性。房间里只剩下我和他,这样过了大约一个小时,两个保安带着轮床进来,把他带走了。这感觉非常奇怪,曾经在这里的某一个人就这样消失了,不见了。

房间里甚至还能闻到我们中午吃的炸薯条的味道。

我需要找人说说话。如果我现在往家里打电话会怎样?会是电话自动答录机里简的声音回应我吗?如果我说话,如果我祈求,如果我独自闲聊足够长的时间,那位照看猫狗的人会来接电话吗?如果我叫一声,或许泰茜会对我回叫一声。我想给泰茜打电话,泰茜和简。

我正准备拨电话,一位护士走进来,给了我一片安眠药。

"我知道这很难熬。"她说。

我接过药。她又给我的杯子斟满水,但她并不知道那杯子里还有中午剩下的一点儿威士忌。她正在往威士忌里掺水。我什么都没说,默默地吞下了药,喝下了掺水的威士忌。

她在旁边一直待到我睡着。

早晨我醒来的时候,我旁边床上的床单、被套都已经被拆掉了,地板被清洗一净,地上的碎片残渣也都被清扫干净了。

对于昨晚发生的事情,每个人只字不提。

上午,医院里的工作人员带着个塑料袋走进来,清理他的衣柜和抽屉,清完后他问我:"还有别的东西吗?"

"比如什么?"

"比如你不知道吗?比如,你一整晚都在这里,和他的东西在一起,也许你拿走了什么东西?"

"还有一瓶威士忌,你要吗?归你了,"我说,"但如果你是在乱指我偷了什么东西,只因为我恰好住在他旁边的床位,那你就太过分了……"

"他可能有些别的什么的,比方手表啊,戒指啊。"

"我不知道他有没有。"

那人看着我,那样子就好像在暗示他可是医院里不好惹的角色,是专门被派来对付那些不听话病人的打手。

"我不必忍受这些。"说着我拿起电话,先拨了个"9"拨外线,然后拨了"911"。

男人立即上来跟我争抢电话。"放下!"他说着,一把夺过话筒,狠狠砸了。

不一会儿工夫,电话铃响了,那家伙仍在病房里。我接了电话,是911的接线员打回来的。我解释了自己的情况,电话那头的女人告诉我,因为我刚拨通就挂了电话,所以他们必须派人来确认一下,以免我被劫持为人质,并确定我不是被迫给出并非出于我意愿的回复。医院"打手"用不可置信的眼神看着我:"你真操蛋,"他说,"你个混蛋!"

"那你现在又能怎么样,打我吗?"

他又看了看我,摇摇头。"你真是一点儿幽默感都没有。"他说完离开了。

一个小时后,警察才赶到。(谢天谢地,还好我不是真的发生了紧急事故!)

"你还好吗?"他们问我。

"鉴于目前的状况,我已经尽可能地很好了。"我说。

其中一名警察给了我名片,以防我再出现什么麻烦。"你不会知道,"他说,"我们接到的来自医院的电话都是那些老人们被困在自己孩子的家里受虐待,这是个大问题。"

我从未想过自己老了以后的问题。几分钟前,我还是个处于人生壮年的家伙,而现在,突然间,我成了老人。

当护士来撕掉房间日历上的两页纸时,我才意识到,今天是我该上课的日子。"有时候我们会来得迟一些。"她解释说。

我给学校打电话,告诉他们由于我的亲属去世,我不得不取消今天的课。

物理治疗部的一名志愿者来接我的时候,我有一种如释重负的感觉。

接受物理治疗的时候,他们给了我一个助步工具,是用一些容易滑动的绿色网球制做的。理疗师告诉我,她的工作是帮我做出院前的准备。"通常,发生像你这样的事情之后,我们会把病人送去康复中心待一两个礼拜。但是鉴于你的保险问题还没有解决,所以他们不打算送你去康复中心。所以,你必须在家里自己做康复。但好消息是,你发生的这点事情相对来说并不严重。"

"对我来说已经感觉很严重。"我说。

"如果按从一级到十级的严重程度来排列,你的程度顶多算二级,"她说,"相信我,你很快就能出院。"

她教我用纽扣和拉链玩一个游戏。这游戏初看起来白痴极了,但当我试了一下之后,惊讶地发现我的手指头就像不属于我自己似的。我又试了一下纽扣,最后她给了我另一套比较大的纽扣和拉链,我才完成游戏。"太好了,"我说,"接下来要做什么呢?把我衬衫上的纽扣全部换成这种傻乎乎的扣子?"

"这只是一种观察方式。"理疗师说。

"我会好起来吗?"我问,"还是我以后就这样了?"何曾想到有一天连穿衣服、爬四级台阶对我来说都变得如此艰难?

"别慌张,你需要时间。"理疗师说。

一个小时的物理治疗后,我累得精疲力竭。回到我自己的病房,我感觉非常孤单,还好医生告诉我,如果我想再试,两个小时后可以回来继续进行物理治疗。

午饭摆在我面前,是番茄米饭汤,我想起曾经在等待简的病情时,我在医院的餐厅里吃的就是这种番茄米饭汤,一模一样。我不禁想到,要是我吃了这东西,可能会很难离开这里,我会就此陷入番茄汤和医院的无限循环之中,所以我没有碰我的午餐。

一个年轻女人走进病房。"爸爸?"

"你走错房了。"

"不,"她说,"我一直在等你。我刚才来的时候你出去了。我来找A床的病人,但似乎A床并没有人。"

"不好意思。"

"他回家了吗?"

我注意到她戴了条红色的围巾。"你是从哪儿弄来这围巾的?"

"是我妈妈给我的礼物。怎么了?"

为什么由我来告诉她这个消息?

"他去世了。"我说。

"什么时候?"

"昨晚。"

"你能跟我说说他吗?"她说,"我们从未真正见过面。"

"你爸爸有些话想让我告诉你。"说着,我取出昨天中午的那张记录草稿纸,试着破解自己之前做的标记——在他讲述的时候,我实在无法迅速地记录下来,所以只能用一些我尽可能记得的符号来替代。

"我妈妈两年前去世了。她留下的文件里有爸爸写给她的信。我给他写过信,但他从未回过,直到最近我才收到他的来信。"

"他是个很可爱的人,"我说,"是个非常有意思的家伙。性格复杂,但很有个性,有内涵的那种。不管之前发生了什么,我肯定他对此感到难过,而且毫无疑问,事情远比我们所知道的复杂。"

这时,一位牧师走进房间。"我接到电话,说有人需要做告解。"

"他已经去世了,"我说,"你们有拉比吗?"

他从口袋里掏出一顶圆顶小帽,戴在头上。

我对他的装束感到困惑,戴着圆顶小帽,却穿着神父的装束①。

就在我们说话的当口,医生进来了。

"你感觉怎么样……"说着他停顿了一下,查看了下我表格上的名字,"……西尔弗先生。"

"我之前见过你吗?"我问。

"没有。"他说。

年轻女人站了起来,抱歉自己打扰了。"没事儿,几分钟就好,"我挽留她,"医生从来待不长。"

"我出去弄杯咖啡再回来。"她说完,离开了。

"现在只有我和你了,"我对医生说,"另一个家伙已经死了。"

"有时候我们也无能为力,"医生说,"但你还不错,很快就能回家了。你有什么问题吗?"

"我还能做爱吗?"

一阵尴尬的沉默。

"我担心自己是因为吃了我弟弟的伟哥才导致这场'事故'的。"

"怎么说?"

"我吃了不少那玩意儿。好吧,打个比方,我担心自己被嗨残

---

① 犹太男子祷告、学习时戴圆顶小帽。神父和拉比分别是基督教和犹太教的神职人员。

了。"

"我不这么认为。但这想法很有趣,我会记在病历上的。"

"那么,我还能做爱吗?我还能吃伟哥或者艾力达之类的东西吗?"

"我劝你最好歇一歇。"医生说。

"歇多久?"

"这么说吧,如果你能靠自己勃起,不借助外力,那没问题。但如果你觉得头疼或者恶心,就立即停止。如果你无法勃起——经历了这样的事件之后,一般可能会出现这种情况,但只是暂时的,是短时间的。我必须把这话说在前头,并无冒犯之意。这要看你愿意承受的风险有多大。我知道一些男人在经历了你所经历的事情之后,通常会觉得害怕,他们甚至连想都不敢去想做爱这种事情。还有些人直接就在医院里做了,他们觉得这里是个比较'安全'的环境。但我不会对此细述。这种事情都是不足为外人道的。"

"当然,"我说,"当然,这问题是假设性的。事实是,我很害怕,我忽然对一切都感到恐惧。我无法想象再吃药,也无法想象想再做爱这种事情。"

"本来就该这样,"医生说,"男人该表现的时候应该克服压力。你还是要自己想办法摆脱困境。"

"但我真正想知道的是,"我又试着说,"这情况是只能如此还是说这只是一个警告?是不是以后还会有更可怕的情况发生?我需要做好最坏的打算吗?"

"我们无法保证什么,"医生摇摇头说,"你的大动脉看上去很好,没什么隐藏的凝块需要去除,也没有什么异物在你血管里乱审。就目前的情况来看,你的身体状况很好。我希望你能完全康复。你下周就能出院回家了。"说完,他低头看了看自己的手表。

那年轻女人又回来了,手里还拿着杯咖啡。
"你看上去很累。"她很温和地看着我说。
"是的。"
"这是个艰难的时期,"她说,而我无法分辨她的话里是否带有讽刺。
"是的。"我说。
她怎么会在她爸爸刚死就找来了呢?昨天她在哪儿?

我想到了纳撒尼尔和艾希莉,想到我离开家到现在还没有联系过他们。他们会好奇我为什么那么久没有打电话吗?他们还好吗?我现在就要去打个电话,趁我还没忘记。但我想不起来他们俩具体在哪儿,想不起来他们的学校叫什么名字。
我想我应该觉得庆幸,我还没有把他们完全忘记。

到了下午,没有任何事先通知,我被告知可以出院了。
"好了,西尔弗先生,你现在可以走了。"护士说。我有点感觉自己更像是被赶走的。"我中风了,而你们就打算这么让我回家?"
"你好得很,可以回家了,过得开心点。我们有很多比你严重得多的病人还挤在急诊室里等待床位。楼下就有出租车。"
我不知道怎么回事,也不知道为什么,我的口袋里塞满了现金——是我死去的室友的钱。我没拿,肯定是有人塞给我的——

绝对是故意的。当我伸手掏钱包的时候，才发现里面有一沓一沓面值二十美金的钞票。"你今天很走运，伙计。"我对出租车司机说着，给了他两张二十美金的大钞来支付十二美金的打车费。

"我一个字都不会多问。"他说。

照看宠物的志愿者不在家，但留下了张字条："希望您的身体好些了。我会在五点左右过来遛泰茜。另外，如果有需要，我将很高兴继续为您工作——我的收费卡在字条下面。"我瞥了一眼那张卡，上面还装饰着小爪印。遛一次宠物十五美金，过夜照顾宠物十五美金——价格似乎还算合理。

我在沙发上倒头就睡，狗和猫蜷缩在我身边。没有人在头顶窃窃私语，没有红色信号或者蓝色信号，没有消毒水的味道，也没有蒸花椰菜的痕迹。屋子里有的只是安静的沉默，信件投递时发出的细微声响，有泰茜陪伴身边感觉舒服多了。大约下午五点左右，宠物志愿者来了。我还在睡觉，他给我盖了条毯子，然后去遛狗。临走前他告诉我明天早晨他还会再来。

"我不知道该怎么谢你。"我说。

"没什么的，您不必谢。"

我点点头，感觉眼皮很沉。

"明天见。"他说。

天色渐暗，一种极度的寒冷贯彻我全身。我打开屋子里所有的灯和电视，然后在屋子里到处乱晃。怎么给自己弄点晚餐吃呢？我跑进厨房，打开冰箱，又关上，然后回到沙发上。

我在出院文件中找到了一张送餐服务的单子。我按照单子上的电话号码拨过去，他们今天休息，于是我留了言。

我想起了达美乐披萨店"三十分钟内保证送到"的广告,于是拨通电话,点了份披萨和两杯可乐。

等待披萨送来的时候,刚才告知休息的外送服务电话回电了。

"嗨,你瞧,"她说,"你的留言听上去真可怜:你刚从医院回家,一个人住在你弟弟的房子里,而你弟弟又在'远处'——不管这是什么意思,但我们并不是像有线电视一样随便开关的服务系统,我们是有规范流程的,每个人都必须按照流程来做事。"

在她说话的时候,她的语调让我后悔自己曾拨过这个电话。我将那张外送服务单撕成了碎片,她还在继续滔滔不绝地说着:"我的意思是,"她顿了一下,继续说,"我给你回电的原因是,如果你家里现在没有吃的,我可以带一点儿,顺路给你送去。"

"我很好,谢谢。"我急切地希望尽快结束我们的对话。

"你确定?"

"我很肯定。"

"你知道还有很多别的选择。有很多新的饮食计划都提供家庭外送服务,像是'地带''家庭小酒馆''斯玛特美食''卡铂康舍斯'等。如果你今晚的问题已经解决了,我让人明天再给你打电话,如何?他们会通过系统联系你。"

这时候门铃响了,送披萨的终于来了!

那女人还在说着,我一声不响地挂了电话,靠助步器朝门口走去。泰茜和我像是在跳一种奇怪的舞步,我俩互相看谁先到达门那边。

披萨的味道就像是加了盐的硬纸板,上面是融化的橡胶。但我把点的所有东西全吃完了。

回家后的第一个晚上,乔治的心理治疗师给我打来电话。"不好意思,最近都没有联系你。"他说。

"我也是。"我深呼一口气,准备告诉他关于医院、关于那个死去的男人、关于最近发生的每一件事,然而出于一种个人的谨慎,我还是忍住了。

"我做了件小事儿。"我说。

"我希望是令人愉快的事儿。"他说。

"不是一场婚礼。"说完,我就没再多说。

"我本来希望能聊聊你的家庭。"

"我之前在医院里——"尽管我满脑子都在告诉自己不要说,但它就像漏气了一样渗出来,像是某个自己偷偷溜走的东西,随着我的一口呼气而跑出来又吞咽下的话语。

"你说什么?"他没听清我的话。

我什么都没有说。

他又继续说:"你可能还记得,之前提到我们需要了解一个比较全面而复杂的家庭历史。我这儿有些表格,待会儿会发邮件给你。表格上需要了解关于你的亲人的一些信息,他们在哪里出生,如何生活,他们的疾病史、住院史以及是否被监禁过,还有死亡等方面的信息。"

"好吧。"我说。

"你有没有拜访一些年长亲戚的打算?我们想了解得更多。"

这算是一通道德觉醒来电吗?"我也想了解更多,"我告诉医生,"继续,把你那些表格发来,我会填好的。"

"很好,"医生说,"等我们完成这个阶段的程序之后,再考虑进入下一个阶段,也就是带您来我们这里住一两天。不过现在还不需要考虑那个阶段。"

"有没有关于他的进一步消息,就法律而言,他目前处境如何?"

"那不归我负责。或许你可以试着联系案件协调员,他会帮你了解这方面的信息。"

这通电话真让人讨厌,好像给了我一种莫名其妙的推动力。挂了电话,我想起了妈妈,才发现我已经有好几个礼拜没去看她了。

我打电话给她所在单元楼的护士站,问我现在能否跟她说话。

"她现在不方便接听电话。"护士告诉我。

"什么叫'不方便'?她现在难道不应该待在自己房间里吗?都快到睡觉时间了。"

"她在上舞蹈课。"

我很怀疑。"现在是晚上九点三十分,我妈妈常年卧床,你却跟我说她在上舞蹈课?"

"她已经不卧床了。"

"真的?"我真的非常惊讶。

"是的,归功于多方面原因。其中之一是,我们引进了一种新的治疗法,你妈妈似乎对这种治疗法颇为喜爱,所以我们用轮椅把她带到楼下大厅。然后,一位年轻的医生一直和我们一起做这项研究。你妈妈被选中参与到研究中,所以我们给了她一种新式的鸡尾酒。当她不那么到处晃的时候,表现得都很不错。"

"她能走路了?"

"爬行,"护士愉快地回答,"她会趴在地上到处爬,似乎很热衷于如此。我们得时刻小心，别绊到了她……我把我儿子的曲棍球垫子给她套在膝盖和手肘上了。哦，要是你愿意，我可以给你发张她的照片。"

她用电子邮件给我发了一张照片，无疑，照片里的人是我妈妈，她趴在地上，正朝楼下大厅爬，看上去就像一只行色匆匆的螃蟹。

我给莉莉安，我爸爸最小的妹妹打去电话，解释了半天，她才勉强同意我去拜访她。

"需要我给你带些什么吗？"

"在第二大街上有一家店，给我带些那儿的罗宋汤来。"

我没有告诉她，从我的住处去第二大街需耗时一个小时十五分钟。"你要多少？"我问。

"最大的那份，"她说，"给我来两份吧！我会把它放冷冻室里保存的。"

"还要别的吗？"

"好吧，要是你去了那儿，随便给我带些看上去不错的其他东西。"

我妈妈给我回了电话。"服务台的小姐帮我打的电话，"她说，"她说你在追踪我？"

"我打电话向你问好，她告诉我你在上舞蹈课——一切都还好吗？"

"一切都很好，我又开始动起来了。"她说。

"我准备去见见莉莉安小姑。"我还没来得及进一步解释，她就打断了我。

"她的身体不好吗?"妈妈问我,语气里充满了关心。

"我只是想去看看她,有些问题想问她。"

"好的,我也有一两个问题,"妈妈迅速恢复了惯常的语气说,"我的珍珠耳环在哪里?还有与珍珠耳环相配的手镯,你奶奶送我的那个,去哪儿了?莉莉安曾经借去参加派对,难道她决定将这些东西据为己有了吗?"

"我肯定会帮你问问她关于珠宝的事儿。"我说。

"别问,"妈妈说,"以牙还牙,直接去翻她的珠宝箱,找到后直接拿走。等你安全到家后再打电话告诉她。"

"我会看看我能找到什么。"

"哦,你在找的时候,顺便看看有没有一条小小的项链,中间有一颗红宝石和一些钻石的那种——我实在不记得是把它丢了还是被你爸爸拿去典当了。"

"爸爸会做那样的事儿?"

"所有的男人都会做那样的事儿。"她说。

自从上次中风之后,我一开车就会紧张不安。我给简的葬礼上请的那位司机打电话,问他是否愿意接我去莉莉安家,然后等上我一会儿,再把我送回家。他告诉我这属于"计时收费"服务,每小时七十五美金,四小时起步。我同意并跟他签了约。他准时来家里接我,把车开到第二大街的某家熟食店。莉莉安说的那家店现在已经不在第二大街了。终于买完东西后,我们又前往住在长岛的莉莉安家。到达之后,我让司机晃悠两个小时之后再来接我,以免被莉莉安看到,那么我将不得不跟她费力解释一番我的处境。

我缓缓走在姑姑家的车道上，回忆里闪现出那年夏天的生日派对，独立日的烟火，还有热狗。这条街道上的房子以前都是整齐、统一的错层式砖墙建筑，每栋房子都一样，唯一不同的只是停在房前车道上年份不同的庞蒂亚克或者别克车而已。这些房子现在的样子都是他们自我改造的版本，这里加一些，那里改动一下，感觉房子好像凭空长出了一个房间那么大的肿瘤似的；还有一些被拆除，刻意制造出那种后现代主义激素怪物般的空间感。双层挑高的起居室和巨大的进门会客厅取代了曾经最为经典的、每个家庭都有的五六十年代那种独特的八角窗。我把从熟食店买来的东西放在莉莉安家厨房的桌子上，心想，这老旧的、油乎乎的桌布和她三十年前用的是同一条吗？莉莉安姑姑像个急速老怪似的，旋风般把我买来的东西收了起来。她身材瘦小，大约四英尺高，显然整个人都缩水了。

"你怎么了？"她问，"你好像全身都散了架。"

"车祸。"我不想跟她说我中风的事情，那让我觉得自己好像很老似的。"花很美。"我转移话题，指着桌上的花瓶赞美道。

"这花已经有好些年头了，"她说，"是塑料花，我每周用白布擦一次它们。这个给你。"说着，她递给我一个密封罐，里面装的是荞麦粥，"我不吃这个了，这个太……"她说，"我不能吃罂粟籽，不能吃任何种子、坚果或者小麦粒——也就是说，看电影的时候既不能吃爆米花，也不能吃开心果。我的肠子出了点问题。"

她说话的方式让我忍不住想把心里话都倒出来："这样活着简直找不到活下去的意义啊！"但是，鉴于我最近的遭遇让我充分领教过生命的不可预知，所以我觉得，有些事情我不应该随便拿来开玩笑。

"你弟弟真应该感到羞耻。"她说。

"是的。"我说。

"是他干的吗?"

"不,我不这么认为。"

我们坐在餐厅的餐桌旁边。她给我倒了一杯茶,立顿牌的,很浓,且无与伦比地好喝。"你要加糖吗?还是你要喝原味的?"

"加糖,谢谢。"我说。那方糖在碗里放了太久,多次被潮湿的勺子触碰,已经凹凸不平了,但依然是快乐的方糖,受到感染的方糖——变老的方糖。莉莉安从厨房走出来,带了一件工艺品,一个蓝色的马口铁罐,上面烙有"丹麦黄油曲奇"的字样。如果我没记错的话,我敢发誓这马口铁罐至少传承好几代人了——犹太人离开以色列的时候,带走了一盒又一盒丹麦黄油曲奇马口铁罐,而这些铁罐,据我所知,里面装的从来不是丹麦黄油曲奇饼干。这罐子游历过无数的房子,但它们总能而且永远能回到莉莉安的身边。在每一个家庭或者部落里,都有一个看守马口铁罐的人,他们的职责就是无止境地发出烦人的吟诵:"别忘了我的铁罐",或者,"你怎么能忘了我的铁罐呢?没有你的份了。没有铁罐让我怎么烘焙饼干啊?你说有什么关系?关系可大了!没有了铁罐,饼干会腐坏啊"。

莉莉安姑妈用她那瘦瘦长长、粗糙的手指头扭转那薄薄的铁罐,弄得里面的东西晃晃荡荡,像是被困的猎物。随着岁月的增加,莉莉安的手上已经多出一块块老年斑,她那稀疏的头发染上了一种不太自然的深红色,顶在头上,就像生了锈的钢丝绒。

她终于把铁罐打开了,里面有大约十块饼干。"我已经不像以前那样一次烘焙很多了。"她解释说。

我拿了一块，咬了一口，坚硬如石头，感觉像是犹太的脆饼。"不错。"我嘴里塞满了饼干说。

"上一次见你还是在你爸爸的葬礼上。"她说。

我把饼干沾了沾茶，又吃了一口，感觉好多了。吃完一块饼干，我刚准备伸手去拿第二块，莉莉安就从我面前夺走了铁罐，盖上了盖子。"我必须给这些饼干定额配，"她说，"我已经不常烘焙了，事实上，这可能是我最后一次做饼干了。"

"跟我说说我爸爸的事儿吧！"我问，而我一呼出"爸爸"这个词，再吸气的时候我仿佛看到和嗅到了爸爸的样子。爸爸去世后，衣柜里面挂着五套他的衣服，他的生发油是一种发出刺鼻辛辣味道的油乎乎的东西，他总把那东西先倒在手上，再抹在头发上，然后用梳子梳平每一寸头发。这使我妈妈总是抱怨枕头上、沙发上、客厅的椅子上以及爸爸的头发触碰过的任何地方都会留下那油乎乎的难以洗掉的印记。

"中层管理者，"莉莉安姑姑脱口而出，"他永远是那个样子。他恨那些在他之上的人，同时又会把自己的愤怒无端发泄在不如自己的人身上。他是卖保险的，晚年的时候，他去做投资。要是质疑你爸爸做的事情，他准保会发火——他就是这样，做什么只按自己的方式来，搞得每个人都怕他。"

我点头。她的描述和我自己对爸爸的淡薄记忆基本符合。

她继续说："我丈夫不喜欢我们家的人，觉得他们都太刻薄了，没有教养。他是对的。你爸爸会和莫迪针对某一个问题争执不休，不把莫迪弄到崩溃，他是不会罢休的——他才不管究竟谁对谁错呢。"

我不可思议地摇摇头。

"然后莫迪就走了。我从未说过这事,但是在很大程度上,我一直为这件事而怪你爸爸,"她说话的语气带着强烈的厌恶,唾沫四溅,好像在吐露内心隐藏已久的秘密似的,"你爸爸就是那副德行,永远想得到所有人的关注,而一旦得不到,他就会表现得像个小孩子。这也是为什么你弟弟和他总是处不来——他们太像了。而你,"她用那粗糙的手指指着我说,"你站在那里就像个小白。"

我无话可说——记忆中,迄今为止还没有人曾说我像个"小白"。

"后来是不是发生了什么别的事情,导致我们两家不再来往了?"我在做记录的稿纸边缘草草记下了关于"我是个小白"的评价。

"我跟你妈妈吵过一次架。"

"我妈妈?"

"我知道你在想什么——你觉得你妈妈是个很容易相处的人——但她也沾了点儿你爸的脾性。"

"你们为什么吵架?"

"犹太丸子。"

我深深地看了她一眼,以确定她是否在跟我开玩笑,而莉莉安的表情好像在说:这难道不够明显吗?

"一场犹太丸子的战争,"她说,"是在汤里放丸子还是单独做丸子?你觉得什么样的黏稠度最好?是蓬松点儿的好还是有嚼劲的好?"

我看着她,以为她会多说点儿,以为她会自己说出答案。"你妈妈似乎觉得,无论如何,她的答案都应该是正确的答案,而且也意味着她才是更好的犹太人。可坦白说,在这件事之后,加上你爸爸的缘故,我实在找不到继续和你们联系的理由。虽然我们没对你提起这些,但不代表我们私下里不会说起这些。"

我正准备问问家族里还有谁健在,她却突兀地打断了我。

"还有一件事情,是你们几个孩子在康乐室里发生的事故。"她再次意味深长地看了我一眼,"你是装傻,还是真傻?"

我真不知道她在说什么,所以没有回答。

"你弟弟在我儿子身上做'手术'。"她这样说着,好像要给我一点儿提示,一些能唤起我回忆的引子。

"哪种类型的'手术'?"

"他给他重新割包皮,用一个罗盘和一个分度器,还有埃尔默胶水。"

我隐约想起些什么。那是一个犹太节日,所有的孩子都聚在楼下玩耍。我记得当时我和我的堂兄弟姐妹们坐在一块小地毯上玩耍,玩一个激烈的独裁者游戏,对辖区外的一些房产和酒店进行买卖,就在我们玩得起劲儿的时候,我弟弟和我表弟杰森蹲在我爸爸的书桌下面做着什么看似很奇怪的事情。我记得我当时还在想,乔治就是这副样子,总喜欢强迫别人做一些不应该做的事情,只为了图自己开心。当时的康乐室里一半是游戏房,一半是书房,书房区域用文件柜和白色粗毛地毯隔开,所以我实际上根本看不到他们在做什么,只知道他们的行为很诡异。

"杰森还好吗?"

"还好,只有很轻的皮外伤——破了个小口子,流了很多血,去了趟手术室——问题是,他现在是个男同性恋。"

"你是说,乔治让杰森变成了男同性恋?"

"总有些什么事。我不认为人一出生就是同性恋,你觉得呢?肯定发生了什么事、某些创伤,使人变成了那样。"

"莉莉安姑妈,有很多同性恋说他们是天生如此,事实上也有科学理论是说他们子宫内的荷尔蒙水平……"我继续一边解释,一边在心里纳闷儿我是怎么知道这么多的,肯定是读过某篇文章。但我说的这些和莉莉安一直以来深信不疑的东西显然毫无关系。我问:"我父母对那次事故怎么说?"

"我从来没告诉过他们。杰森让我发誓守住这个秘密,他对此感到羞耻,"她说,"当时有人下楼去看孩子们,所以乔治突然住手了。"

"谁下楼了?"

"你的弗洛伦斯姑姑。"

"她当时看到了什么?"

"她什么都没有看到,但是乔治似乎吓了一跳,立即住手了。"

"你丈夫怎么说?"

"他根本就不在场,"她说,"所以事情才更糟糕。"

"他在哪里?"

"问得好,"但她没有对此多说什么,"我无话可说。"她说。

"确实没有。"我说。

"我上一次见你时还是在你爸爸的葬礼上。"她又重复了她前面的话。

"你能帮我件事吗?"我拿出一张家庭树状图,"我需要把这张图填好。"

"帮你填家庭树？你怎么为我的时间付费？我总该得到些报答和补偿吧？"

"我给你带了罗宋汤。"我说。她做了个不屑一顾的手势，然后把她的椅子搬得离我近一些，好看清楚这张表格和我那黄色的草稿本。

"您多大了，莉莉安姑妈？"

"比我看上去的实际年纪要大。我八十八岁了，但我总是跟人说我刚过七旬。"

我们一点点填写这棵家庭树。中途，她还找来两大本家庭相册，提供实物的证据。我们一页一页地翻着，她对我说每一个人的秘密。"你爸爸身上的男子气概很有问题。"

"你是在说，你认为他是躲在柜子里的那个？"

她耸耸肩，做了个鬼脸。"谁知道谁是谁又不是呢？"

"我们家族里有什么人犯过罪吗？"我问。

"哦，当然，"她说，"太多了。你的伯尼叔叔，他在玩纸牌游戏的时候被人捅死了。"

"被谁？"

"谁晓得？没人想知道。"

"碧姨呢？"

"死了，"她说，"你知道吗，她有三个小孩，没有一个活过四岁。他们说这是婴儿猝死综合征。但我和你妈妈都不相信，毕竟，我们从没让自己的小孩单独和她相处过。"

"真的？不太可能啊！犹太人通常是不会杀死自己的孩子的，他们最多把孩子逼疯。"

"反正这个家族麻烦多多。"她说。

"你是指什么呢?"

"你爸爸的暴脾气。你真是个老好人吗?你以为是因为你妈妈做了隆鼻手术,才搞得你爸爸暴打了她一顿吗?"

我清楚地记得这件事,她完全说对了。我妈妈当时摔破了鼻子,但我以为她是做了什么手术。

"为什么呢?"

"谁知道啊,"莉莉安说,"他有时候就是会无端发火。"

"这可不是我所期待的答案。"

"你父母很保护你和你弟弟。而你叔叔路易就完全不一样了,他真不是个好东西,总是想方设法地和人做交易。而他老婆呢,啥都不懂,居然还在教会里做会计。"

"那个身上长疮的家伙呢?是瘤子还是疮?"我再次唤起自己隐约的记忆。

"那是脂肪瘤,他是个好人,比你路易叔叔好多了,但也没什么用。他结了婚,老婆有畸形足,是在一次扑克游戏中赢来的老婆。"

我忍不住笑了。

"我看不出哪里好笑。他很爱她,非常照顾她,他们生了四个孩子。"

"你还记得我们曾经一起庆祝犹太教新年吧?哈桑纳节、犹太人的赎罪日等,然后,突然间,我们不再庆祝这个节日了,为什么?"我问。

"是的,"她说,"当然,都是因为那个犹太丸子。"说到这里,莉莉安停下来,看了看我,眼神中充满了遗憾、失望和轻蔑,"你为什么不为你们家的所作所为负起责任呢?我原本还以为你是过来道歉的呢。"

"我道歉。"

"为什么?"

"为所有发生过的那些你觉得对不起你的事情——我很抱歉,对不起,非常对不起。"

"我不知道你是不是认真的。"

"好吧,我也不确定我是不是完全能理解所发生的事情。但事实是,你受伤害了,我对此深表歉意。我是怀着一颗非常坦率的心来找你的。我无法为我没做过的事情真心道歉。"

"你来这里是因为你没别的地方可去。如果你一切都很顺利,我压根就不会收到你的问候。"

我的感觉不是太好。她的责难,我的紧张,花一天的车程去城里给她买汤,再开回来,精疲力尽,到这里之后又发现了我们家族的那么多事——太多了。"莉莉安姑妈,我该走了,但如果您愿意,我下次还会再来看您。"

"没必要,"莉莉安说,"跟你妈妈问好。哦,对了,她现在在哪里?"她好像突然想起什么似的问道。

"在一家老人院里。"

"她现在情况如何?"

"似乎渐渐好转了。"

"告诉她,我对丸子汤的事情很抱歉,不管是先煮好丸子再放进汤里还是直接在汤里煮丸子,归根到底,这又有什么重要的呢?"

"谢谢你,"我说,"我会告诉她的。顺便,她也想让我问您关于一副耳环的事情……"

莉莉安下意识地扬起手臂。"又是那破玩意儿！你就是为这个来的吗？大老远跑来，表现得友好的样子，还给我带来些汤，然后呢？就在我们要道别的时候，忽然扔出个杀手锏？我早该猜到……"

她风一样冲进房间。"莉莉安姑妈，"我对着她的背影喊道，"我不是故意要让您不好受。我只是问问，因为我妈妈想让我问。"

她从房间里走出来，手里拿着她古老的珠宝盒子。"你妈妈让你做什么你都会做。"

她将盒子放在桌上，打开，从里面拣出珍珠耳环、手镯和一条红宝石项链。

"她以为那项链丢了。"

"是你爸爸卖给我的，"她说，"你能想象吗？他把他老婆的珠宝卖给我，他说希望至少能落在自家人手上。"

莉莉安把我妈妈寻找的东西都给了我，甚至更多。"一些是你妈妈给我的，一些是她想让我替她保管的。但我根本不想要，我压根就对这些东西毫无兴趣，对她的任何东西都没兴趣，从来没有。"

说完她双手抱住我的头，把我的头拽低到她的身高的高度，在我额头上狠狠地吻了一下。"你还是个那个小白。"说完把我朝大门推去。

几天之后，我给纳特打电话。

"我们的冬季运动日，你会来吗？"

"我？"我刚刚感觉恢复了点儿正常，或者不是真正的正常，而是和过去的一个月里充斥了我生活的那些东西相较而言的正常。我不能说我现在感觉完全恢复了自我,事实上我甚至不记得自己以前是什么样子,也不知道所谓的"自己"是什么意思。

"我父母以前总会来参加我的运动日。"纳特说。

"什么时候?"

"这周末。从周六早晨开始,到周日做完礼拜结束。"

"犹太人也要做礼拜?"

"这是不限宗教派别的。"他说。

"做礼拜不是基督教的事吗?"

"反正我喜欢。"他说。

"我要带狗来吗?"我问。

"不,得有人在家陪狗。"

"艾希莉也来吗?"

"他们没给你留一份指南或者说明书什么的吗?"

"没有,"我说,"我是盲人摸象。我会去弄清楚的,只需要了解一下细节。你还需要我给你带些什么?从家里?"

"比如什么?"

"比如你最喜欢的羊毛衫,或者你喜欢的版本的《麦田里的守望者》?"

"不了,"他说话的语气就好像这个问题很有压力似的,"我什么都不缺。"

花一个周末待在乡下,这主意听起来不错,终于能逃离这鬼地方了。不知道为什么,我感觉自己在这里像是被困在了乔治的世界里,老是担心要是我离开了一会儿,被留下来的什么东西就会崩溃了。

　　我和纳特聊天的时候，我顺手在谷歌上搜了一下他的学校，远比我想象的有名。校友录里有好几个都曾是尼克松的内阁和幕僚。

　　"你们学校有没有一个叫舒尔茨的人？"

　　"你是说花生漫画①里的舒尔茨吗？"

　　"不是，"我说，"那么布朗特呢？或者丹特？"

　　"他们是谁啊？"

　　"历史的脚注。"

　　"一点儿印象都没有。"纳特说。

　　"算了。我们周六见吧！"我叹了口气。

　　学校网站上列出了一张住宿名单，我按照名单逐一打电话，但所有的酒店和供应早餐的家庭旅馆都被预定满了。接通这家叫"风吟"的家庭旅馆的女主人的电话时候，我已经在计划着睡在车里了。其实也还好，我会带上枕头、睡袋、毯子和一些安必恩②，然后在学校里找个安全的地方。

　　"你能帮帮我吗？"我请求道，"我不能让孩子失望，他现在只剩下我了。他妈妈去世了，爸爸又被暂时托管了，孩子很可怜。你能想想办法吗？"

　　"只剩下我女儿的房间了，"女人说，"我们一般是不出租这间的。房间里有张双人床，我可以让你住那儿。一百五十美金一

---

① 又译史努比漫画，是美国漫画家查尔斯·舒尔茨于1950年开始创作的系列漫画，以男孩查理·布朗和他的小狗史努比为主角，出版后风靡全球。
② 美国产的一种安眠药。

晚,含早餐,卫生间共用。"

"很好。"我说。

"等一下,"她说完,停顿了一下,我听见电话那头传来一些声音,然后女人对我说:"我说错了,是一百八十美金一晚。我之前说过,我们一般不出租这间房。我丈夫刚刚提醒我,我们上次出租这间房的价格是一百八十美金一晚,里面有一张新床垫。"

"能用信用卡结账吗?"我急忙说,担心她又临时变卦提价。

我决定要好好扮演一回代理家长的角色。我从乔治的衣柜里借了一根领带、一双鞋和一件运动外套。周六早上六点,我从家里出发了。一路上足足花了两个小时又二十分钟,才总算在拥挤的车流中爬到了马萨诸塞州的边缘。在学校的大门口,那些开着奔驰车和炫酷跑车的家长正朝着大门走去,那里早已经为这些家长准备好了咖啡和丹麦曲奇。两个好像叫斯库特和比夫的年轻人在等他们的父母,拥抱他们穿灯芯绒的爸爸和彬彬有礼又风姿绰约的妈妈。他们都长着一样的心形脸,美国人的外貌特质深入骨髓,基因强大。除此之外我只看见四个亚洲小孩和三个黑人小孩,大概这就代表校方所谓的多元化了吧!

整个学校的布局就像远古时期的英国村落,相比之下,我所任教的那座大学最多像是五大区之一某个偏远地带的假期学校,也就只能教教人们学会如何换机油如何修理电视机之类的。学校主楼是一栋大厦,雄伟而壮观,上面高挂着创始人的一幅巨型油画像。在古老的木橱里还放置了大朵的花。这里的一切都昏沉沉的,有许许多多又深又暗的木隔板和秘密走廊,还有老旧的皮革沙发和皮椅子。长长的桌子上是浆了一层白色的桌布，是那种相当保守的样式。纳特在取咖啡处找到了我，能在这里找到个熟人让我松了口气。

"这丹麦曲奇饼真好吃，你也该尝一块。"我不确定这个时候的礼仪是不是应该上前去拥抱他，所以只好转移话题，并决定还是不拥抱的好。

"我已经吃过了，"他说，"他们每周末都会烘焙点心。这里有专门的点心厨师。"

"你在这儿是怎么活下来的？"我低声对他说。

"你是指，像我这样失败的人怎么能在这种地方待下去吗？"他顿了一下，继续说，"我的学习成绩真的很不错。还有，爸爸以前也算是这里的'人物'，广播网的主席是相当有分量的校友。"

"你在这儿有朋友吗？"

"有啊，"他说，"我在这儿过得很开心，比在家里开心多了。"

"艾希莉也是在类似的地方上学吗？"我一边咀嚼肉桂面包一边问。

"她那儿有点儿不同。女生的住所是一栋栋小房子，而不是我们这种宿舍。她们的环境比较复杂，更有家的感觉。"

"你妈妈做得很棒，给你们找了非常不错的地方。"我拿起一个面包圈，沾了沾奶油芝士，然后包裹在一块餐巾纸里，放进运动外套的口袋里。我的手在口袋里碰到了什么东西。"这是泰茜送给你的。"我说着，从口袋里拽出个被咬得干干净净的生皮骨头递给了纳特。他笑了。当我们一起走出学校大楼的时候，纳特指着图书馆对我说："我们有大约一百五十万册藏书，还有一个活跃的馆际互借系统。"

"比大多数我教过书的大学都好啊。"我说。

"你等见了我们的游泳池后再说吧。"纳特说。

运动房外面站着个打扮得像个宫廷小丑一样的男人,递给我一份系着条缎带的羊皮纸卷轴,感觉像是很久以前从古罗马传承下来的东西一样。

"这是今天的一个活动项目,"纳特解释说,"从奉献开始——过去我们是从燃烧第一根箭头开始的,后来变成了校长的加农炮。我们校长是苏格兰人。"

不一会儿,传来一阵嗡嗡的风笛声,两个风笛手跟在校长后面,缓缓越过我们对面的小丘。校长穿着绿格子短裙,举着手杖守护时间。"他下面是光着的,"纳特对我窃声说,"这是他们的传统。他会像匹马一样光着身子,并让我们每个人都知道这一点。"在那浅草覆盖的小丘上,加农炮被点燃了。我条件反射地躲闪了一下。"开始游戏吧!"校长宣布。

"你参加了哪项运动吗?"我突然像想起了什么重要的事似的问。

"当然,"纳特说,"冰球、长曲棍球和网球,我还是校击剑队和游泳队的队员,今天这两项都有比赛。我还参加了跨栏和鞍马。还有,我也报名了父子攀岩项目。"

"我竟不知道你喜欢运动。"我确实只看到过这孩子玩游戏机的样子。

在运动场上,教练提醒我们:"这些运动只是为了展示我们的运动项目,而不是以竞争为目的。我们在学校里开展运动,是为了让我们的男孩们懂得团结协作。"教练还强调了类似"成功环境"和"每位运动员都要奖励,给每个参与者颁发奖章"之类的警句。尽管他这么说,但每个人关注的明显还是谁赢谁输。

"哪个是你的孩子?"一个父母朝那群男孩点点头问我。

"我跟纳特一起。"我说。

此话一出,我明显感觉到一种极其微妙、难以察觉的畏缩。"哦。"他回道,再无下文了。他们都知道发生了什么事。

我看着纳特,他头发蓬乱,个子高挑。其他男孩各种身形和身材的都有,而且很多满脸青春痘。纳特在其中算是长得好看的类型,有其他男孩所不具备的某种吸引力。在运动场上,他既不是最好的,也不是最差的,但很明显是那种每个队都想争取的选手。他可靠、稳定、真实,不会为了满足个人而牺牲整个团队。我感到胸口一阵激荡。当我看着纳特在泳池里蝶泳的时候,一种愉悦感涌上心口,在我胸中欢腾,这是一种我并不熟悉的骄傲感。我隔着看台挡板为他呼喊加油,其他的男孩们也都躬身向前。我不停地对纳特叫着:"冲啊!""进攻啊!"

午饭的时候,很多男孩和他们的妈妈停留在我和纳特的餐桌边。"如果你假期里想找个地方度假,我们永远都欢迎你来和我们一起去滑雪。"一位妈妈对纳特说。另一个人则搂了纳特的肩头问:"你能撑住吗?"

"我很好。"纳特回答。

"当然,你会好的。"她说。

我开始吃第二块蛋糕,只因为蛋糕就摆在我面前,也因为眼前有四种口味的蛋糕可以选择,而其中有两种看起来颇不错。正吃着蛋糕,纳特通知我,父子攀岩比赛将在午餐之后举行。

"就在午餐之后。"他说话的语气显示对此充满了期待。

"真是一项好传统。"我一边把面前的盘子推开,一边讽刺地说。但是太晚了,我已经吃下了一整块芝士蛋糕外加半层巧克力蛋糕。

"没错,"纳特说,"就在三层楼高的室内墙壁上比赛。我们并不期待爸爸们在比赛时一路猛冲,但有些人会的,即便杀了他们,他们也要超越你的期待。"

"我可不是那种人,"我突兀地说,"不如我站在底下看你爬怎么样?"

"不行,"纳特说,"这是要求每个人都百分百参与的项目。"

"我最近刚刚发作一次小小的中风,应该尽量避免用力过度。"我说。

纳特看着我,有点担心。他突然变得有些脆弱。

"我很好,"我说,"我只是需要格外小心一些。"

"你要好好管理一下你的体重。"他说,"你真的没问题吗?会有安全带,还有锁扣,你不会掉下来的。"

"我从来都不是当运动员的料。"我说。

"相信我,这些家伙都不是。他们只是吹牛大王。"

陷入了僵局——我这令人担忧的运动神经,到底是去参与献丑还是更糟糕的……不参加呢?一想着要在所有孩子和他们的家长面前表演这一出,我就感觉烦躁不已。"爸爸也是,他永远不会真的参加。"纳特郁闷地说。

"为什么不?"我惊讶地问。

"其实没什么真正的理由。每年我都会报名这个项目,但他总能临时有事，导致不能参加。不是接到电话，就是有别的急事得赶紧走。不是这个拉伤，就是那个扭伤。"

"我来做，我会做！"我坚定地说。乔治永远都做不了这件事，我忽然找到了参与的动力。

攀岩老师给我们每个人都配了安全带，然后教我们如何使用绳子。听他说起来，好像是件简单得不费吹灰之力的事情似的——我却冒了一脑门子汗。其他人看上去也不怎么行的样子。最后一个加入的是个矮胖的男人，戴一副深色墨镜，好像刚穿上自己的长款黑色睡衣走出家门（或者说，是别人的长睡衣，因为这睡衣穿在他身上显得太紧身了）。他里面什么也没穿，小弟弟在裤子里面凸显无遗。我简直不忍直视。但转念一想，这会不会是这里的某种孔雀开屏式的表演呢？

等我爬到离地四尺高的地方时，我只能祈祷纳特了。他正紧紧抓着我的绳子，我希望他比他实际看起来更强有力，这样当我坠落的时候，他就不会被什么上下来回摇晃不平的气流给冲击得飞出去。此时的我既要对抗地心引力，也完全感觉得到地心引力的魅力。

"用你的脚。"纳特在下面指挥我。

我摸索着一块块突起的人造岩石，寻找平衡。这些岩石就像是门铰一样。我每离开一块岩石，就升高几尺，再抓住我头顶的另一块岩石。

"推，"他说，"把你自己给推上去！不要拉，这样就会轻松一些。"

一年六万五千美金的学费（我在他们学校的网站上查到的信

息),我很高兴他在学校里学到了体育方面的知识。

我用力往上推自己,打了个嗝,一股咖啡混合蛋糕的辛辣味道在我嘴里蔓延开来。我吞了一口口水,站稳脚步,又推了一把。我的上面和下面都有别的男人,空气中充满了男人们身负重压之下的难闻气味。我越爬越高,豁出去了,我这次真他妈豁出去了!

我爬在墙上的时候,校长也过来了,站在人群中一起摆着手。我已经爬到两层楼那么高了,现在我希望纳特千万不要被校长裙子里的"春光"分了心。我调整身体重心,朝下看,突然间,我的小弟弟被夹在了安全带下面,安全带还打滑了一下。这实在太折磨人了,现在我几乎像是在跳舞一样,努力应付当前的状况。

"你在干什么?"纳特对我大叫。

我用双手抱住墙壁,调整了一下。

我注意到有些男人穿了专业的攀岩鞋,而我只穿了乔治的懒人鞋,而且其中一只还从我的脚上脱落,掉了下去,弹到墙壁上,又掉到了地上。

"我可以把它给你扔回去。"纳特说。

"没关系。"我说着,又往上推得更高,只穿着袜子的脚一直在打滑。

"你穿的是爸爸的鞋吗?"纳特对我叫喊。

"是的。"我回应。

"好奇怪。"

我转过脸,注意力集中在这面墙上。妈的!是有点奇怪,我一边朝着顶端奋力,一边自言自语。

然后，猜猜我看到了什么？一个黄金蛋。我没开玩笑，真的是一个黄金蛋，一个鸡蛋形状的精美存钱罐就在顶端。问题是，我怎么把它带下来呢？总不能双手双脚都专注于墙壁的同时还带着个易碎品吧？我只好把这个鸡蛋装进了我的裤裆里。我裤裆里顶着个东西，像种马一样。该死的金蛋，我开始往下降了。我终于双脚着地了。纳特泪流满面地站在地上看着我，而我不得不当众拉开裤子拉链取出金蛋来递给了他——更像是呈献给了他。他激动地拥抱我，又哭又笑。我尝到了胜利和汗水的滋味，这简直太不可思议了！在那么闪耀的一刻，我站得很高！

二十分钟之后，我的头震荡得厉害。我走路的姿势就像个破牛仔，而且我已经有三根指头明显没有任何感觉了。我坐在马桶上，感觉很难再站起来了。我问纳特有没有带泰诺①，而他说我应该去看看校医。

"算了吧，"我一副闹脾气的神气，我们一起走回主教学楼享用雪莉酒和芝士方块。

我喝了太多酒，老实说，这种雪莉酒压根算不上是酒，但我的头疼得更厉害了。

"喝点儿可乐。"纳特建议，他说得没错。

我喝了两杯可乐，吃下去半打芝士，对每一个愿意听我讲述我如何中风又奇迹般恢复的故事的人炫耀我刚获得的奖牌。

"现在怎么办？"随着鸡尾酒会时间渐进尾声，我问纳特。

"我们去'踩蹦家禽'餐厅吃晚餐啊，"纳特说这话的时候好

---

① 常用的感冒药，此处也作为应急的头痛药。

像这是再明显不过的事情了,"你预约了吗?"

我一脸茫然。

"我们总会去那里,但是你必须事先预约才有位子。"他说这话时感觉就好像这是理所当然的事情一样。

"没问题,"我说,"我都搞定了。"

我躲在男厕所里给"蹂躏家禽"餐厅打电话预约,但对方的回应令人尴尬。

"全都约满了,直到下星期一都没有位子了。"电话里的女人对我说。

我没有告诉纳特。有些事情最好不必强调,但是当我们一同朝那家饭店走去的时候,我本来就已经脆弱不堪的体质开始面临一种预料中的压力。我不停地想:接下来会发生什么?

我们一到那家店,我就装出一副老练的样子,对店里的女招待报上了自己的名字。"我查一下。"那个女孩说。我开始紧张了,说:"我们有预约。每年我们都来这里,到现在已经多少年了?"我转向纳特问。

"四年。"男孩低头盯着自己的鞋说。

"过去的四年里,我们每年都会在这个时候来这里吃饭。我一直预约。"我的语气开始有些愤怒。那个女服务生一点儿都不在意,她在忙着接电话,我说的话完全被她抛在了脑后。"靠你了,"她边讲电话边竖起一根指头,意思是让我们打住。我的声音越来越大,脾气也上来了。

"你的脸很像我爸爸。"纳特说。

"总是很像,还是刚才很像?"

"刚才。"他说。

"我心情很差。"

"你可以把我留在这里,然后去休息,解决你的头痛。我可以拼桌。"

"这是一种选择,"我说,"我就不能心情差一会儿吗?我已经够不容易了。"我无法对他解释个所以然,但是这有闲的、成功的、美丽的、闪亮而明朗的一天让我的心情此刻跌落谷底。这一切都太过美好了,美好得让我感到恶心。但我无法告诉他们,他们的年轻、他们那前程似锦的未来,在我看来都透着一股侵犯和威胁,对我来说是一种巨大的可怕的抑郁。

"是的,当然,随便。"他说。我感觉到他在退让、闪躲,一副漠不关心的姿态。

女服务员挂上电话就走开了。我真想追上她——你不能就这么走开,不能就这么把我们晾在这里,更不能让我在孩子面前像个傻瓜一样站着。

我的怒火已经蓄势待发,不用说任何话,我此时就想冲上去把她撕成碎片。但转念一想,我被自己如此丑陋、邪恶的念头给吓了一跳。仔细看,这女人长得异常没有吸引力,甚至有点怪诞,唯一有点骄傲的就是身材了。在一些人眼里,她算是好身材吧?穿着件翠绿色紧身裙,大圆领,胸都快露出来了。与其说她像个服务员,不如说像个妓女,或者是个居家的变装皇后。她的嘴唇又厚又大,上面抹了厚厚一层粉红色的亚光口红。她的毛孔看上去又大又黑,每个毛孔都像污水坑一样明显,每个黑头都像黑洞。还有一些话在脑海里盘绕着没有说出来:别告诉我你不会处理我的预约啊,我几个月前就预定了的!你要是不知道跟进,我那么早预约有什么意义呢?然后我想起来,我从来就没有做过什么预约,却在想象着打翻她手上盛着薄荷奶油的碗，拿掉她的牙签，告诉她，让她的奶油菠菜汤去吃屎吧！然后带着孩子扬长而去，去离这里二十五英里之外的某个糟糕的餐馆吃晚餐。

我沉浸在想象中，这时，听到纳特对我说："你好恶心啊，就跟我爸爸一样。"我感到一阵刺痛，被深深伤了。我不想让他觉得乔治和我是一对白痴兄弟，也不想让他对我脑海中那些肮脏的想法有一丝察觉。"你还好吗？"纳特问。

"我想是吧。怎么了？我做了什么吗？"我忍不住怀疑自己刚刚是不是无意中说漏了嘴。

"你看上去似乎心烦意乱。"

"我今天没有午睡。自从我中风了之后，我就需要每天睡午觉。医生也是这么跟我说的，我的大脑坏掉过，需要时间静养恢复。"

这时，女服务员领着个留胡子的男人过来了，男人一见我就握住我的手说："对不起，让您久等了，我们不确定您会来。我们当然为您准备好了桌子，就在这边，请。"

简直轻而易举。

他领我们进入一张尊贵的长条软座之后，我把手插进口袋，掏出一张二十美金的纸币递给了这个男人。

"你真的预约了啊？"纳特问。

"肯定是你妈妈很久以前就预约好的，"我说，"她做事总是很有条理。"

服务员来为我们点餐之前，纳特将身子前倾。

"以下仅供参考，"他说，"你要为我点一杯啤酒，这是我们的传统。"

"你还没成年。"

"这是我们的传统,"他说,"你点,我喝。"

我环顾四周,附近的餐桌上没有一个孩子喝啤酒。

"你是在利用我?"我说。

他没说什么。

"你为什么就不能和我诚实相对呢?那样反而会更好。"

"好吧,我想喝杯啤酒。"他说。

"好吧,来杯啤酒。你又不开车,你今天过得很努力了,我还担心什么呢?你想喝什么?"

"吉尼斯黑啤……"

"真的?"

"就像是'杯中餐'。我去年夏天在牛津的时候就已经习惯了。"

我点了吉尼斯黑啤和根汁汽水。啤酒上来后,我啜饮了一口,然后放在孩子面前。"你需要吸管吗?"

他喝了一口,闭上眼睛,显得很愉快。显然这不是他第一次喝。

"我发现你之前一直在看那个女服务员,"他喘息片刻后说,"你或许应该邀请她出去。你现在不是单身吗?"

要是他知道我刚才对那个女服务员的真实想法,就不会说出这种话了。"我之前真没想到你那么有运动天分,"我转移话题,"我们家从来都没有出过有运动天赋的人。"

"这不是从你们家遗传来的。我妈妈的奶奶曾是名非常了不起的游泳运动员,她是第一个游泳横渡曼哈顿河的女人。"

"真的啊?"

"是的。而她的丈夫,也就是我的曾祖父,是吞火魔术师,显然,他得有多么强大的肺功能啊。"

"我从来都不知道这些。"

"你不能自以为一切都得跟你有关。"纳特说。

"我能为两位男士奉上点什么吗?"服务生走过来问我们。我注意到校长走了进来,还穿着他那身苏格兰裙,裙褶在他那白花花又多毛的膝盖上乱跳。

"蟹肉饼怎么样?"纳特问。

"完美,"服务员说,"我们的蟹肉饼是用百分之百纯蟹肉做的。"

"我觉得螃蟹好像不是应季食物吧?"我质疑地说。

"我每年都吃这个,"纳特说,"我先要一份生菜,还有一份蓝纹乳酪,然后再来一份蟹肉饼。"

为什么我感觉要呕吐了呢?啤酒、蓝纹奶酪,还有蟹肉饼?这搭配。

"我也要生菜和蓝纹奶酪,配一份特制牛排。"我点餐。

"牛排要烤的还是炸的?"服务员问。

"焗烤的。"我说。

"你的土豆呢,烤的还是炸的?"

"烤的,谢谢。"

我啜饮了一口孩子的根汁汽水。校长正朝我们的方向走来。"你们在喝什么,孩子?"他问纳特。

"我刚小饮了一口我伯伯的啤酒,他觉得这味道很奇怪。您觉得呢?"他说着,将啤酒杯举到校长面前。

"所有的啤酒在我看来喝起来都像尿。我只喝波旁,但是不会在我有公务在身的时候喝。"

留着胡子的男人匆忙走过来。"二位享用得怎么样?还好吗?"

"给这男士来杯鲜啤,还有这位小男士,看起来他需要换杯喝的。这是什么,孩子?可乐吗?"校长怒吼道。

"实际上是根汁汽水。"纳特说。

"我喜欢你的毛皮袋,[①]"我故意转移校长的注意力,"是海豹皮做的吗?"我一边问一边在想,我是从哪儿学来"毛皮袋"这个词的?

"是海豹皮,"他说,"你很有眼光。这是我祖父传给我的。"他操着一口浓重的苏格兰口音说。

"难怪。"我说。

他点点头。"用餐愉快,还有,祝贺你精彩的攀岩。我很高兴终于知道纳撒尼尔的英勇是从何而来的了。"

说完,校长又晃到别桌去了。

"你刚才在说什么?产卵的鲑鱼吗?"纳特问。

"是毛皮袋,他的钱包。我在赞美他的钱包,就是他腰间那个带有链条的东西。苏格兰裙子是没有口袋的,所以他们通常都会单独带着钱袋子。"

纳特看上去大为震惊。

我掏出自己的药包(严格按照医嘱服用),按照餐前、餐时和餐后顺序排列好。

"说说你吧,纳特,关于你的事情,有什么我应该了解

[①] 特指苏格兰高地居民的传统衣饰,以动物的毛皮制作。

的?"

"我在南非有一座学校,"纳特说,"我对此颇感骄傲。"

"你是说你筹钱帮助建了一座学校?我好像记得你妈妈跟我提到过这事儿。"

"是我建造的。"他直截了当地说。

"用你自己的双手建的?"

"是啊,用我自己的双手,和住在那里的村民一起,使用了一些木头、钉子、金属片……就是建造学校需要的那些东西。我还为镇上造了一个滤水系统呢,他们用我的名字命名了那个系统。之前那个系统用的是别的名字,但现在每个住在那里的人都叫它'纳特威尔'。"

他说的是真的吗?"你怎么能靠自己做到这些?"

"没你想得那么难,"纳特说,"跟玩巨大的乐高积木差不多。我在《日落书》里面看到一些小的结构图,于是我准备在自家院子里自己建点什么,然后从中得到了启发,就产生了那座学校。真正的问题在于,如果连一个孩子都能做到,为什么别人就不能呢?如果每个人都能做到,这个世界就没理由这么糟糕了,除非人们都太他妈被动了,太缺乏行动力了,太关注那些不会发生的事情,却不愿意去关心那些我们可以做的事情了。"

纳特继续说着。他说的每一件事情都不是真假与否的问题了,而是很有逻辑且很有思考的,思路清晰,极具说服力。他解释着他自己和他周围的世界,而我所能想到的是,乔治没有杀了他,简直太令人震惊了。

我简直快要爱上纳特了,他就是我梦想成为的那种男孩,即便是现在,他也是我想要成为的那种人。我简直敬畏他,他实在太棒了。他比我们大多数其他人都更有能力,然而他还只是个孩子。

"你爸爸知道你所做的一切吗?"

"我怀疑。"他说。

"你告诉过他吗?"

"我不知道如何礼貌地表达这些,但是当爸爸和我坐在这里的时候,他基本上总是在跟别人打招呼,基本不会注意到其他事情。所以我没有跟他说过这些。他从来都不会注意我,他觉得我只是个吃蟹肉饼的白痴,只会吸收空气和资源——对的,他就是这么说的——资源。"

"他是个相当难搞的客人啊。"我说。

"我不想聊这个。"纳特说。

"没问题,"我说,"我们可以聊些什么呢?"

"你和克莱尔为什么没有孩子?"

我从纳特面前拿过啤酒,喝了一大口,喝得太快,啤酒冲到了我鼻子里。我呛到了,吉尼斯黑啤洒了一桌子。

"赞。"我擦桌子时纳特说。

"我们差点儿就有了个宝宝。克莱尔怀孕过一次,然后出了事。"

"她失去了孩子?"纳特紧追不放。

我点点头。这是一种礼貌的说法。事实是,孩子一生下来就已经死了,他们把孩子拽出来的时候就不是完整的。我看到了整个过程。我当时站在克莱尔的遮布旁边,然后,他们把孩子拽出来的时候,医生发出了痛苦的惨叫。我站起来探头看过去,看到孩子四分五裂的肢体。肯定已经死了好一会儿了。克莱尔抬起头问:"我能看看孩子吗?"我坚决地说:"不行!"我从未告诉过她这些。

"孩子已经死了。"医生说。我从来都不确定医生是否告诉过她真相的细节。

"克莱尔抑郁了好长一阵子。'你很难和一个从未谋面的人道别。'她是这么说的。我不知道该对她说些什么。那之后我们再也没有试过生孩子,太痛苦了,创伤太深了。"

"你喜欢我妈妈吗?"纳特把我拉回到现在。

服务员走过来把盘子放在我面前,然后我闻到了热腾腾的土豆和肉的气味,闻起来咸咸的,让我为之一振。

"你喜欢我妈妈吗?"纳特又问了一遍。

"是的。"我简单地回答。

"你爱她吗?"

"这就有点复杂了。"我说。

"你想她吗?"

"非常想。"我说。

"我喜欢想象她的死是死得其所,"纳特说,"比如,为爱而死。"

"有没有人问过你想不想见你的爸爸?"我问。

"有,"他说,"哦,没有。"他停顿了一下。

"你多久和艾希莉说一次话?"

他颇为惊讶地看着我。"我每天都给她打电话。"

"经常吗?"

"不,"他说,然后他又停顿了一下,"从小到大,我一直以为我的家庭足够正常,然后,突然,发生了一些事情,这个家就此变得不正常了。我不知道怎么会变成这个样子的,而我也真的无处可去——绝对不会再正常了,连正常的边都沾不上。这甚至都不算是什么意外,不是那种某个人忽然被一棵倒下的大树砸到了头然后死了的事情。我又不能去生别人的气,不能生某个陌生人的气……"他的声音逐渐变弱了,"那个男孩后来怎么样了?"

"哪个男孩?"

"在车祸中幸存的那个。"

"他应该和他家人,他的小姨住在一起吧,我想。"

"我们应该为他做点什么。"纳特说。

"或许我们可以成立一个基金会,来确保他会得到应有的照顾。"我建议道。

"我们可以带他和我们一起度假,"纳特说,"我真的很喜欢游乐场,我打赌他也会喜欢。"

"我会去调查一下。你想这么做吗?带那个男孩去某个地方一起度假?"

"这是我们能够做的最起码的事情。"他说。没错,他说得没错。

我们开始吃饭。真的,没什么比卷心菜莴笋加蓝纹芝士配牛排和烤土豆更美味的了。我把冷的酸奶油浇在热气腾腾的土豆皮上,还不忘提醒自己,酸奶油可不在医生给我推荐的食物名单里面。管他呢!我将磨碎的盐和胡椒撒在上面——实在是令人敬佩的搭配!

晚餐后,我带纳特回学校。我们的车缓慢地行驶在蜿蜒崎岖的道路上,为了保障每个孩子的安全,这条路上已经事先辟出一部分，作为家长送孩子的专用车道了。

你可以想象，为什么人类，尤其是年轻人，会结成特殊的俱乐部，形成特别的仪式和习惯，并将之不断重复和传承下去。在这些事情中蕴含着伟大的慰藉——成为众人之一，成为团体的一部分，成为家庭的一部分，在这里面寻找到自己的避难之所。

"大人们能偷溜进你们的宿舍过夜吗？"我问纳特，期待他能亲密地邀请我参观他的宿舍生活。

"不行。"他说。

我的脚从刹车上移开，汽车缓缓地沿着海岸线往山上行驶。在学校的主教学楼前面，有人在迎接一个个小男孩回来，有人在巡查夜晚的住宿。"在明天早晨九点开始礼拜，在那之前，八点钟供应咖啡和早餐。"校长说。我送纳特到达教学楼门前。

"谢谢你的攀岩，"纳特说，"你很棒。"

当他关上车门的时候，我突然脱口而出："我爱你。"我的声音恰好被纳特关车门的声音淹没。纳特又打开车门。

"不好意思，你刚刚说了什么？"

"明天上午见。"

"好的。"他说完，又关上了车门。

我驱车前往预定的家庭旅馆，感觉好像我才是个孩子，将大人纳特留在了山里的一桩大房子里。家庭旅馆的房间非常小，通常应该是作为用人房间吧，房里还有着令人愉悦的雪松味道。当我到达那里时，房子的女主人问我是否介意把住宿在这里的一个孩子的仓鼠放在我房间里过夜。她解释说，如果我介意，她可以把仓鼠拿走，但是如果有可能，最好能让仓鼠待在那里。"如果我们移动了笼子,它就会露出很困惑的模样。我猜这仓鼠是得了阿尔兹海默症,尽管我不知道仓鼠能不能得这种病。"

我看着那只仓鼠,仓鼠也看着我。我一点儿都不觉得它像是得阿尔兹海默的样子——它看起来太"有意识"了。我转过身,脱了衣服,感觉自己像是站在白色大教堂里的外星人,身旁全都是安妮皇后时期①风格的家具,上面还贴了很多凯蒂猫的贴纸。这些凯蒂猫是谁?在我的认知里,她既不是珍妮丝·乔普林②,也不是格瑞斯·斯莉克③。我捡起床上窝着的一条浴巾,搭在肩膀上,然后朝楼下大厅的浴室走去。

我迅速冲完澡,拿塑料水杯装满一杯水往我的房间走回去,一路上,水杯里的水洒了一半。我关上房门,拿一把椅子抵住门(门上没有锁),然后摊开了我夜间需要服用的药片。我从未想过自己有一天会用一周用量的药盒来提醒自己早晨、中午、晚上各要服什么药。我随身带着这个盒子,就像是一本大药书,还裹着条橡皮筋以防止药漏出来。

我服完药,坐在床上。时间是十点半。

我决定给莉莉安的儿子杰森打个电话。自从上次拜访过莉莉安之后,我就一直想着杰森的事情。我掏出手机,打开,发现只有床上的信号不错,于是我在手机通讯簿里翻到了杰森的号码,拨了过去。

---

① 又称安妮女王(1665–1714),英国女王,爱尔兰女王,在位时于1712年将巴洛克风格中最优雅朴实的造型引进英国,显出更精练、优雅、舒适的风格,确立了英国家具史上一个重要时期的开端。
② 珍妮丝·乔普林(1943–1970),20世纪六十世代美国摇滚女歌手和布鲁斯歌手。
③ 格瑞斯·斯莉克(1939–),美国歌手及词曲作者,摇滚乐领军人物之一。

"你好。"一个男人接了电话。

"杰森,我是你的表哥哈里。"

那头一阵沉默。

"我见过你妈妈了。"

还是沉默。

"我们聊得很好。"

隔着墙壁,我听到旅馆的老板娘在说:"什么?"

"没什么。"她丈夫回答。

"你刚叫了我名字。"

"我没有,"丈夫说,"是住在劳瑞房间里的家伙在跟别人说话。"

"屋子里还有别人?"妻子问。

"是打电话。"丈夫说。

"你有没有觉得他很奇怪?"她问。

"没有,"丈夫说,"他不奇怪。你才奇怪。你每天都问我这个人看上去奇怪吗、那个人看上去奇怪吗?你这么多疑,我实在无法想象你怎么会想到开家庭旅馆。"

"杰森,我打电话是要代表我们全家向你道歉。不管在地下室里发生了什么,我真的非常非常抱歉。"

"我不记得了。"他说。

"你怎么会不记得了呢?你妈妈告诉我是那件事让你变成了同性恋。"

"她总觉得是'发生了些什么'才使我变成这样吧。她也不容易。况且,我们家族本来就有不少同性恋。"

"还有谁?"

"弗洛伦斯姨妈。"他说。

"不会吧!"

"是的。还有亨利大伯,以及他的朋友托马斯。还有我们这一代的沃伦和克里斯蒂娜。"

"哪个犹太人会起名叫克里斯蒂娜啊?"我问,然后我在脑海里整理了一下这些亲戚,"杰森,他伤害了你吗?"

"我不知道。"他说。

"你愿意跟人说说吗?"我把手机开到免提,拯救一下被灼烧的耳朵。

"跟谁?"杰森问。

"我也不确定。我不知道你是不是听说……"

"当然听说。整个世界都听说了,就登在《纽约邮报》的头版头条。那又怎么样?"他恼火了。

"谁在大喊大叫?"旅馆的妻子问她丈夫,"那个住在劳瑞房间的男人在冲别人吼叫吗?"

"他是被吼的。"丈夫说。

"你为什么打这通电话?"杰森问我。

"我不知道,"我说,"乔治的心理医生让我搜集家庭信息。我去拜访了你妈妈,才了解到家族不和的原因是……"

"犹太丸子。"杰森说,就好像这是一件众所周知的事情一样。

"是的,我才知道这事儿。还有,你妈妈还告诉了我发生在地下室的事情。"

"当时你也在那儿。"他说,"你难道完全没注意到?"

"是啊,"我说,"反正,我想为我们家向你道歉。"说完我深吸一口气,语气柔缓了许多,"我能问你个问题吗?"

长长的停顿之后,我听到他终于回答:"可能可以。"

"你爸爸去世了吗?你妈妈提到你爸爸'走了'?"

"我爸爸离开了。"

"什么意思?"

"他出差,然后再也没回来,没打过电话,也没写过信。"

"她报警了吗?"

"没有,她就这么顺其自然地过了。"

"你找过他吗?"

"很多年后找过。"

"然后呢?"

"他躲起来了。他说他需要逃离。他说我妈妈想要的太多,他给不了那么多。他似乎没注意到他这样做也影响到了我。"

"杰森,"我重复说,"我真的很抱歉。如果你想找人出来喝杯酒、度个假,哪怕在星期五下午一起在某家中餐馆吃个饭都行,记得给我打电话。你有我的号码吧?"

"有,我这儿有来电显示,"他说,"晚安,杰森。"

"我什么都听不见了。"不一会儿,墙那边的妻子说。

"也许他已经睡了。"丈夫说。

"不可能,刚才还在跟人说话,转眼就睡着了?"她说。

"好吧,他也许在看书。"

"我不同意。"她说。

"管他呢!这有什么要紧的?他就不能安宁片刻吗?或许他在思考呢。"

在这小小的房间里,我躺在一张小小的床上,有那么一二刻,我清醒异常。我是个没有长大的大人。我就像《铁皮鼓》①里的奥斯卡,那个拒绝长大的小男孩。

半夜,我被一阵轻微的抓挠声惊醒,那声音又开始了,像是弹簧床松掉的声音,又像是有人在做爱。起初我觉得很正常,旅馆里常有的事儿嘛!陈旧的廉价弹簧床发出有节奏的吱呀吱呀声。我隔墙仔细听,却什么也没听到。另一面墙后,旅馆主的丈夫和妻子正在说话。我又趴在地板上听,只听见电视机的声音。

我扫了一眼那只仓鼠。它蜷伏在那里,一动不动,像是被我抓到了现行,瞪着贼溜溜的乌黑小眼睛看着我。笼子里的铬笼不再转了,而是以极其缓慢的速度来回滚动。

"是你啊?"我问。

仓鼠耸了下小鼻子,用同样惊讶的表情看着我,好像在说:"是我吗?"

早晨起来,我感觉像是刚经历了一段漫长的旅程,嘴巴里仍留有昨晚牛排的余味(味道可并不令人舒服)。

我的头痛消失了。

我和纳特一起前往教堂。教堂是用巨大而古老的石头建造的(千里迢迢从英国运来),相当完美。蒂凡尼式玻璃窗上刻画着各种《圣经》故事。学校牧师推荐了一位女拉比,她似乎是被选来提醒我们那些歧视我们的事情:我们是人类,我们都有缺点,但是

---

① 德国作家君特·格拉斯(1927—2015)的名作,书中的三岁男孩奥斯卡目睹成年人世界的丑恶,故意从楼梯上摔下来,拒绝长大。

我们可以用我们的人性、我们的意识来期待同情，期待善良和包容。从某方面来看，她似乎是在提问，而不是在演讲。她让我们问问自己在想什么，说的就好像她在询问我们的意见似的。

"为别人服务的意义是什么？"她问，"是你完成之后可以写入履历、让你进入大学的漂亮经历？你真正在乎的是什么？你是一个在自己的文化和传统里发挥作用的人，还是自己游走在外、落在后面的人？最重要是要成为这些疑问的一部分，真正参与其中。"等礼拜结束了，我们都感觉受到了振奋，精神也得到了鞭挞，好像踌躇满志地准备要开始接下来崭新的一周。我理解纳特为什么喜欢这个礼拜了，演讲很生动，替代了他不曾得到的来自长辈的忠告。回去的路上，那位年轻的拉比及学校的牧师和校长（现在他们终于穿上裤子了）三人站成了一条"人"字形接待线。从他们旁边经过，很难不去和他们一一握手。我不知道为什么，但是我老是想要说出一些类似"安歇日好"或者是"愿力量常在你左右"之类的蠢话，不过最后我还是努力忍住了。

出了教堂，我们跟着人群来到大草坪上。每个人都穿着礼拜服，身上裹着冬大衣，抬头仰望着天空，天空中有高高的白云。在草坪中央，人们正打开一个巨型盒子，放出一根很粗的长绳子，铺展开来。我看到人们纷纷从口袋里掏出手套，另一些人则递过来一卷卷胶带。人们用牙齿撕开胶布，缠在手上，样子挺吓人的。还有个女人用布绷带裹住双手，看上去就像是受了重伤。似乎每个人手上都有一样东西：驾驶手套、防热手套、高尔夫手套，还有人一手戴着毛织手套，一手戴了个滑雪手套。

"怎么回事？"我问纳特。

绳子已经完全展开来。这是一根很重、很老旧的绳子，像只有在古老的船坞里才可能看见的那种——绝不是现代人做的,也不是能在普通商店买得到的那种绳子。

"这是我们的传统,"纳特说,"周末礼拜会以父母与孩子们的拔河比赛来收尾。绳子可以追溯到我们创始人的船驶上美国大陆那时候。这绳子的历史相当久远,没人知道为什么它从来没有断过。理论上来说,它早就应该被拉断了才对。"

"那些手上的东西是怎么回事儿?"

"绳子会弄伤你的手,很疼的。"

他们穿着有防滑钉的鞋子、高尔夫鞋子、高跟鞋(可以钉进泥土里面)或雪链子。这架势,显然大家都把这当成一项非常严肃的运动,都早有准备。男人和女人们在绳子两边各就各位,五个男人抓住绳子的最前端,然后一个男人接一个女人,一个男人接一个女人,直至最后,后面站的全是男人。有些人羞赧地站在一旁,不住地道歉——一个膝盖受了伤,两个大腿受了伤,一个刚做过心脏手术。一些男孩打着石膏,拄着拐杖,还有一个坐在轮椅上。我想,他是来这里之前就坐上了轮椅还是在运动场上导致的?

我观察了一会儿,忽然想起乔治和我以前玩拔河游戏时,我用尽全部的力气拔着,而乔治突然间放手了,我朝后面飞去,整个人穿过了一扇窗户。结果我狼狈不堪地坐在一片玻璃渣中。"我还没有从昨天的劳累中恢复,现在我的状况还很糟糕,"我对纳特说,"我不能做这个。"

"没事儿。"纳特说完,匆忙跑去站在绳子旁属于他的位置上。

一声枪响,我抬起头,看到校长手握一把颇有年头的老式手枪。空气中弥漫着火药的臭味,他的手都被熏黑了,看上去像是在吸烟。

比赛开始了。我发现自己专注地盯着一个穿着夹克、风姿绰约的女人。她那染成金黄色的头发披在肩上,刚好衬托出她的脸型,嘴唇微翘,咬紧牙关,用力抓紧绳子,好像这根绳子是她生死攸关的希望似的。

"我注意到你一直在看我老婆。你认识她吗?"旁边一个被截肢了半条腿的男人对我说。

"看着很眼熟。"这并不是真话,但我确实没别的理由。

"她是米德布兰奇人,"男人说,"他们家族千里迢迢回到这里,其中一名家族成员还是本·富兰克林一七五三年时居住在法国时的室友,到现在还保留着当时的日记本。"

"你们是怎么认识的?"我问。

"我那时是这里的一名学生,她和两个女孩从艾玛威拉德中学赶来看望她的兄弟时我们认识的。奇怪吧?竟然娶了十四岁时就认识的女孩,不是很神奇吗?"他说。

"应该说最好不过了,年轻时的一切都那么美好而清晰。"我说。

"你怎么不去拔河?"他问。

"我中风刚好,"我说,"你呢?"

"该死的肠道口,"他说着,把手放进衣服里面,拍了拍自己的肚子,"肿瘤有一颗葡萄那么大,这些该死的瘤块重新统治了一切。那些医生还信誓旦旦地说会重新接上管子,但我实在不确定他们到底能怎么办。"

队伍里发出的一阵呻吟声把我们的注意力吸引了过去,有人裤子爆档了，还有个女人使劲使得牙齿都咬断了一颗。大人们用力拔呀，拔呀拔，那股子认真劲儿不亚于那些倔强的小屁孩儿。两边都踌躇满志，雄心勃勃，他们都相信自己这边不仅会赢，而且还会在打败对方的过程中获得某些更为重要而伟大的东西。

"加油！"站在父母队伍里的一个男人大声喊着。

"加油！"学生队伍里的一个男孩大声喊着。

"裤子！"一个女人叫出声来，"想想你临产的时候！"

那风姿绰约的来自米德布兰奇的女人一拽，一伸，裤子裂了一条缝，露出白色的化纤料子和线头。这真是一场力量的角逐，我感觉父母们才是迫切渴望证明些什么的人，但为什么以及到底要证明什么，我就不得而知了。然后，突然之间，好像一切要爆发了一样，男孩们紧紧抓着绳子，在草坪上跳起了一段即兴的胜利之舞——这些玛莎·葛兰姆[①]出了什么毛病啊？

家长们纷纷聚拢来，掸掉身上的尘土，然后，这个周末就这么突然结束了。几分钟后，我看到爸爸们和妈妈们拥抱他们各自的儿子，和他们告别。

纳特用力地挤了挤我的肩头，谢谢我来。"安全到家后给我电话。"他说。

"我会的。"我说。

走回车里的时候，那个娶了自己十四岁时认识的女孩的男人告诉我，这是他们常见的结果——大人们极少赢。学校喜欢将告别环节尽可能弄得简短但温馨。这些男孩还要继续在他们的学

---

① 玛莎·葛兰姆 (1894-1991)，现代舞之母，独创了葛兰姆式舞蹈技法，被称为美国"国宝"。

习室里结束这个未完的周末。他们晚餐会吃乳猪,这是一贯的传统。明天是星期一,学校要上课,这些未来的行业领袖、银行大亨、外科医生和金融业新星都要去写作业。

回来之后,我很快回归到了独居在乔治家的日常生活模式。星期三晚上,我正在放松自己,重新阅读约翰·埃列希曼[①]写的《窥探权利》[②]时,乔治的心理医生又给我打电话了。

"可以进入到第二个阶段了,如果你能过来和我们待一段时间,会非常有用。"

"以什么身份?"我有点担心他们会在某种程度上把我也"吸收"进去。

"想象成一场监督式的约会吧。"他说。

"要是我觉得不太好,能随时离开吗?"

"理论上说是可以的。"他说。

"理论上?"

"虽然你也没别的地方可以去,但是我们不会挟持你。"

"好吧,那么。"我说。

"你会把狗也带上吧?"医生问。

"我可以带。"我说。同时我也意识到,上周我所经历的美好时光中,唯一的缺憾就是泰茜不在身边。

我为自己和狗打好包裹。在泰茜的包裹里,我装了一大塑料

[①] 埃利希曼,曾任尼克松的国内事务首席顾问,白宫和美国政坛核心决策人物之一。1973年被判入狱。
[②] 英文书名全称为 Witness to Power: The Nixon,是一部尼克松相关书。

密封袋的狗粮，还装满了一个小一点儿的袋子，里面是狗爱吃的饼干、零食。还带了一些粪便袋和一个旧毛巾给它睡觉用。我的包裹里放的是换洗的衣服、睡衣、牙刷，还有一个塑料袋，密封着我的新"药"，连同服药处方一起。我发现我每天都要重读这份处方单来服药，否则根本无法记得服药的准确顺序和时间。

我觉得自己有好几个月都没有带乔治的衣服去"机构"了。那里特别遥远，比去纳特的学校远得多。开车去那里简直就像拽太妃口香糖一样没完没了，每过去一个小时都觉得目的地变得更远。半路上，有一些枝繁叶茂、标志着"休息区"的地方，我开进了其中的一块"休息区"。停车场的旁边还停着两辆长卡车。我把车座椅斜放倒，闭目休息。不知不觉，我梦见了尼克松于一九七〇年创建的环境保护署，里面有关于《清洁空气法案》的章节内容，还有《海洋哺乳动物法案》《安全饮用水法案》《濒危物种法案》——全都在大宪法规定的环境保护行动之中。直到我听到有人拍打车窗玻璃的声音才醒来，发现泰茜正发出吓人的吠叫。

一个男人站在我车边，裤裆的拉链开着，露出他那焦急肿胀的灰色内裤，戳到我的视野中。"寻找爱。"他透过窗玻璃对我说，声音沉闷，边说边扭了扭臀部。我抬头看他的脸，胡子拉碴，眼球充血。我匆忙摸索钥匙，发动引擎，一溜烟开车跑了，把那人晾在了停车场上。直到泰茜向前倾斜，失去平衡，撞了一下脑袋。我才放慢车速，让它站稳后，我才缓缓开回到了高速路上，把座椅调整到竖直状态后，猛踩油门。

我一路驱车，速度越来越快，脑袋里还在回闪刚才的镜头……那家伙竟然勃起了，还探出了内裤，他想干什么？

"他凭什么会觉得我会上钩?"我问泰茜。

下午四五点左右,我把车停在标有"鬼屋"的信箱前。泰茜朝着看门人吼叫,看门人没理它,而是让我打开汽车后备厢,我照做了。检查完之后他放我们进入,我停好车,牵着泰茜出来。泰茜欢快地在主楼前打转,在花丛里翻滚,并很快留下一大坨狗屎。

"这狗叫什么名字?"一位身材魁梧的男人拿着无线对讲机问我。

"泰茜。"我回答说。

他蹲下来,并没有注意到泰茜刚制造的可恶气味。"你是条好狗吗,泰茜?是条柔软、毛绒绒的狗吗,泰茜?"泰茜舔他的脸。"我就知道,"男人继续说,"你是条爱亲亲的乖狗。"

我和泰茜的名字这次正式出现在了来访名单上面,这里的工作人员也比之前友好多了,尽管私下里我承认,向接待台走去的时候还在期待遇上点麻烦呢。我把我的包一股脑放在柜台上面,非常老练地要求说:"查我吧!"接待人员欣然拉开包拉链,从里面拽出我装药的塑料袋放在最上面,然后打电话叫监督人员过来,对着对讲机说:"我们这儿有一袋货,需要进行药检,在前台。"

"我没想到你们会管这些处方药叫'一袋货'。"

"这是我们的通用语,"接待的人说,"你想来点儿饼干和茶吗?检查可能需要些时间。"她指着热水壶和一罐丹麦黄油曲奇饼干对我说。我拿了块饼干给自己,又拿了一块给泰茜。

"那是有治愈功能的狗吗?"女人问。

"不,只是一条狗。"我说。

监督人员出现了,她把我的密封塑料袋举得老高,对着天花板上闪烁的荧光灯仔细照,就好像那是某种X射线机器似的。她又摇了摇袋子,好像在摇铃铛,随后将袋子还给了我。"你房间里有个带锁的柜子,类似酒店保险箱。你可以把药存放在那里面。你还有金属、照相机、录音机之类的设备或者其他武器吗?"

"没有,除了中央情报局在我的脑袋里植入的暗器。"我说。

"幽默会很容易被人误会的。"她说。

"我很紧张,"我说,"我之前从未进过精神病院。"

"没什么好紧张的,你只是来这里参观,不是吗?"

一个年轻人出现了,看上去就像个高中生,但他自我介绍是罗森布拉特博士。

"我们在电话里交谈过,"他走上来跟我握手说,"我知道上次您来的时候对这个地方没有很好地了解,所以我想先带您参观一下这里吧。这个地方是由设计中央公园的同一个团队设计建造的。"罗森布拉特说着,领我穿过主廊厅,从后门走出来。

"很漂亮。"我注意到午后阳光在起伏的群山上洒下斑驳的光影,"这里就像国家公园。"

"我们管它叫'校园'。"博士说。

所谓的"校园"包括保龄球馆、高尔夫球场和网球场等完整设施,所有这些足以使疯子看起来很吸引人。泰茜爱死这趟参观之旅了,在这里撒了无数次大小便。罗森布拉特最后领我们去参观了建筑群中的一个不太协调的部分,那是一个又长又矮的建筑楼,看上去就像老旧的北部猎人汽车旅馆。"这座楼有很多用处,其中包括作为这里的客房。安全系统搭得有点高,你在里面朝外是看不到任何东西的。现在这房子里有一位客人是前总统候选人。我们需要格外警惕，据说狗仔队会从树林那边悄悄溜进来。"

"有意思。"我说。

"我们的业务很多，很广泛。"

"竞选失败也算是你们的业务？"

"我们也觉得压力很大，"罗森布拉特说，"我们以高效管理高端客户而出名的：我们的地址很隐秘，工作人员变动极少，十五分钟车程内就有四家机场。这些都是我们的优势。几年前我们这里来过一位巨星级的电影明星，他因为整容手术受到感染，结果整个人看起来完全是另一个人，差点疯了。"

"你们是怎么处理的呢？"

"鼓励他留胡子，直到他适应了自己的新形象，并感觉舒服为止。"他回答，好像这是理所当然的。

罗森布拉特用钥匙打开门，领我进入一间房子，房内的设计简直就是读了点《美国历史》译本的火星人做的——所有的东西不是红白蓝就是棕色，整个像是洋基队与诺曼·洛克威尔[①]的合作款，处处为健康着想。家具是伊森·艾伦[②]式的，全实木，百分百美国制造，我猜最好描述这种风格为哥伦比亚风——如果由我作主，会给它冠以"安全"和"永恒"的标签。衣柜里的衣架和挂衣杆是不可分离的，有一个靠电池运作的电子时钟，所有的灯上都有根非常短的拉绳。梳妆台的最上面放着个小篮子，里面有两瓶水，还有一根能量棒以及一些干蔓越莓，我猜是紧急自救模

[①] 诺曼·洛克威尔(1894–1978)，20世纪美国画家，插图画家，其作品风格甜美、乐观，在美国具有很高的知名度，是美国文化的一种反映。

[②] 伊森·艾伦环球公司是一家美国家具连锁店，创立于1932年，纽交所上市企业。

式时用的。而讽刺的是,房间的大门上方悬着红白色巨大闪亮的"出口"牌子,这和整个房子所营造出的家庭氛围格格不入。这一切就像是快闪镜头回到了从未存在过的一个美国,像是奥兹和哈利特[①]梦中的美国。在挨着床的柜子上放了本便签本,上面饰有这个地方的标志——真是进入这疯狂时刻的完美纪念品啊!

我想到了尼克松的家装风格:他挚爱的棕色天鹅绒懒人椅。午后,他总会躺在上面小睡一会儿,那椅子就摆在旧行政办公大楼里他的"私人"办公室,位于白宫的一个转角处。我想到了尼克松要求在他的总统办公室里放一张"威尔逊"书桌,他想象这桌子是伍德罗·威尔逊总统曾用过的,而没有接受前副总统哈利·威尔森用过的桌子。后来,在一九七一年,人们从这张"威尔逊"桌里找出了尼克松储存的整整五套录音带。这张桌子现在又回到了它原本的位置——美国国会大厦副总统的办公室里。这张桌子曾被沃尔特·蒙代尔、乔治·布什、丹·奎尔、阿尔·戈尔、迪克·切尼和乔·拜登用过。我不知道尼克松是怎么在那张桌子上设置"窃听器"来让桌子下方与白宫地下室一间老旧的带锁房间相连接的。想着想着,我环顾这间"汽车旅馆房",幻想这里各种可能的"窃听器"、电器和床——最近铺天盖地的报道都在说臭虫泛滥[②]。

"这里允许夫妻探视吗?"我问罗森布拉特。

"要遵医嘱。"他回答,俨然忘记他自己就是医生。

屋子里一台电视机都没有,我问:"乔治住的地方有电视机

[①] 20世纪五六十年代风靡美国的广播剧和电视剧主人公。
[②] 此处窃听器(bug)与臭虫(bedbug)双关。

吗?"

"校园内没有电视机。但是我们每星期五晚上是电影之夜。"

"他家里几乎每个房间都有电视机。他无法忍受孤独。即便上厕所,他也想有人跟他说话。你知道他是广播网的老板吧?"

罗森布拉特点点头。

我继续讲述乔治的光辉史。"他改变了电视的面孔,一个人负责了很多电视节目,例如《你的生活烂透了》,还有《冰箱战争》《我的路还是高速路》《下班后的医生》等。"罗森布拉特似乎没有在听。于是我又说了几个我瞎编的名字,作为某种试探,类如《总比死在我妻子的床上好》,而罗森布拉特只晃了晃脑袋。"你不常看电视,对吧?"我问。

"我没有电视机,"罗森布拉特说,"从来没有。你想喝杯水吗?"他问泰茜。

"它要用碗喝水。"我说着,打开泰茜的行李包,正准备从里面掏出它的碗给它倒点水,它就发现了洗手间,于是在厕所里饱饮了一顿。

"那么……你是在哪儿学医的?"

"哈佛。"他说。

"怎么跑这儿来了?"

"我是电击治疗方面的专家,"他说,"很小的时候,我就自己在家用电击系统治疗过我家猫的极度焦虑症,这种疗法如今在第三世界国家已经普遍使用了。"

"第三世界国家有很多宠物患焦虑症?"

"给人用。"他说。

"我都不知道现在还会有人用电击法进行治疗。"

"很普遍,"他说,"对于一些抗药性抑郁症患者来说,这种疗法是为数不多的成功治疗法中的一种,而且已经为病人所接受。"

罗森布拉特谈论"治疗抗药性抑郁症患者"的方式令我想起了那些清洁剂广告里演的——清洁剂使草渍浮起来,从卡其色裤子的膝盖上脱离,然后冲掉。现在,我将电击和汰渍一起牢牢地绑定在了一起。

"我不知道。"我说。老实说,我一直以为这种治疗早就被禁止,因为太没人性了,或者说太残忍了。我问:"话说回来,住在这地方要花多少钱?"我问。

"你弟弟有一笔非常丰厚的保险。"

"有多丰厚?"

"足够支付住这里的费用。"

"人们从这里出来后去哪儿?你懂的,就是他们'毕业'之后去哪儿?"

"有些人去了其他的收容所,其他人去了中转机构,还有一些人则回家了。"

"没有人进监狱吗?"

"听起来你对你弟弟很不满。"罗森布拉特发现了。

"一点点。"我说。

"你希望他受到惩罚。"

"我不认为他会被惩罚。至少,我妈妈以前是这么说的。"

"真的?"

"是的,她经常这么说:你弟弟很搞笑,他好像可以随心所欲,想做什么就做什么。如果你试图惩罚他,他压根儿就不会在意。"

"有意思。你觉得这是真的吗?"罗森布拉特问。

我点点头:"你很难在他身上留下什么印象深刻的教训的,"我说,"说到这里,我什么时候可以见见乔治?"我看了看手表,已经五点半了。

"格温博士负责照料你弟弟,他想和你先简短地聊几句,然后我们会带你去见乔治。"说完他拉出打印的行程表递给我,然后又递给我第二份表格——反馈报告,"如果可以,麻烦你在离开这里之前完成这张表,并在你离开时把表格交给前台。这份报告会被打分,我们会以此为你积分,可以用来旅行、购物或者享受服务里程,积分多少取决于表格所得的分数。

"好了,我要去慢跑了,"他说着,看了一眼泰茜,"我很乐意带你的狗一起去。"

我想到了罗森布拉特小时候对那只猫的实验。"谢谢了,它还是跟我一起吧!"

回到主楼,格温博士和我在一间很小的房间里会面,房间小得像是去报名体操队或者申请加入海军时走进的那种房间——标准、洁净。我们握手后,他立即挤了些泡沫普瑞来[①]在自己的双手上。

"或许我也应该来点儿。"我这么说是试图让氛围不那么紧张。格温将洗手液推到我面前,我给我的双手也涂满了泡沫,然

[①] 一种美国品牌的洗手液。

后迅速揉搓双手。"真有意思。"

格温长得很像演员史蒂夫·马丁①,五官像是有弹性似的,但表情却始终凝定,就好像他在镜子前演练了很多遍,最后决定只摆出这一种表情——一种包容但不受约束的似笑非笑——就好。他打开一份文件夹,在一张小桌子后面坐好。

"你第一次看心理医生是什么时候?"他问我。

"我?"

"是的。"他说。

"我从没看过。或者应该说我不需要看。我从未看过心理医生。"

"你不觉得很奇怪吗?大老远跑来这里,却得不到一点儿帮助?"

"不觉得。"我说。

"那么,"格温说,"你的性生活。"我不确定这是一句陈述语句还是疑问语句。

"是的。"我说。

"你如何描述?以口味来说?"

"香草味。"我说。

"除了你的主要情感关系以外,你还有其他别的性行为吗?"

"没有。"我揣测他对我的事情究竟了解多少,竟然能这么直截了当。

"招妓呢?"

---

① 美国演员,主演过《疯狂外星人》,绰号"好莱坞白头翁"。

"你是问我还是乔治?"我问,"我想帮助我弟弟,但是,我觉得我有权有自己的私生活吧?"

"是的,我们都有自己的私生活,"格温安抚我的敏感,"招过妓吗?"他又问了一遍。

"没有。所谓的私生活,意思是我不想跟你讨论我的私生活。"

"从我们的观点出发,鉴于目前的情况,我们讨论某些事情是很有帮助的。"

"那是对你,不是对我。"我说。

"你如何形容你的情绪?"

"我没有情绪。"我坦白说。在这方面,我真的很羡慕尼克松,他是个很会哭的人,你甚至可以叫他爱哭宝宝。他经常在公共场合抹眼泪,或者啜泣。"我会避免情绪。"

"我们都有自己的策略,"他说,"如果你不喜欢的事情发生了,如果有人对你使坏,你会怎么办?"

"我会假装一切都没发生过。"我回答。

我们在网球场找到了乔治,一个发球机正在朝他发球,教练则在旁边咆哮着,挥球、直击、跟进。

"他的反手球很强。"医生透过窗玻璃边看边对我说。

"一向如此。"我说。

乔治的网球课结束后,我被邀请去衣帽间见他。格温照看着泰茜。我进去,发现乔治正裸着身子在淋浴,浑身打着泡沫,淋着水花和我交谈。

"泰茜和你一起来了?"他问。

"在外面。我没带它进来,它不喜欢瓷砖。你的反手球看上去很不错。"我试着找话聊。我不知道自己还能跟他谈些什么。

"他们都说我有进步。"

"那很好啊。"我说着,心里半纳闷地觉得,他是不是以为自己正处于某种政治避难状态,而不是作为病人住在一家精神病院?

"晚饭时间快到了,"他说,"你今晚住这儿吗?"

"是的,"我说,"今晚和明晚我都在这儿。"这感觉有点奇怪,有点像灵魂出窍。我被他的医生送进这个衣帽间与他重逢,他却裸着身子,晕乎乎地处在某种显然过度用药和赛后兴奋的状态之间。

"我等你换好衣服。"我说完离开。一出去我就找到格温,他将拴狗的皮带交到我手里。罗森布拉特和网球教练也在,他们围在一起谈论着乔治能"回到游戏中"真是太好了。

乔治从衣帽间走出来,泰茜一见到他就使劲儿地拽皮带。乔治蹲在它面前,屁股翘得老高,伸开双臂——一副要一起玩耍的姿势。狗看起来很兴奋,但也很狐疑。乔治在地上打了个滚,背部着地,四脚朝天。狗表现得好像它既喜欢看到他这样又知道他是个疯子一样。我也有同样的心情——谨慎而又乐观。

"聪明姑娘。"我说。

我们一起进入餐厅,一名员工领走了泰茜。"你们用餐的时候,我带它出去溜达。"

乔治转向我说:"你看上去好像老了。"

"我出了点儿小意外。"我说。

"我们不是经历了一样的事吗?"他说。

"我指的是另一件,"我说,"那件事之后。"

罗森布拉特、格温和网球教练尾随我们进了餐厅。

我们一起坐下。我把那张从家里带过来、一直放在我大腿下面、走哪儿带哪儿的折叠文件夹卷了起来。服务生走过来问我们来几份"爆炸蓝莓"。他们全都举起了手。

"你要吗?"教练看着我。

"什么是'爆炸蓝莓'?"

"一种红绿色的奶昔,富含抗氧化物,还添加了欧米伽-3。"他回答得好像这是谁都知道的事情。

"好吧,"我说,"我也来一份。"

"今天的糖果是什么?"乔治问。

"太妃糖摩卡火枪手。"

我真希望自己能知道他们说的是什么语言。"我要一份牛排。"我说。

"我们只提供素食,"服务员说,"我可以给您来一份麦麸制的溜肉片,是素肉,人们都说它吃起来像小牛肉。"

"拭目以待。"

服务生记下了其他人点的餐,然后告诉我们沙拉自助台已经开放了。我观察这里的其他客人,很难区分谁是这里的员工,谁又是这里的病人,每个人的穿着打扮看起来就像是来这里打高尔夫似的。在沙拉台的另一边,有一扇门通往一个看起来像是包间的地方。突然间,里头爆发起一阵小小的骚乱,好像是一名服务生不小心从主餐厅扫地扫到了那间小餐间里去了。骚乱就发生在屋子的正中间,好多人围观,我看到一位灰白头发浓密的老人也在起劲儿地看着。

"你是历史学家?"格温试图与我建立礼仪式的交谈。

"教授兼作家。我当前正在写作一本书。"

"我弟弟觉得他对尼克松略知一二。"乔治补充说。

"我是你哥哥,事实上,我比你大十一个月。我是哥哥。"我重复道。

"尼克松什么地方有意思?哪里让你感兴趣?"格温问我。

"他什么地方没有意思呢?他很有魅力,他的故事至今还在慢慢揭开。"我说。

"事实上,我的兄弟爱上尼克松了。他觉得尼克松即使略有瑕疵也异常迷人,有点儿像我,都是有规律的噪声摇滚。"乔治说。

"说起来,乔治会在监狱里度过余生吗?"

"这不由我们决定。"格温的回答似乎是在保护乔治。

"我们不是法律组织。"教练补充说。

"你一点儿都不含蓄,直入主题。"乔治说。

"乔治,你有没有告诉过他们你是如何被老爸踢出家门,又是如何数着星星过了一个礼拜吗?"

"提醒我一下,"乔治说,"那是怎么发生的?"

"你在某些事情上让老爸难堪,他让你靠近他,你照做了,然后他说:'我不想让你再对"谁是老大"这个问题困惑。'然后他给了你一拳,那一拳就像黑手党手法。他总是欺凌你,指责你。他是个简单粗暴的男人。"

"你说他坏话,是因为他喜欢我多过喜欢你。"乔治说。

"我无所谓他喜欢我多少,"我说,"当我回想这些事情的时候,乔治,我觉得我们应该仔细看看你那天留下的东西:咖啡杯砸向厨房的柜子，石棉水泥板上有一个人那么大的凹痕，连垃圾桶的盖子都是弯的。"

"对非生命物体进行发泄，并不总是'会杀了自己妻子'的标志。"罗森布拉特说。

"你说的没错。乔治，你还记得有一次一位心理医生问你'你曾殴打过你妻子吗'，你是怎么回答的？你说：'只有在屁股上。'你还记得吗？"

乔治由衷地大笑起来："我记得，我记得。"他说。

"射击游戏呢？"我问乔治的团队，"当我们在一条木板路上玩嘉年华游戏射击稻草包麻姑先生的时候，只有你将来福枪从麻姑先生身上转移，直接瞄准上了你的哥哥，你觉得如何？"

"没有上下文，很难评估。"罗森布拉特说。

"他有没有告诉过你们，他有一次差点开车从我身上碾过去？"

"是你非要拽着那匹小马驹。你就那么喜欢它吗？还有，我不是从你身上碾过去，我只是撞了一下你。"

"你是故意的。"

乔治耸耸肩："我不否认。"

"他高中时的绰号是'征服者'。"

"够了！"格温说，"这顿晚餐的重点是聊一些轻松的话题，让大家互相认识，好好相处。"

"耶！"乔治说，"给他嘴上塞个软木塞子。"

我翻搅着面前的这盘麦麸制香溜肉片，这东西的味道就像面包粉做的硬纸板，还带有一种黏糊糊的柠檬刺山柑和玉米淀粉合成的肉汁感。吃饭的时候，我问罗森布拉特我什么时候能和乔治单独待一会儿,好商量一下我们自己家的事情:关于商业、房子维修、孩子、宠物以及财务方面的事情。

"这没在计划行程上吗?"他不知所措地问。

我摇摇头。"这才是我来这里的原因。我需要和他谈点事儿。今晚怎么样?晚餐后?"我建议说。

罗森布拉特看我的眼神就好像从未想过这事儿一样。"大概可以吧。"他含含糊糊地说着,取出一支铅笔,在那张行程表上做了些记录。

于是,我们吃加了假热奶糖的奶豆腐,喝了味道像养鱼池池水的绿茶之后,格温、教练以及罗森布拉特纷纷站了起来,对我们说:"我们就此跟你们告别了。"格温说,"今晚暂别。"

教练用力拍了拍乔治的背。"好样的,"他说,"你真的很努力。"

他们拼命鼓励他的样子简直令人作呕。"你们对所有的病人都这样吗?"

"是的,"格温说,"我们旨在为病人创建一个安全的环境。恐惧会滋生不必要的困扰。"

"我会待在那边,"罗森布拉特指着旁边一扇门说,"如果你们需要我的话。"

"真他妈虚伪!"他们一走,乔治就说。

"你是他们的明星。"我说。

"我的猫猫狗狗怎么样了?"

"很好,"我说,"只是,要是早点知道有那个隐形系统就好了,不过已经搞定了。"

"你给泰茜吃维他命和抗炎药了吗?"

"你放哪儿了？"

"在厨房柜子里，装在一个大广口瓶里面。"

"我还以为那是你的药呢，"我说，"我每天都在吃呢。"

"你真是个笨蛋。"乔治断言说。

我把那个折叠文件从屁股底下抽出来。"我这儿有很多事情要问你，我们先从一些小事开始。户外院子的灯是怎么开关的？还有，我见过海勒姆·P.穆迪，他来参加葬礼了。他会支付一切费用吗？有没有什么事是我需要知道或者注意的事情？比方说关于财务，或者我们怎么付钱给穆迪？还有，你的个人识别码是什么？我尝试过使用你的一张信用卡，但信用卡受密码保护。他们问我你妈妈的娘家姓，我输入了格林伯格，但是没有用。"

"是丹德里奇。"乔治说。

"这是谁的姓？"

"玛莎·华盛顿的娘家姓。"他说得好像我应该知道似的。

"搞笑，我从未这么想过！我还以为他们说的真是你妈妈的娘家姓，没想到是说美国国母的娘家姓。"

"有时候我会忘记我们真正的姓，但我从来都不会忘记玛莎的姓。"乔治说，"我很惊讶你竟然不知道，你不是自称历史学家吗？"

"说到历史，我曾试着回答'你在纽约的出生地'这个问题，但是答错了。"

"我答的是华盛顿，"乔治说，"这是我绝对能记得住的答案。"

"确实。"我说，"对了，"我忽然想起什么。因为"记住"的读音和"上网"相似①,于是我说:"我遇到了你一位朋友。"

"哦。"他很惊讶。

"她说你的鸡巴有甜甜圈的味道,还说你对她的后面比对她的前面要了解得多。"

乔治的表情非常有趣。"我不知道你在说些什么,"他有些慌张地说,"你说你想问我一些家庭事务,然后呢,你现在又扔出来这么个炸弹。你确定你不是在为我的敌人工作?"

"我怎么知道谁是你的敌人。还有,要怎么确认他们的身份?还有,当出现这一连串的事儿之后,你的律师来看过你吗?他们给你准备了辩护证据之类的东西吗?你接到过电话或者来信吗?"

"什么都没有,"乔治说,"我已经被抛弃了,处境就像是被钉在十字架上的耶稣。"

我被乔治把自己比喻成十字架上的耶稣的夸张说法逗乐了。"你在这里交到了什么朋友吗?"

"没有,"他说着,从桌子边站起来,"他们全都是怪人。"

"你要去哪儿?"

"我去撒尿。"他说。

"你可以随意走动吗?"我真心很为他担心。

"我可能是疯了,但是我不是婴儿,你这个混蛋。"他说完走出了餐厅。

罗森布拉特坐在我前面,正往他那张图表上写写画画。他朝我使了个眼色,好像在问,一切还好吗?

---

① 此处两个对应的英文单词分别为 mind 和 online。

我朝他竖起了大拇指,表示一切都好。

餐厅已经空了,只留了一个员工在布置明天的餐桌,另一个员工在清理地毯。

乔治回来以后感觉焕然一新,整个人闻起来就像外用酒精擦过一样。"我用了洗手液,"他说,"我用洗手液洗了我的手和脸,感觉特别好。我还把衬衫脱了下来,还洗了我的内裤。我喜欢这味道,感觉很清新。格温简直让我迷上了这玩意儿。我看他整天都在往自己的手上涂抹这东西,忍不住想他是怎么了,是什么东西让他觉得自己那么脏。"说着,乔治朝我使了个颜色。

我无视他的眼色,转而对他说起我去学校参加运动会的事情。"我在家庭旅馆里住了一晚,一个晚上就要一百八十美金。房间全部都订完了,那家的女主人把他们孩子的房间租给了我,房间的床上还有个凯蒂猫手机,整夜都在我脑门儿上旋转。"

"我在喜来登酒店长期订好了房间,预付了未来五年的全部房费。"

"我怎么不知道?"我问。

"你当然不会知道。"他说。

"所以我才来这里啊!还有什么事情是我需要知道却不知道的?你觉得孩子们应该来看你吗?他们应该来这里跟你一起共过周末吗?"

"我觉得孩子在这里可不受欢迎,"他说,"我从没见过任何孩子来这里。"乔治看起来很忧伤,好像陷入了回忆,"你记不记得那时候,很久以前,我们大概八九岁的时候,有一次我们随意殴打一个陌生人,某个走在街上的家伙?"

我点头。怎么可能忘记?

"那感觉可神奇了,"乔治说着,显然还沉浸在那种喜悦之中,这就是他对这种事情的描述——"我看到他跌倒了两次,还好奇是怎么回事儿。我当时就觉得很好玩儿,整个人都兴奋了。"他摇摇头,好像要清理那记忆,努力回归当下,"我们曾是两个幸运的小混蛋,总能得到我们需要的东西。"

我耸耸肩。"说到怪癖,"我说,"我最近脑海中总会想起一段特别的记忆。"我顿了一下,"我们是不是搞过乔安森太太?"

"什么叫'我们'?"乔治问。

"我老是记得我们两个一起搞过邻居那位女士。你把她按在了大床上,我在旁边给你加油,特骄傲的那种。我说:'上,上,上。'然后你完事儿了,她还想要,我就也给了她。"

"我搞过她,可能我跟你讲过,"乔治说,"我以前常常给她家的草坪割草,然后有时候她会邀请我进屋喝杯柠檬水,再然后她就邀请我上楼了。"

事情真是那样发生的吗?是乔治搞了她,然后告诉了我,于是我就在想象中把自己也放入了那个房间里,好像我亲历过一样?我的精神影像是那么地栩栩如生,我甚至能看到乔治紫色的小弟弟在她里面一插一抽。她的裙子飘起,标志妈妈的深色洞穴大张着,就像个原始的伤口。

我安静了片刻,忽然觉得浑身虚脱。

"你这个混蛋!"就在我收拾起折叠文件准备离开的时候,乔治对我吼,"你还有一件事没跟我说,关于妈妈。妈妈她怎么样了?她问起过我吗?"

我提醒乔治,我最近也出了些事故,并告诉他我最近没去看妈妈,但是疗养院的护士说她很好。我告诉了他关于她爬行挪动的事情,他看上去有些焦躁不安。

"她像只蟑螂一样在地板上爬?"

"他们是这么说的。他们还拍了照片,如果你想看的话……"

"你得去看看她,"乔治说,"你一离开这里就去看她,亲自去了解一下。"

"我是这么打算的,"我说,"还有别的什么我应该知道的事吗?"

"照顾好我的玫瑰花,"他说,"经常给它们洒水,不要让它们身上长蛀虫或牧草,不要让它们身上起黑斑、生疮或遭受任何侵害。我最喜欢的就是前门旁的那株粉色的格特鲁德·杰基尔[①]了。"

"我会尽力的,"我说,"你有没有什么列表名单,关于谁能修什么东西的?比如你的水管工、电工、割草工等等?"

"不知道。去问简。"他毫不犹豫地回答。然后,我们都沉默了。

"该睡觉了。"罗森布拉特来对我们说。他牵着泰茜,乔治和我同时伸出手想要接手泰茜的皮带。

"它要和我一起。"乔治说。

"乔治想要它。"罗森布拉特说。

"它是我的狗。"乔治说。

"是我一直在照顾它,"我说,"我们一直寸步不离。"

---

① 由英国人大卫·奥斯丁(1926–)培育的粉红色玫瑰品种,以著名园林设计师格特鲁德·杰基尔(1843–1932)的名字命名。

"我原可以扮演实施惩罚的家长,然后说你们谁都不能和泰茜一起睡觉。但是我不会这么做。今晚,狗和乔治一起睡,因为你以后的每天晚上都能和这条狗在一起。"

"我赢了。"乔治说着,猛然从罗森布拉特手中抢过了皮带。

我在工作人员护送下穿过后门,出了餐厅,进入寒冷的夜色中,走上一条通往我住的房间的小道。穿过几道嗡嗡作响的门,我被引入了一个安装有双螺栓锁的房间,我还在想着要是发生点意外该怎么办,难道这里是上帝的禁区?我一定要在今晚逃走。"我知道你在想什么,"罗森布拉特说,"别担心,他们只锁了一个方向的门,你可以从另一个方向离开。"

站在我房间的门边,罗森布拉特跟我道别:"很高兴你能来这里,这是件好事。"我觉得他接下来应该要拥抱我了。

"好吧,那么,明天见。"我说着,迅速冲进房间,关上房门,没有给他反应的机会。我在门下支了把椅子,心想,既然我不能出去,那么别人也别想进来。

我看见行李架上泰茜的包挨着我的包摆在那里,这让我意识到自己是多么孤单。没有狗陪伴,没有电视,没有任何让我从这梦魇中分心的东西,我能在这样的夜晚入睡吗?我打开保险柜,取出我的药,读了说明书后,才想起忘记吃随晚饭一起服用的那种药了,希望现在把它们和晚间服用的药一起吃没有问题。我吞了八种不同的药丸和胶囊,换上睡衣,上床,等待睡眠降临。

这间房和那家庭旅馆的凯蒂猫房比起来简直就是四季酒店豪华套房。我忽然发现自己其实很想念那只仓鼠,想念那双充满渴望的黑色玻璃球般的眼睛,还有它的轮子发出的坚持不懈的吱吱声。而此时此刻，我所有的只有用煤渣砖块堆砌起来的沉默。

　　为了让我的思绪平静下来，我又开始想尼克松，想他喜欢的保龄球，想他最喜欢的糖果、撞柱游戏，还有他对待人生的态度："一个人被打败了，那不算真正的失败；只有当他退出的时候，他才真正完了。"还有："我不认为一个领导能够在任何很大程度上掌控他自己的命运。如果历史的洪流决意朝着相反方向前进，他很少能做一个中流砥柱并改变其形势。""我能接受。越艰难，我越冷静。"

　　我想到了我的书和我接下来想做的事。我想到我妈妈，她像蟑螂一样在地上爬行。我想到了乔治，想象他夜里穿着一身超大的连体睡衣走到护士值班台说："我要喝牛奶。"

　　"厨房已经关门了，回去睡觉。"

　　"我要牛奶！"

　　困惑的护士只好按下柜台按钮，然后几个大男人从各个方向走出来，手拿警棍和电击枪攻击乔治。乔治被打倒在地上，被抬回到一张看上去像行李车一样的床上。

　　我好像听到一千只脚奔跑、撞到墙壁的声音，后来才发现原来我房间的隔壁有台制冰机，刚将它负载的垃圾卸进垃圾桶里。

　　我开始恐慌，感觉这个地方缺少空气。我被那暗天鹅绒窗帘后面的东西吸引了。我蹑手蹑脚地走过去，突然猛地一拽窗帘，什么都没有，但比那更糟的是，我看到一堵丑陋的煤砖墙。我在房间里四处寻找窗户，但只在卫生间里发现了一个很小很小的通风孔。我靠近那个通风孔，猛吸了几口空气，然后确定这屋子里肯定有什么有毒气体。我觉得自己快要死了。我赶紧回到那带锁的保险箱跟前,从里面抓出一堆安必恩[①],好像这会是我的解药似的。我几乎从不吃安眠药,但今晚我吃了两粒,又从那小通风口处吸了几口空气,然后强迫自己躺在床上。

忽然,一阵巨大的撞门声把我惊醒了。门把手下面抵着门的椅子在地上被震得直跳动,我隐约听到人的声音:"你醒了吗?你还好吗?"

我挣扎着,好不容易才让我的嘴巴发出声音。"嗯啊嗯。"我竭尽全力地呼叫,门边的椅子终于不再跳动了。

"你错过早餐了。"那声音说——是罗森布拉特。

"啊哦为斯里……"我含含糊糊地说,我想自己说的应该是"我睡过头了。"

"你能在二十分钟内准备好吗?"

"也米啊……"我努力拖着沉重的身体进入浴室,感觉终于知道活了两百五十年是什么滋味了。我冲了个凉水澡,练习大声说话,仔细吐出每一个字母。二十分钟后,我穿好衣服,把椅子从门边拿开,坐在上面吃篮子里的能量棒,想着这一天会有些什么事儿发生。

"你吓死我了,"罗森布拉特过来准备第二次敲我的门时,看到我坐在门口,说,"我还以为你自杀了呢。"

"哪有那么容易,"我说,"我睡不着,想念狗。我服了不少安眠药。"

"估计那药很管用。要不要来点儿咖啡?"

"好的,谢谢。"我说。

[①] 一种治疗失眠的处方安眠药。

我得到了一大杯咖啡。罗森布拉特说:"我们最好现在就开始。乔治正和他的教练在一起,趁这个时候,我有些东西给你看。"

我们走进了一间会议室,那里有一台机器,一副奇怪的护目镜,还搭起了一个屏幕。"我们需要你戴上这副护目镜,它们只是用来追踪你眼球的动作,"罗森布拉特说,"我们会在这个屏幕上显示一系列单词。"说着,他又递给我一个遥控器,这个遥控器看起来和那个机器及护目镜一样奇怪。"当屏幕上出现的单词令你产生共鸣,符合你和你弟弟的关系时,你就按一下遥控器。准备好了吗?"

"好了。"

第一个单词出现了。"花。"我按下遥控器。

"你按了?"罗森布拉特问。

"是啊。乔治喜欢花。"

第二个单词。"和蔼亲切。"我没有按。

"同情。"我的手指头按兵不动。

"愤怒。"按。

"对抗。"按,按。

"你的意思是你按了两次?"

"我不知道。"

"敌意。""使人恼怒。""怨恨。"按,按,按。

"仁慈。"之前按得太欢,我差一点没控制住手。

"温和。"我依然没动,深吸一口气。

"胸怀坦荡。"我的手指头因为太久没按都快麻木了。

"受伤。""摧毁。""欺凌。"这也太明显了。按,按,按。

"好攻击。"按。

屏幕显示结束。

"你对间歇性暴发障碍有所了解吗？"罗森布拉特问我。

"听起来像是肠道问题。"我说。

"用通常的话来说，就是人们对所谓'偏执狂'的描述。这种症状比你想象得还普遍，表现为没有能力抗拒暴力冲动，用极端方式表达愤怒，怒火无法控制。我认为你弟弟就属于这种情况。"

我干嘛要在这儿听他跟我说"恶魔的工作"？

罗森布拉特继续说："在类似这样的情况，显然是不只一件事导致的，而是很多事情——化学因素、压力、药物、情绪以及其他的精神不稳定。我们会进行多方面的诊疗，也会采用持续较长的治疗方法。"

"你会给他做电击吗？"

"不。但我个人认为，他有可能成为我们新的精神外科技术的应用对象，比如'γ剪刀射线'或者'深度脑刺激'。我们在人的大脑中植入一些类似起搏器的东西——钻一个洞，铺设三条导线，植入一个电池启动的神经刺激器，可以调校刺激程度。这并非没有副作用，有些人的执行能力会因此而下降。当然，即使我们得到你弟弟的同意，可以对他进行实验性脑手术，我们也要看看法庭的态度。"

我被他说的话震惊了。我还以为他们深藏了什么高明的东西，结果竟是些老掉牙的把戏。"那么，你说的这些怎么听起来很像是'脑叶切除术'呢？"

"我不会那么说，虽然它们确实是属于同一范畴。"

"在法庭上,你觉得脑手术对他的判罚有利还是有害?"

"当然会判定我们采取了某种激进的手段,所以我认为这是有利的。"

"乔治怎么说?"

"他还不知道。没有人知道,我甚至还没对格温说过。我在做某些研究,之后我会有自己的案子。"

"你有精神外科执照吗?"我问。

"快了,"他说,"我无意冒犯,不过,我甚至不介意在我自己身上做实验。"

"有意思。"我说,我的言下之意是:你也太他妈的疯狂了吧!

"好的,你们还有什么计划?还有,泰茜怎么样了?"

"很好。它在厨房吃了早餐,现在出去散步去了。我们的计划是让你和乔治做一些有建设性的游戏,一些需要你们密切配合、发挥团队合作的游戏。"

"比如?"

"趣味英语。"

我真怀疑。乔治晨练回来了,浑身汗臭,衣服全湿了,黏在身体上。

"你怎么样?"我问。

"很棒。"他说。

"很高兴听到你这么说,"格温说着,跟他走进房间,手里捧着个百宝箱般的硬纸盒子,"今天我想我们可以玩些游戏。"

乔治一听,眼睛一亮:"冒险游戏?独裁者游戏?常识问答?黑手党游戏?还是我们小时候玩过的那种'杀人球'的游戏——就是你用尽全力把一个红色的大橡胶球直接砸到某个人的脸上,这样就算是你杀死他们了。"

我至今还记得那球砸在脸上的刺痛感,说:"你本来无需瞄准脸砸的。"

"让我们从气球开始吧。"格温说着,从口袋里拽出个干瘪的红气球,展开来,抚平,吹大。

"我不是那种游戏型选手。"我对接下来将要发生的事情感到困惑。

"我向你保证,这一点我们了解,并且早就考虑到了。"格温一边说,一边试着在气球尾部打一个结,"现在,我需要你们两个面对面站好。"

我们照做。

"我会把这个气球放在你们俩之间。"格温将气球塞在我俩身体中间,气球慢慢往地上滑落,"我们再试试。你们俩能靠近些吗?差不多鼻子贴鼻子那种?"

乔治朝我靠近,但我条件反射地往后退了一步,他并没有注意到。乔治又靠前一步,我又后退一步,感觉像在跳舞。

"啊——"格温说。

"事实上,太近我就看不到他了,他成了个巨大的糊点。"

"或许你可以专注在乔治上方的某个点上。"格温建议说。

我照做。我们面对面靠近站着,气球夹在我们之间,我能感觉到乔治的呼吸吐在我脸上,还能闻到他的汗味。

"你常洗澡吗?"

"我想是吧。"他说得好像自己不太清楚似的。

"好了。"格温说话,我们俩都安静了。

"这个游戏的目的是为了你俩,让你们两个人一起合作,将气球从这边移到那边。"他指着房间最远处说,"整个过程中气球不能落地。明白了吗?"

"明白了。"乔治说完开始往南走,缓缓靠近离我们最远的那面墙壁。我迈了两小步跟上他。气球从我们的胸骨处滑到了横膈膜处。

"我们能定个计划吗?"我问乔治,"每迈出一步时,你能打个招呼吗?"

"走。走。走。"

我们进步神速,然而乔治似乎被什么分了心,不是直接横穿屋子超前走,而是挤着我。"我们太偏北了,应该往南去。"他说。气球越滑越低,眼看就要掉下去了。乔治用膝盖抵着我的腹股沟,将气球朝上顶。我弯下腰,但气球还在下落。

"你就不能做一件对的事情吗?"乔治责怪我。

我没理他,慢慢先挪动我一侧的大腿,再挪动另一边的。我挤着气球抵在乔治的身体上,一点点把气球抬高,从他的膝盖处一直抬到他的胯部。

"轮到你了。"我说。

"走。走。走。"

我们做到了,夹着气球穿过了屋子。"太好了!"我和乔治击掌庆祝。只有当我们安全抵达,同时,在我看来或许别人没法抵达,而且这种无法抵达并不是我所认为的可选项时,我才觉得"太好了"。

"你们可以挑一件奖品,"格温抱着百宝箱说,"一人一件。"

我把胳膊伸进去,掏出一只纸飞机,这让我想起小时候在牙医那里表现很好的时候常常得到的奖励,是和这个很像的纸飞机。乔治抓到一个州长徽章,因为上头有一个尖锐的大头针,所以他们让他换了个别的,最后他捡起了一条橡皮蛇。

"我们的下一个游戏是……"格温刚开口,乔治就一脚踩到我们刚才的那个黄气球上,砰的一声,气球炸了。罗森布拉特弯下腰捡起气球的碎片。格温重复了一遍:"我们的下一个游戏是……"就这样,我们玩了一个接一个的游戏,得到了一个接一个的奖品。随后,格温拿出了手指木偶。

我套上一个木偶,转向乔治。"我不是骗子。"我对他说。

乔治也戴上一个木偶在手上,对自己说:"晚上好,祝你好运。"他又在另一只手上套了个木偶,说:"谢谢你,爱德华·R.默罗①。"

"不,谢谢你,克朗凯特②先生。不如我们去图茨·绍尔③的店里点一份牛排怎么样?"

"让我们从别的地方开始。"格温说。

"好,"乔治指着我说,"我是斯考特·菲茨杰拉德,你是海明威,你杀了你自己。"

"为什么你不是威廉·巴勒斯④,然后开枪打死了你妻子呢?"我说。

"停,停,停!"格温跳出来站在我俩之间喊。我们双手套着

---

① 美国广播新闻界的一代宗师。
② 美国著名新闻节目主持人,记者。
③ 曼哈顿知名餐厅兼上流沙龙,第一家店开设于20世纪三四十年代。
④ 美国作家,与艾伦·金斯伯格和杰克·凯鲁亚克同为"垮掉的一代"文学运动创始者。

布偶,还把布偶扔到屋子那头,好像在扔掉一个称号。

"温斯顿·丘吉尔。"乔治说。

"戴高乐。"我说。

"赫鲁晓夫。"他说。

"巴里·戈德华特①和罗伊·科恩。"我说。

"赫伯特·胡佛②。"他说。

"妈的威利·洛曼③。"我说。

格温捡起一只类似除臭剂的罐头,举到空中喷了一下,一阵振聋发聩的巨响,是扬声器,声音就像大型拖车驶过。

"时间到!"格温大喊。我和乔治刚准备说点什么,就被他的声音打断了:"安静!我们现在要到外面去。"我和乔治将之前得到的奖品装在口袋里,把布偶往旁边一丢,跟着格温出去了。格温仍带着他的百宝箱,边走边喃喃自语着"现在不能再这样盲目、不顾一切地瞎走了",为什么就不能简单点呢?

我们走到主楼后面起伏的群山之中,有那么一二刻,我能够理解为什么这里的创始人愿意不计代价地为这片土地抗争了。这真是一片壮观的土地。格温朝我扔了只足球,我接住了。我们追着球四处奔走。这场面犹如田园诗一般优美,碧蓝的天空,刚割过的草地新鲜芬芳,我们的膝盖上都是泥点子。球被我们踢来踢去,我们时不时地进行交谈,我们对他们,只有格温一直不停地说着"跑动起来,跑动起来"。某一瞬间,他忽然从口袋里掏出了一

---

① 美国1960年代保守主义运动领军人物,被称为"保守派先生。"
② 美国第31任总统,在任期间经历美国大萧条。
③ 阿瑟·米勒《小推销员之死》中的主角。

架相机，然后开始不停地拍照。乔治一到镜头下立马变得矫揉造作起来，表现得像个英雄人物，激情勃发。我不知道格温为什么要拍照，但我似乎也不可能停下来去问他。

罗森布拉特把球扔给我，我接住，抬起头，看到乔治向我压来，像人肉保龄球一样用水雷般的速度猛烈地把我撞倒。他把我按在地上，然后开始打我。我们扭打在一起，滚下山，抱成团，撕扯、旋转，爆发出兄弟间的怒火。我看到格温和罗森布拉特站在远处，然后罗森布拉特走开了。我挣扎着想从乔治身子底下钻出来。在山脚下，我们停止了滚动。乔治用力地打我，不停地猛击，用拳头捶我。格温走近我们，但他并没有阻止乔治。"你这个混蛋，你这个臭混蛋，你该受的罪远不止这些！你活该！你个没用的东西，狗娘养的……"乔治边打边骂。

我尽了最大努力，试图在乔治的拳头下保护好自己的脸、肋骨和小弟弟。泰茜不知道从什么地方被人带过来了，它向我们奔来，发出嚎叫声，想要阻止这场激烈的残害。不知道是不是出于意外，乔治猛砸了它的鼻口，它叫喊着逃开了。几个壮汉把乔治从我身上拉开。

我躺在草地上，遍体鳞伤，浑身淤青，上气不接下气。没有人过来帮我一把，没有人为我做任何事情。我就这样躺在那里，脑海里第一个想到的不是我自己，而是孩子们。我必须保护纳特和艾希莉，不管发生什么，我都不能让这个禽兽在任何地方靠近他们。我瞥了一眼乔治，他气喘吁吁，嘴里还在大声咆哮，显然想再打我，却被四个身材魁梧的男人拽着无法挣脱。我在地上翻了个身，四肢撑地，挣扎着坐了起来。泰茜跑过来舔我的脸，好像要安慰我。

我们的奖品都从口袋里掉了出来,落在草坪上到处都是:悠悠猴、纸飞机(现在已经皱巴巴的了)、橡皮蛇,还有中式手指套。

蹒跚着回到主楼后,我看着格温,期待他能说点什么。"我不知道该说什么。"他终于说道。

"如果你们不能保护我的身体免受伤害,我不能答应继续参与协助你们的治疗过程。你最好搞清楚,我没有起诉你没有管好病人已经算你走运了!给我冰块,我需要冰袋。"

不一会儿,有人送来了一些冰袋——在黑色塑料袋里装满冰,最后在开口处打个死结。

"要找医生给你看看吗?"格温问。

"不必了,"我说,"我要狗,我要回家。"

"你不会现在就想跟乔治道别吧?"格温问。

"真搞笑,"我说,"不然呢?等他再给我致命之拳?"在我等他们给我把车开来的时候,无意中听到他们中有人说:"实际上我们很开心,这次的访问太有用了,我们看到了乔治的另一面,之前从未见到过的一面。这给我们的研究提供了很多重要的研究资料。"

他们把车开来,泰茜已经在车里了,一起放在车里的还有我和泰茜的行李,全都打包好了。我浑身都疼,最糟糕的是,我身体的每个部分,不管是需要在车里要弯曲的部分还是无需弯曲的部分,都在疼。我坐进驾驶位,疼得哆嗦了一下。调整座椅的时候,我注意到旁边有一个棕色的纸袋子,上面写着我的名字,袋子里有两瓶水,一份花生黄油果冻三明治,还有一个密封塑料袋,里面装满了胡萝卜条。谁他妈的会想到给一个成年人吃花生黄油和果冻啊？我吃了三明治，心想，这样不会表示我就原谅他们了吧？

在路边的一个加油站，我上了趟厕所，整了整衬衫，在厕所的镜子里照了照自己的侧脸——完全是死猪肉的颜色。我一边懊恼自己当时没有反击、没有去跟他好好较量一番，一边走进了附近的一家便利店，抓了些雅维①就朝收银台走去。这时候，某个女人试图插队在我前面，我说："嗨，嗨，我先来的。"她却说："显然你不是，不然我就不会站在这里了。"我受够了自己的忍气吞声，直接对她翻了个白眼，用身体把她推到了一边。站在柜台后面的男人突然拿出一把其长无比的黑伞，对着我的脸撑开伞，命令我离开商店。他就这么直戳戳地拿伞的金属尖端直对着我的脸。

"我受伤了，"我大叫，"我是要付这镇痛药的钱啊。"

"你是莽夫，"男人躲在伞后用奇怪的印度口音大声说，"我不卖东西给莽夫。你现在就走，别再来了。"

"我会带走这些雅维的，"我说，"我留了十美金在这堆无花果酥上面了。"

我撒了谎，我压根没有留下什么钱。结果我走的时候绊了一跤，栽进了一滩混合了汽油的油脂污水里。我浑身恶臭，爬起来就往车子走去。我脱下身上的衬衫，丢在停车场里，换上昨天的衬衫，吞了四片雅维，然后开动汽车。疾驰回家的路上我一直在想，这一切太诡异了，我永远都不想再回到那个地方了。就在这时，

---

① 解热镇痛药。

我的手机响了,是乔治的律师。

"医院要我通知你,你不许再去那里探视了,他们说你威胁到了他们的病人和员工。"

"我才是被乔治人身攻击的那个人啊!"

"他们看到的可不是这样。在他们看来,是你故意激怒他的。你不把球扔给他,只和医生说话,不理会他。你看轻他,你让他觉得自己被忽略了,觉得一切都是他的错。"

"我的上帝啊,简直疯了!他们是一群疯子。在那儿上演的就是一场奇怪的表演!我从没见过哪个精神病教授比他们还疯狂。你知道吗?他们其中一个人甚至计划要给乔治做脑切除手术,而且到现在还没有告诉他本人!这简直就是恐怖电影!你是怎么找到那个地方的?"

"我妹夫介绍的。"律师说。

"他是那里的病人?"

"医药部主任。"律师说。他正在想说什么,电话信号忽然模糊了,随后信号就中断了,电话里一片空白。

"喂?"我对着手机说。没有任何回应。

"喂!"

现在是星期一,我回到房子里,感觉屋子里弥漫着一种犯罪的气息。我有一种可怕的感觉,觉得自己一直在下沉,房子好像收到了某种力量,或者被电磁充电了,正以无与伦比的巨大力量把我往下拉。

终于从探访乔治的地方回家,一进门我就彻底无力了。我浑身虚弱地走进家,感觉像是台出了故障停止运行的机器,觉得自己就像迈克尔·克莱顿①写的《天外病菌》一样,骨髓都化为尘埃。我想象自己就这样倒了,死在地板上,好几天后才被人发现,血液已经变成了某种绿色的粉末,像跳跳糖一样涌在地板上,然后有人莫名其妙地缝补了我的手腕。莫名其妙是因为:怎么会有人去缝补别人的手腕呢?我想象猫平静地坐在我身边,自顾自地清洁着自己,舔舔身上的猫,揉揉眼睛。我想象有个穿着白大褂的男人走过来,打算把猫带走,作为某种幸存的标本带回去做研究。

我坐在地板上哭泣。到底发生了什么?正在发生着什么?坐在这里,我开始痛恨一切,最恨我自己。这是真的,我比任何时候、对任何事情都更加恨我自己,我对自己失望透顶。我究竟是怎么一步步走到如今这令人崩溃的境地的呢?

这么多年来,我的人生好像一直都在等待加快转速,全速前进。有时候我觉得自己进步了,快要全速前进了;而有时候我发现自己好像一直都在原地踏步,等待着被人发现——究竟谁能发现我呢?看看我自己吧!看看我这已经虚度过半的人生!难道就这样结束吗?简直不可忍受。我的人生就要这么结束了?噢,我的人生真正开始过吗?

我一事无成——或者更确切地说,至今为止我所做成的唯一一件事,唯一一件引发了较大后果的事情,本质上就是导致简被谋杀的犯罪。我一生唯一的成就是作为一名奸夫,一场谋杀的

---

① 迈克尔·克莱顿(1942–2008),美国科幻小说家,著有《侏罗纪公园》《失落的世界》等。

同谋，好像这是什么可以拿来骄傲的事似的……

我的思维又跳跃到自己关于总统的理论上——在我看来，只有两种总统：一种会和很多人发生性关系，另一种则会发动战争。简而言之——不要引用我的话，因为这是对一个复杂前提条件的非完整性表达——我相信，性交可以阻止战争。

而我又情不自禁地猜想，乔治是不是也想杀了我呢？我毫不怀疑，唯一阻止他动手杀我的原因是他自恋——杀了我等于是杀了他自己的某一部分——而这也合理地解释了纳特和艾希莉为什么可以在他的魔掌下幸存。

我强迫自己控制那像跳跳糖一样暴起的蓝绿色青筋，让自己离开这屋子，看看外面。任何事物只在有了参照物的时候才会显得古怪，没有比较，连古怪看起来都是正常的。我心里希望自己能像埃利希曼，他是个犹太人，是个基督教科学家，也是"水门事件"当事人中唯一入狱服刑的人。埃利希曼在对自己的审判还没结束时就早早入狱了。他贡献了自己。

像醉汉误闯进了某栋不属于自己的房子，之后又回到了外面，我提醒自己，之前的那个周末和纳特一起的运动会是美好的，充满了对未来的承诺和期许——比去探望乔治的那个可怕周末要好上千倍。

我来到屋子的后院，打开乔治的花园储物间，取出泥铲和除草剂，像做一场该死的春之觉醒一样，双手双膝着地，在花园里耕作。院子里种满了植物，每一棵植物都长得很茂盛。我一边挖土，一边想着下午的课。我没有告诉任何人我被学校辞退的事——我能告诉谁呢？我还能去找什么工作呢？我挖着，将铲起的一锹锹土抛过我的肩头。我仍在想象那些学生的脸,那些像白痴一样坐在那里等待我喂食的学生,等待着我提醒他们这世上还有一种东西叫做历史,它很重要。

我蹲在地上,着迷般地拔草,种植各种可以播种、开花、散播的东西,就像每一个在花园里鬼混、用泥土欺骗自己的混蛋,好像只要把双手伸进泥土里就能重燃自己古老的能量似的。

宠物志愿者出现在院子边上。"您还好吗?"他问,"您已经可以像这样弯腰了吗?对您的身体压力是不是太大了些呢?"

"没人跟我说我不能弯腰。"

"最好不要,"他对我说,"我姑姑之前也中过风,他们就让她不要弯腰前倾。"

我抬起头。"好了,不弯了。"我说。

"您该休息休息,"他说,"我给泰茜带了块披萨,给猫带了个薄荷老鼠,它很喜欢它们。"

"我从没想过给宠物买玩具。"我嗫嚅道。

"它们也会无聊,也需要些新鲜东西——跟我们一样,"他说着,朝他的车走去,"有需要,随时给我电话,我在离这儿不远的地方替人临时照料鱼。"

泰茜身上已经臭气熏天了。它仰天躺在院子中间,在我刚拔下的一堆新鲜杂草上滚来滚去。

宠物志愿者走后不到一分钟,我就不小心将一大坨深黑色的泥土拍进了眼睛里,迷瞎了自己。我用手抹脸,想把自己弄干净,又用衬衫擦，最后我猛地站起来，动作太快，一脚踩在了铁锹上，整个人重心不稳，一下子撞到了烤肉架上，又被弹了回来。整个过程中，我脑海里闪过的只有一句话：一个白痴在花园里意外自杀。结果还是泰茜把我领到了楼梯前，我牵着它的项圈，嘴里念叨着："饼干，饼干，让我们找块饼干。"在楼下的盥洗室里，我吃了块饼干，看着镜子里的自己。"屎一样的脸。"我说，心想很有可能我拍进眼里的不是泥土，而是什么东西的屎：泰茜的屎、猫的屎、浣熊或者驯鹿的屎——反正就是有股刺鼻味道的东西，像某种臭不拉叽的芝士，就是那种罕见而珍贵、平常藏得妥妥的、只在贵族的节日里才被拿出来的芝士奶酪。我睁着一只眼睛看着镜中的自己，跟自己说话，想起上一次我照镜子后没多久就晕倒了——中风。

"别瞪我，"我自言自语，"瞧你那傻样儿，好像你不知道我在说什么似的，好像发生的这一切令你很惊讶似的。这怎么可能呢？不要因为你是第一次听人这样大声说出来就以为这是你第一次知道这种事，我已经跟你这么说了好几周，或者好几年，哦，或者是你的整个人生。你这混蛋白痴。"

"你为什么要这样跟我说话？"我问。

"因为用别的方式你压根就听不进去。你希望一切感受都是深刻的。你这混蛋，你的弟媳妇死了，你的弟弟在精神病院里，你还希望我能让你对自己感觉良好吗？醒醒吧！你就是个灾星。你甚至比你弟弟还危险，至少他还在那里被管着，而你却在这里逍遥自在。"

我开始拿头撞墙，好像这一切不知怎地就发生了，好像是别人在撞墙。砰，砰，砰。

"为什么简想知道灯泡放在哪儿的时候会给我打电话?为什么我表现得就好像我弟弟的另一面——功能职责性的一面?"

"你是在责怪她吗?"

"不。"我说。

现在,我的脑袋已经不再下沉也不再撞墙了。我的脑袋在马桶里,好像有什么力量按住了我的脖子。起初我以为是一只手,但随后我意识到我的头卡在了马桶底部的凹槽里。

"你要吐吗?你现在对自己感到恶心了?"

我没有回答。

厕水冲刷,浸湿了我,淹没了我。我在给自己施水刑。

我开始咳嗽,嘴巴喷水。我挣扎着把头抬起来,吐了。我就这样浑身湿透,发出酸腐的气味,坐在盥洗室的地板上——无声无息。

"你还噘嘴?"

我没说话。

"不跟我说话?我应该打住吗?"

"随便说点什么,想说什么都行,告诉我你怎么了,继续说。显然你已经这样坐了很久了。"

"好吧。第一你怎么能花那么长的时间写一本关于尼克松的书呢?太无聊了吧!简直比无聊还无聊,太可悲了。我甚至都不关心你他妈的会不会失败,事实上正因为你一事无成,才把我带到了这样的边缘。"

"我的书真的那么糟吗?"

"那就是个屁,你也是个屁。你的性格简直像得了坏死病,会吞噬一切。你就跟奄奄一息没什么两样。看看我,我会跟你说谎吗?我是来自你内在的鬼魅,只想敲醒你的知觉!"

"你想从我这儿得到什么?"我开始觉得这一切都会落入一种不可避免的结局而感到痛苦。

"我要你的人生。"他说。

说不下去了。

就在这时,电话铃响了。

"喂?"我接起电话说。

"是你吗?"

"是。"我应声。

"是我。"电话那头的女人说。

"克莱尔?"

"谁是克莱尔?"她的声音忽然严肃起来,好像受到了侮辱,好像我应该知道她是谁。

我沉入更深的黑暗中:"简?"

"你到底还有多少?"她明显不悦了。

"多少什么?"

"女孩,"她说,"女人,他妈的你的女朋友!"

"你是谁?"我有点儿害怕。

"你怎么不跟我念念你的名单,然后当你念到我的名字时,我会说'答对了'。"

"你打错电话了。"

"哦,不,"她说,"我绝对没打错,打之前我检查过两遍。"

"或许你是要找我弟弟?"我建议。

"他的左边乳头上有颗心形痣吗?"她问。

我深深地沉默了:"你是谁?"

"废物!"她叹了口气说,"你不记得我了。我喂你午餐,然后我们还做了些别的。"她停了一下,"你瞧,我并不是故意想给你个猝不及防。我们能重新来过吗?按重启键。"

"当然可以。"我答应了,但我还是不知道自己在跟谁说话。

电话断了,我挂上电话。手机立即响了起来。

"嗨,我是谢丽尔,是哈里吗?"

"请讲。"我回应。

"你怎么样?"她问。

"很好,"我说,"你呢?"

"不好意思我一直没给你打电话,"她说,"我是指在这之前,哦,我是说在我们那次之后、现在之前。"

"哦,"我还是不太能跟得上她的节奏,"没事儿。"

"我想就网络上发生的所有事情跟你坦白。"

"可以。"我的记忆一点点拼凑到一起。

"我以为我很好,真的做得很好,所以我就停止了服药。我还在我朋友开的一家餐饮公司里工作,工作进展缓慢,我又有了很多空闲时间。我开始上网,然后在网上跟人'约会',就像我们之前进行的那样。后来事情就发展得不受控制了,再后来我撞车了,"她说,"重重地摔在地上。我不得不住院,还好时间不长。"

我一直沉默地听着。我脱去衬衫,让衬衫掉落在地,脱去一身湿嗒嗒、臭气熏天的呕吐物,坐在厨房桌子上听电话。

"事实上,"她说,"我也不完全是诚实的。我虽然停止了吃药,但之后我开始不听医生的,擅自吃药治疗。我完全失控了。我们的约会是我的众多约会之一。我把我自己和我的家庭都置于危险之中。我儿子,你还记得吗?他回家时我们正在那个……好吧,这样真的不好。"

我的记忆突然完全清晰了:"当然记得。"我热情高涨起来,说道。

"你呢?"我突然爆发的热情让她有点儿气馁,她需要转换话题,"你最近都在忙什么?"

"如果我们真要坦诚相对的话,"我说,"我最近也住进了医院,是中风。"

"完美。"她说。

"什么意思?为什么'完美'?"

"我的意思是,我很高兴我们都发生了些什么,被一些事情打断了。"

"我怀疑是伟哥的原因,"我说,"我吃了太多伟哥。"

"真神奇,不是吗?"她说,"我们都那么容易偏离正轨。你现在好了吗?"

"我很好,"我说,"真的不错,你呢?"我一边讲电话,一边环顾左右,房间里的一切都模糊不清。我至少瞎了半只眼睛,虽然我还不知道这是永久性失明还是暂时性失明。

"我一直想你,"她说,"很多次。但我需要等待,等我恢复得好些了再给你打电话。"

我发出一种愉快又无伤大雅的声音。

"原谅我在某些细节上的健忘。你是对哪位特别感兴趣来着？理查德·尼克松？还是拉瑞·弗莱恩特[1]？"

"尼克松，"我说，"尼克松死于一场中风。我也不知道为什么，当我中风住院的时候，我总是不停地想到他，感觉好像……我一直都知道我们彼此之间有些地方是共通的，只是，直到那一刻到来之前，我都不确定究竟是什么共同点。这是一种类似灵魂上的关联，跟信仰或者什么政治哲学无关，就是人类情感层面上的共通感。我从内心觉得尼克松这家伙受到了不公正的待遇。"

"我在想我是否可以给你提个建议。"她打断我的话。

"洗耳恭听。"鉴于我目前的视力状况，这话一点儿也不夸张。

"你应该跟朱莉聊聊。"她忽然充满热情地说，好像这是一件板上钉钉的事儿。

"朱莉？"

"朱莉·艾森豪威尔。"

"朱莉·尼克松·艾森豪威尔[2]？"我以为自己听错了。

"没错。"她肯定地说。

"真的？"我感到一阵愉快，当嘴唇吐出这三个单词——"朱莉·尼克松·艾森豪威尔"的时候，好像亨伯特·亨伯特[3]曾经抑扬顿挫地发出三个音节的字母"洛丽塔"时那样轻松雀跃。

"嗯！"她说。

---

[1] 此处可能指美国拉瑞·弗莱恩特出版集团总裁，该集团主要出版色情录像和杂志。
[2] 朱莉·尼克松·艾森豪威尔(1948–)，尼克松次女，丈夫是前总统艾森豪威尔的孙子德怀特·戴维·艾森豪威尔。
[3] 亨伯特·亨伯特：俄裔美籍作家纳博科夫(1899–1977)《洛丽塔》一书中的男主人公。

我发出大笑声，随后清醒过来，问："这怎么可能呢？"

"别这么问，"她说完停顿了一下，"好吧，跟你说实话，她是我丈夫的远房亲戚。我可以让她给你打电话吗？"

"非常可以。"我说。

"我不知道目前你了解的情况如何，但最近几年出了一些跟尼克松图书馆有关联的官司。"

"是的，我知道，"我想起各大媒体都在对比比·瑞波佐[1]那份价值一千九百万美金的遗产大做文章，还有朱莉和特雷莎[2]之间的紧张关系，她们对图书馆该如何运作各持己见。

"那么，现在还有一件事。"她停了一下说，"我想见见你。我想跟你聊聊，一起吃个午饭。"

"没问题，"我说，"有何不可呢？"

"只吃午饭。"她说。

"当然，只吃午饭。"我说。

"什么时候？"她问。

"你方便就行，我没什么事儿。"

"好的，"她说，"我们暂定两个时间，以防你临时改变主意或者我临时有事。"

"星期五怎么样？"我建议。

"星期五，"她说，"还有，不要以为我只是喜欢这个名字——有个叫'混蛋疯子'的地方，那儿的东西特别便宜。"

---

[1] 尼克松的亲信，古巴裔美国商人，曾在白宫有专门的办公室，可自由进入而不受特工检查。尼克松在任的前五年，瑞波佐的财富从四十几万美金增至三百万美金。

[2] 此处可能指美国前国务卿约翰·克里的妻子特雷莎·海因茨·克里。

"找个好一点儿的地方吧,"我说,"一个你真正想去的地方。"

"你去过采石场酒馆吗?"

"没有,"我说,"我对附近不太熟。"

"那里真不错,"她说,"他们做的肉丸披萨特别好吃。我曾因为老是在车里吃这个都出名了。我们就在那儿见吧!"她说,"我会把你的号码给朱莉的。"

"非常期待。"我说。

她停了一会儿,又说:"如果朱莉问你我们是怎么认识的,你就说是在烧烤的时候认识的。哦,不,等等,就说是和孩子们一起参加运动,其他都别提。"

"明白。"

"好吧,那么,"她说,"很高兴我们能再次聊聊。就像我说的,我一直想着你。"

"星期五中午见。"我说。

"星期五中午见。"她重复。

"再见。"我说完,挂了电话,下楼的时候不小心撞到了自己。一瞬间,我的人生经历了如此惊人的起伏动荡,简直不知道该说什么好了。

难道打开我未来的钥匙真的握在一个女人的手里吗?

我感到一阵头晕目眩——事实上,我的脑袋在嗡嗡作响。我告诉自己别兴奋过头,不要被自己的热情出卖了,可能一切终归都是零。

我努力控制自己的情绪,但还是忍不住大笑出来。控制!柴可斯①,这是尼克松著名的可卡犬。我又搜索了记忆中的笔记(它就像目录卡一样)。柴可斯死于一九六四年,葬于彼威宠物公墓园,那里离莉莉安姑妈住的地方不远。或许下次去拜访姑妈的时候,顺便去参观一下。

也许,就是这个时刻——我人生的突破性转折,我期待已久的敲门砖——朱莉·尼克松·艾森豪威尔和我!

泰茜在卫生间里舔着地板,清理我留下的垃圾。

"好狗。"我意识到自己的情绪过于受外界变化的影响了。我上楼冲了个澡,准备出门上课。我的眼睛看上去可怕极了,红红的,肿肿的。我从药箱里找了点液体滴了几滴,感觉被疯狂地烧灼——也能理解,这毕竟是眼药水——我只好又用清水冲洗了一下眼睛。洗完澡,换好衣服,出门去学校,令我对自己颇感骄傲的是,我竟然还记得带上几个空纸箱。今天上完课就要把我的东西打包了,那些陈年的教学计划书、学生们的评估表,还有一些好或不好的论文、案例,都要整理整理,全部塞进这些破旧的纸盒子里。我很期待那结束的一刻赶紧到来,早想走了。我在这里教书的最后一天,唯一想做的就是上完课,然后离开。

当我朝教学办公楼走去的时候,秘书叫住了我。"主任想跟你说几句话。"她说。

我尽可能假装若无其事地将脑袋探进主任办公室,身子仍站在门边上,对他说:"你找我?"

系主任,我的前好友本·舒瓦兹抬起头:"你最近怎么样?"

"你指什么?"

---

① 此处"控制(check)"与"柴可斯(checkers)"同音。

他没有直接回答,而是说:"我们已经认识好几年了,我们是老朋友了。"

"没错,"我说,"就在不久前你还带我出去吃了午餐,点了一杯汤和半份三明治,告诉我,我的事业结束了。我记得你当时说:'我们有一位新教员,他有一套教历史的新方法,是那种面向未来的教学方法。现在的学生们会更喜欢探索未来,而不是研究过去,他们想去探索一个充满可能性的世界。而我们也觉得这比不停回顾赞普德的电影要好得多,不那么令人压抑。'"

"我没有点三明治,"主任说,"只点了汤。而且那个决定也不完全是我的主意,我还是喜欢把自己当成你的朋友。当初是我雇了你。"

"你并没有雇我。我们以前就是同事,你告诉我这里有职位空缺,但并不是你雇的我。还有,坦白说,我认为你当时如果按照汤勺数目点汤的话,你至少应该在看到两个汤勺之后再撂下你那番话。"

他什么都没说。

"你还想要什么?"我揣摩着他是否想要得到我的原谅、我的饶恕之类的。

"跟我出去走走。"主任说,穿上夹克外套。

我们一起走出校园大楼,朝他的车走去。

停车场里停满了各种年代的小型汽车。阳光扫过这一片无垠的金属海洋,辉映出耀眼的光芒。我们的学校是一所通勤学校①,以前我们觉得自己特殊的地方就在于,我们这些教员都有编了号

---

① 区别于寄宿制,每天往返学校。

的停车位。直到有一天,一位工程学院的学生故意炸毁了停在第四百五十四号车位上的车子,于是校管理办公室决定,除了少数有残障板的车之外,其他所有车还是随意停放比较好,这样会比较民主。

主任打开他的丰田车车门。自动锁的回声响彻整个户外停车场。我想象在未来的某一天,车子终将会以一种后现代的方式对主人的呼唤做出特有的回应。"杂种,你在哪里?""唧唧,我们无处不在。"

他从车座位底下掏出一只标准的白色十号信封递给我。

"拿着。"他说。

我的手依然插在口袋里。

"拿着啊。"他更加急切地重复了一遍。

"这是什么?"

"你觉得呢?"

"我以为这里面是钱。"我说。

他将信封推向我。"你这个白痴,"他说,"我在帮你。我感觉很糟糕,我不应该那样处理事情,不该那样对你。"想了一会儿,他又补充说,"你应该写完你的书。"

"你是在谴责受害者吗?"我的双手依然插在口袋里。

"我保护不了你,也没什么能支持我的论据。"他再次将那个信封朝我推来。

"不,谢谢。"我说。

"你凭什么这么说?"他问。

"就凭我不会从任何人手里接受一信封袋的钱。在我看来,你这是在陷害我。让你的秘书留意我,叫我进来,带我走到你的车前,又从里面拿出一个你藏好的信封。据我所知,这里到处都有摄像机,一举一动都录着呢。说不定你还在这车里放了窃听器。"

"你这个偏执的混蛋。"他说。

"我是研究尼克松的学者,"我对他吼道,"我很清楚自己在说什么!"说完我转身穿过停车场往教学楼走去。

"你要去哪里?"他叫住我。

"现在是办公时间,"我说。

我听到"唧唧"几声他又把车锁上的声音,接着他喘着粗气慢跑上来追赶我。"你瞧,这不是钱的问题。"他继续试图说服我。

"但你在给我钱,给我不让事情外传的封口费。"

"这是我自己的钱,"他说,"不是系里给的。"

"那这钱更说不清楚了。"

"我希望你能重新考虑一下,"我们回到系办公楼时他说,"就当这是一笔研究奖金。"

我抱起之前放在他办公室门口的纸箱子,发现其中一个箱子里莫名其妙地多了几个废纸团。我只能猜测这是哪个无聊的家伙玩的瞄准投射的游戏。

我的办公室里有人,那人就坐在客人座位上,背对着门,后脑勺戴着顶大头针似的圆顶小帽。

"请问您需要什么?"

"您是西尔弗教授?"

"我是。"难道他已经知道刚刚发生在停车场的一切?他坐在这里是不是想要听我的诱惑性坦白,就像那种恐吓从善的节目?或者他也是陷阱的一部分?"你对理查德·尼克松有兴趣?"

我坐在自己的位置上问他。

"兴趣不大，"他说，"我是一名学习犹太教祭司的学生。"

"你穿成这样，还是个学生？"

"穿成啥样？"他说着低头看了看自己的衣着，"这只是我的穿衣风格。"

"你是为系主任工作吗？"我进一步问。

"你说什么？"

"舒瓦兹，系主任，刚刚试图使我接受他给我的一信封袋钞票的人。"

"你是怎么回应的？"

"你认为我会怎么回应？"我有点恼火了，"我让他滚蛋。"

"我对你弟弟很感兴趣。"他说。

"有搞头吗？"

"探索犹太人和犯罪的关系。除了赌博，犹太人很少涉及什么犯罪活动。"他说这话时的表情有趣极了，好像偶然挖到了宝藏箱，又极力掩饰，不想表现得过于激动。

"你怎么会决定要学犹太教祭司？"

"不是我决定的，"他说，"我们家族里都是拉比。我爸爸是拉比，我叔叔是拉比。只有我姐姐是汽车机修工，她觉得当女拉比约束太多了。"

"我弟弟乔治之所以会答应做受戒仪式，是因为他想要搜刮礼物：从我姑姑那儿弄来一个带钟的收音机，从庙里的姐姐那儿得到一支十字钢笔，还有，遇到某个姑娘愿意给他第一次的体验，用嘴的。总之，他的乐意和上帝一点儿关系也没有，倒是和性有着密切的联系。"

"我想研究他,"学犹太教祭司的学生说完又纠正道,"我已经在研究他了,我想更进一步地了解他。"

"你的前提是什么?"我问,"犹太人变坏了?"

"我能去听您的课吗?"他甚至没有先回答我的问题就开始问我了。

"不行。"我迅速回答。

沉默。

"犹太人不会杀了他们的妻子。"他终于说。

"你还跟谁聊过?"我问。

"莱夫科维茨。"他说。

"把劳力士和他妻子的珠宝塞到他家狗的屁眼里、然后牵着狗大摇大摆地出来散步、最后在自己房子底下被逮捕的老庞[1]?狗拉屎,就有笨蛋跑来捡狗屎。而这家伙把劳力士表洗干净,净赚了百分之五十的利润。联邦政府的人常管他叫'狗屎指头',是吗?"

"就是那家伙。"学生说。

"还有谁?"

"赫尔南德斯和权[2]。"

"可他们都已经改过自新了。"我说。学生惊讶于我竟然连这两个人都知道。但我为什么不能知道呢?毕竟我是靠这个吃饭的。

他想了一下,问:"我能问你个问题吗?你和上帝的关系如何?"

---

[1] 查尔斯·庞齐,"庞氏骗局"发明者,此处借指利用非法手段敛财之人。
[2] 此处指两个犯下罪行的社会人物。

"有限，"我说，"除了在极度悲痛的情况下我会自发性地祷告之外，其他都是有限的。"

"我想多了解一点儿你的家庭。"

"我是个非常注重个人隐私的人，"我说，"我和我弟弟是完全不一样的人，就像硬币的正反面。"

"但你们有很多共同点。当你生气的时候，你会怎么做？"

"我不生气，"我说，"大多数时候我没有任何感受。"我看了看手表，"我们必须中断了，"我说，"我还要准备上课。"

"我希望能再见到您。"他说。

"办公时间，我的大门随时敞开。"

"下周如何？"他说。

"可以，"我说，"如果你觉得有必要，可以告诉我你的名字吗？"

"瑞安。"他说。

"有意思，"我说，"我从没遇到过一个犹太人叫这个名字。"

"物以稀为贵，"他说完准备离开，"下周见。"

我办公室的书架上摆满了关于尼克松的各种研究著作。我故意在架子上摆满厚重的大部头历史卷册，希望学生们会把我的办公室当成一座历史宝库。办公室的墙壁上还贴了一些珍贵的政治人物海报，有麦戈文[1]、亨弗莱[2]、杰罗丁·费拉罗[3]。我小心翼翼

---

[1] 乔治·斯坦利·麦戈文(1922–2012)，美国历史学家，作家，前美国议员，为1972年民主党推选的总统候选人，后败给尼克松。麦戈文竞选前期提名伊格尔顿竞选副总统，后将其撤换。

[2] 小休伯特·霍拉蒂奥·亨弗莱(1911–1978)，美国议员，曾与约翰·肯尼迪竞选美国总统第38任美国副总统。

[3] 杰罗丁·安·弗拉罗(1935–2011)，民主党人，是美国至今第一位在重要政党名单上参选副总统的女性。

地把海报取下来,卷起来收好。除了尼克松之外,我第二喜欢的人就是詹姆斯①了。我想这和我的政治意识的启蒙有关,当我意识到在我父母的客厅之外还有另一个世界时,我的政治觉悟就开启了。

去上课的路上,我顺便把整理好的纸盒子放进车里,打开车门时,却发现那个信封就躺在前面的座椅上。车门明明是锁着的,但我却看到信封躺在那里,在我的座位上。是舒瓦兹干的吗?我被他设计了吗?我拿出信封,试图把信封塞回到舒瓦兹的车里。但他的车门是上锁的。我又尝试着从车子天窗的缝隙里塞进去,但只能塞进去信封的边角,那一沓厚厚的钞票根本塞不进去。我又急匆匆赶回办公室。可是舒瓦兹的办公室大门锁上了,连主任秘书也不见了。该死!我只好把信封放回到我的汽车座位,重新锁好门,匆忙赶去上课。我不想带着这玩意去上课,更不想在课堂上来个什么尴尬的对峙。

"下午好。"我走进教室跟学生们打招呼。教室里只坐了三分之一的位置。我给他们几分钟的准备时间,随即开始了一系列关于考试以及和登记处做修改调整的最后期限等声明:"你们都应该清楚,作业是写一篇论文,而且要今天交。现在,可以请你们把写好的论文传上来吗?"我等了一会儿,收到了十二份论文。"我在想我什么时候能收到剩下的那些人的作业?"没有人吭声。我低头扫了一眼,最上面的论文标题是"犯人理查德·尼克松:漫画故事"。我随手翻了一下,这个学生用漫画形式代替了论

---

① 此处指勒布朗·詹姆斯,他在肯尼迪遇刺当日宣誓就职副总统,身旁站着衣服上沾血、惊魂未定的杰奎琳·肯尼迪。

文写作。我本该感到恼火才对,但我忽然觉得这点子颇有见地。他的画用夸张的人物素描对尼克松、海德曼[①]和基辛格进行了扭曲,阐述了"非礼勿视,非礼勿听,非礼勿言"的概念。画中还刻意弄出了一些迷惑,例如"让我把话说清楚"。

我的眼皮开始跳动,感觉一只眼睛就要合上了,另一只则眯成了一条缝,仿佛在表示同情。"好吧,我们说到哪儿了?"

"'水门事件'。"有人说。

"很好。你们对'水门事件'了解多少?"

"这是第一个'门'事件。"一个学生说。其他人哄堂大笑。

一个学生的手机响了,铃响了半天她才从包里掏出手机,所有人都在看她。她接起手机说:"喂?"我盯着她,想不到她竟真的在课堂上接电话。

"是谁?"我问。

"我妈。"她低声说。

"把手机交上来。"我命令道,手机被传到了教室正前方,"喂?"我拿起手机说。

"你是谁?"电话那头的妈妈问道。

"我是西尔弗教授。请问您是谁?"

"玛丽娜·加西亚。"

"您有几个孩子,加西亚太太?"

"四个。"

"真不错,"我说,"你肯定很为他们骄傲。但是现在,我们

[①] 尼克松的得力助手,曾任白宫办公厅主任。

正在上课。"

"哦,"她说,"是瑜伽课吗?我女儿喜欢做瑜伽。"

"不,加西亚太太,这里不是瑜伽课。您知道理查德·尼克松吧?"

"是的,"她说,"那个被忘性害惨了的总统。真可惜,他是个很漂亮的男人。"

她女儿坐在教室里脸红了。

"是的,加西亚太太,他是个漂亮的男人。很高兴跟您聊天。您女儿今天该交论文了,她跟您提过这事儿吗?"

"没有。"

"您觉得她会写些什么呢?"

"不太清楚。"

"她通常会跟您讨论学校里的功课吗?"

"不太多。我们大多数时候讨论的都是家庭啊,她的朋友啊,以及她喜欢的东西。"

"谢谢你,加西亚太太。"我说完挂了电话,将手机还给那个女孩,"还有人需要我帮助接电话吗?"没有回应。"你们不觉得这很有趣吗?在尼克松时代,既没有手机,没有短信,没有黑莓。想象一下,要是尼克松是一个更面向未来的总统会怎样?要是他不选择用那种老掉牙的、带有一个笨重按键的录音机会怎样?他的秘书完全可以在接电话的时候'不小心'按错了,然后'不小心'踩在了遥控板上,然后神不知鬼不觉地洗掉了所有好东西……"

学生们都目瞪口呆地看着我。

"好吧,我们回归正题。我们之前说到哪儿了……你们谁能提醒我一下什么是'水门事件'吗?"

一只手高高举起。"'门'这个后缀用于将一个单词转变为一场丑闻性的事件,就像'水门事件'之所以这么命名,是因为这场事件发生在华盛顿的水门大厦里面。从那之后,凡是高级机关出现丑闻,通通被冠以'某某门'。所以,这确实是第一个'门'事件。"

"很好,谢谢你。我可以看看你的论文吗?"

"嗯,我已经交给您了,"他说,"我大老远跑来这里,必须拿到个好分数才能留在这座城市。要是我做得不好,我家里人会砍了我的头。"

全班大笑。"你是说如果你没取得好成绩,你家里人会把你的头砍下来?"

"是这个意思。"学生说。

"我相信你。"说完,我引用了《尼克松回忆录》里的一段话:

> 事实的真相(关于水门事件)可能永远不可能被完整重构,因为我们每个人已经以不同的方式涉入其中,而在任何特定的时间里,没有一个人能够完全复制另一个人的知识。

我解释道:丑闻在被公诸于众之后成了美国历史上政治家使用的卑鄙伎俩中最具公共性的例子,这件事也成为导致了美国历史上唯一一次总统辞职的事件,并且控告了"水门七壮士"(而这七人却坚称尼克松只是合谋者——这再次创造了历史)。这七个人是约翰·米切尔、H.R.海德曼、约翰·埃列希曼和查尔斯·寇尔森（这些人全部服刑了），还有弋登·C.斯特拉坎、罗伯特·马蒂安，以及肯尼斯·帕金森（他们没有入狱）。还有一些其他因为"水门事件"而入狱服刑的人，包括约翰·迪安、E.霍华德·亨特、G.戈登·里迪、詹姆斯·麦考德、弗雷德·拉鲁等。上课跑题一向是我的风格，我又继续讲述了尼克松特别调查小组的演变，这个被称为"管道工"的小组，第一个任务就是潜入丹尼尔·艾尔斯伯格的精神病医生家中，得到关于兰德公司前雇员[①]的独家内幕，而这位雇员则认为泄露五角大楼的文件是自己作为公民的职责。尼克松觉得这场泄露是针对其政府的一场"阴谋"，因此想让艾尔斯伯格身败名裂。他命令"管道工"们搜查一切可能的资料，并公诸媒体，"让媒体来试探他……泄露出去"。而所谓的"企图入室盗窃"则是一场喜剧性的差错：盗贼们一直等到清洁工都离开之后才采取行动，但他们发现门被锁起来了，于是不得不破窗出去。当时有三个盗贼：伯纳德·贝克、菲利浦·德·迪亚高和尤吉尼奥·马丁内斯，另外还有两名放哨的，E.霍华德·亨特和G.戈登·里迪。巧的是，这些"管道工"里有不少都是中央情报局或前中央情报局特工，而且他们的名字都能追溯到"猪湾事件"，并在日后又出现在"水门事件"的相关人物中……

我的眼睛疼得要命，一下课就直奔学生健康中心。这里有好用的洗眼装置，就在水池里。打开水龙头之前，值班的"护士"交代我："只是希望你知道，我不是真正的护士，只是健康助理。两年前预算吃紧时，他们把护士的职位削掉了，所以这里没有护士……"

[①] 艾尔斯伯格于1950年代末进入兰德公司从事核军事战略研究。

然后她问我:"你确定你没往眼睛里滴过灼烧眼角膜的化学品?"

"只是泥土。"我想了一下答道。据我所知,我完全可能往眼睛里抹了什么化学物质,或许是厕所里的洁厕灵,或许我不小心把该死的奇怪药水溅进了眼睛里。

那位"护士"给我的眼睛涂了一层药膏,我马上感觉视线里的一切都变模糊了。"这是润滑膏。"她说着,将一管膏药递给我,"今晚再多涂一些,如果明天还疼,你就要去看医生了。"

"谢谢你。"

我在半盲状态下往停车场走去。一路上,那名印第安学生平静地陈述家人会把他头砍下来的场景一直在我脑海里重播。那只该死的信封仍躺在我的车座上。我一屁股坐在上面,开车直奔舒瓦兹家。他的妻子打开门。我把信封交给她:"这是给舒瓦兹的。"。

"他不在家,"她说,"现在应该正在参加系里的鸡尾酒会。"

"那你拿着这个吧。"我将信封往她手上推,动作略有些粗鲁。

"真的没必要。"她说。

"把这个还给他,"我解释说,"这信封里面的东西本来就是他的。"

"里面是什么?"她问。

"我哪知道?"我没好气地说,"我又没打开,是他丢在我车上的。"

她接过信封袋。"你人真好。"

我耸耸肩。

"你的眼睛怎么了？"

"被蜘蛛咬了。"我也不知道自己为什么要撒谎。

"你该擦点儿药。"她建议，"看起来不太妙。"

"我会的。"说完，我转身准备离开。

"我很期待读到您的书，"她在我背后说，"我丈夫经常提起。"

我没有停下，也没有回头，只是说了声："再见，祝你好运。"

我做饭时，电话铃响了。我抓起电话，想着是不是她——朱莉·尼克松·艾森豪威尔。

"嗨，"是纳特，"我之前给你打过电话，你不在家。"

"去上课了。"我说。

"你可能需要改一下语音留言，"纳特的声音有些异样，"那还是妈妈的。"

我一直都没办法更改那个语音留言，无法下手抹去简的声音。我能想象，听到那个对他来说有多么难受。

"明天我去买个新的答录机，"我说，尽管私下里我很喜欢偶尔能听到简的声音——"你好，我们现在不在家……"

"我一直在想出车祸的那个小男孩，"他说，"我们应该照顾那个男孩。"

"我知道你一直很关心他，"我说，"我会去跟你爸爸的律师谈谈我们能做什么。"

尽管我很高兴听到他的声音，但我同时也在想，乔治的电话有没有设置呼叫等待功能？要是朱莉·尼克松·艾森豪威尔给我打电话时占线怎么办？纳特正在说话的时候，我忽然说了一句：

"这电话有呼叫等待功能吗?"

"怎么了?"纳特问,"你听到哔哔声了?"

"我不确定。"我说。

"如果有哔哔声,那就说明是呼叫等待。当然,如果有人给你的电话录音,也会听到哔哔声。"

"你录音了?"我问。

"没有,"他说,"我是在'二十一世纪政治丑闻课'上学到的,关于窃听。这是一门历史选修课。如果你想录音,首先要征求对方的意见,获得对方的许可,再确认通话正在录音。"

"有意思。你怎么会想到这些?"

"我们学过'水门事件'。我还写了一篇关于罗斯阿姨的论文。"

"谁?"

"罗斯·玛丽·伍兹,她是尼克松的秘书。"

"我当然知道,"我不无骄傲地说,"你知道研究尼克松是我的专长吧?"

"我知道。尼克松的孩子们管她叫'罗斯阿姨'。她对尼克松绝对忠诚,"纳特说,"我对忠诚很感兴趣,即便对某个人的忠诚是错误的,是犯罪的,或者是有缺陷的。我还研究了电话录音带的演变史。电话录音带诞生于一九四七年[①],紧随其后的是卷带式卡带,后来还出现了一些很神奇的发明,包括八轨磁带,我爸爸就有一盒,用来保存铁蝴蝶乐队[②]的现场演出。那盒磁带是红色的,

---

[①] 电话录音发明于20世纪60年代,能容纳45分钟录音。
[②] 1967年代成立于洛杉矶,重金属乐队。

他把它保存在放袜子的抽屉里……"说着,纳特突然打住了,可能是觉得自己说得太多,转移了话题,"泰茜怎么样了?"

"很好,除了最近有些腹泻。它之前在垃圾箱里打过滚。"

"它喜欢垃圾堆,"纳特说,"好吧,我要走了,还有很多作业要做。"

"好的,"我说,"我会问问那个男孩的情况。但是我认为在审判之前,我们最好按兵不动,否则会被指责有影响审判的嫌疑。"

"我没想过这一点,"纳特说,"我只是总想起那个男孩。"

第二天一大早,阳光明媚,电话铃响了。

"不好意思,过了这么久才给你打电话,最近我很忙。"朱莉·尼克松·艾森豪威尔说。

"我曾在远处看到过你爸爸,"我太激动,一边讲电话一边直冒汗,"我那时还在读初中,去华盛顿白宫上课外课。你爸爸当时正在迎接一位外国高官,我当时在草坪的另一边,远远地看着他。之后,我们去了史密森尼博物馆,看到了傅科摆,还有玛丽·扬·皮克斯基尔为亨利堡做的旗子,就是后来被弗朗西斯·科斯特·基发现促使他写出了《星条旗永不落》的那面旗子。我们还去了美国铸币局和印刷局,还去国家档案室参观了《独立宣言》手稿。"我滔滔不绝,记忆好像一下子全都涌上来。在这通电话之前,我甚至快忘记这些细节了。而现在,我大脑里的记忆之门好像被打开了,记忆倾涌而出。"我热爱华盛顿。当我还很小的时候,我梦想的一切就是长大之后能住在华盛顿,开车驶过独立大街,经过史密森尼博物馆,前往美国国会大厦……"

等我停下来喘口气的当口,她才发声:"你是个真正的爱国者。"

"谢谢你,"我说,"能跟您说话实在是太令人激动了。"

"我不知道你了解到了什么程度,"她说,"所以,要是我说的是你早已经知道的事情,也请你原谅。比如说,二〇〇七年,图书馆被纳入了美国联邦的总统图书馆系统,在这之前,那其实是个私人图书馆,里面收藏了我爸爸当总统之前和之后的资料。"

"如果我记得没错,"我自知自己可能说错了话,"当时有一些家庭纠纷。"

有那么一会儿工夫,她什么都没说,过了一会儿又继续说:"进入美国档案室和管理档案的决定,促使我们做了一些重新整理的工作。长话短说吧,我们发现了一些纸盒,里面装了一些被分别保存的资料。"

"什么样的资料?"

"我的直觉告诉我,这些资料应该关系到我爸爸的个人隐私,所写的东西我们都不太熟悉,还有一些之前无人知晓的文件。我想说的是,我们发现了一些东西……"

"真的?"我非常吃惊,"什么东西?"

她顿了一下。电话那头一片沉默,感觉像挂了线。

"嗨,我在听。"

"写的是我们不知道的东西。"她回答的声调短促而清晰。

"日记?"

"可能吧,或许是别的什么。"

"情书?"

她什么都没说。

"回忆录?"

又一阵沉默后,她终于说:"是故事,短篇故事。"

"跟《纽约客》上读到的那种故事一样?"我问。

"比那更黑暗。"她说。

"有意思。"

"找人一起帮忙整理这些资料的时候,我们试图跳出传统思维,远离那些常规的推测。知名学者们对我爸爸的看法往往过于程式化。谢丽尔觉得你可能会真的感兴趣。"

我差一点就要问"谁是谢丽尔?"了,还好我及时克制了自己,以咳嗽搪塞了过去。"我很有兴趣,"我说,"非常有兴趣。你之前知道你爸爸写小说吗?"

"没人知道,"她说,"我希望你能读一下,然后我们或许能进一步聊聊。你在哪儿?"她问。

"在厨房。"我说。

她等着我继续回答。

"在韦斯切斯特。"

"大卫和我住在费城附近。我可以安排让你在曼哈顿的一间律师事务所里读这些资料。"

"可以,"我说,"星期一和星期三我要教书,星期五我有约会,其他时间都可以。"

"我看看怎么安排,再给你打电话。"她说。

"无比期待。"我说。挂了电话后,我仍然激动不已,感觉获得了一把通往一座王国的钥匙。我给泰茜准备了牛奶和骨头,在地板上撒了些猫粮。打开冰箱,里面依然空空荡荡的,还散发出一股腐臭味儿,提醒我该去超市买点东西了,顺便清理一下冰箱。

我欠谢丽尔一份大大的人情,我开始考虑该怎么感谢她。我又不能给她送花。或许可以送一盒牛排?送什么能保有神秘感呢?给那什维尔送一些供给品?"以您的名义,送一百,不,两百罐花生酱给南非那什维尔的挨饿的孩子们。"或许,我应该给她买些按摩券,女人就喜欢自己的脚被人搓来搓去,有没有足球比赛并不重要。

我又去了那家五金店,买了个新的电话答录机,并期待着再次遇见上次那个换电池的女人。"我超爱这家五金店,这里有你需要的一切,甚至包括你没意识到自己需要的东西。"我对收银台的老人絮叨。他一脸茫然地看着我。

我将旧的答录机收进简的衣柜里,安装好了新的答录机。我采用机器默认的语音留言:"你好,我现在不能接你电话,请留言。"

下午四五点的时候,电话铃响了,我故意让答录机接听,以测试机器是否好用。是艾希莉打来的,声音带着哭腔:"这是我家吗?我打错号码了吗?我要妈妈。"她抽抽搭搭地说。

"发生什么事了?"我接起电话,机器自动停止了录音。

"我要我妈妈。"她说。

"跟我说说。"

她抽着鼻子说:"我要跟我妈妈说话。"

"我知道,但她不在,"我尽可能有技巧地回答,"发生什么事了?"

"我正在经历……一些变化,我需要她的建议。"

"变化?"

"你知道……就是……长大了。"

"你是不是来月经了?"

她抽抽搭搭地没有说话。

"你那边没有校医?或者别的可以请求帮助的什么人吗?"

"我试过了。她们先给我上了一堂生理课,然后给了我一些卫生巾和卫生棉条。她们建议说,如果我有宗教信仰,可以先和牧师商量,然后再决定使用哪一种。最后她们又说:'我收回之前的话,随便你用哪一种都行,只要你觉得舒服就好。'我完全一团雾水。"

"你的朋友们是怎么做的?"

"她们都跟妈妈或者姐姐说。"她啜泣着,"我对这些东西一无所知,唯一记得的就是妈妈初中时的故事,那时候,学校护士给了她一个巨大的卫生巾——她说看起来就像尿布,她把那东西放在了两腿之间,然后蹒跚着走在学校走廊上,每个人都知道她来例假了。她当时尴尬得要命,体育课只好请假,找了把剪刀进了卫生间,把那个尿片一样的卫生巾剪成了四片,再用隐形胶带把它们贴在内裤上。"

"你妈妈总是能恰如其分地采用最新技术。"我发现自己并不是因为这个故事而兴奋,而是能这样聊天,这本身让我觉得很开心,"我试着用那个卫生棉条,"艾希莉说着又哭了起来,"但我插错了洞。"

我在努力想象她说的这些,但不知道该回答什么。"你知道下面有两个洞吧?"

"我放进了错误的那个洞里。"

"你怎么知道错了？"

"感觉不对。"

"你塞进了屁眼里？"我不知道还能有什么别的叫法。我不想说"后面"，因为我们正在谈的全都和"后面"有关；而我也不想说"菊花"之类的词，因为这对十一岁的小女孩有点粗鲁。

"是的，而且可疼了。真的很难想象那里面发生了什么。第一个洞又似乎太小了，所以我只能硬着头皮那么做。"

"有线头吗？"之所以提到线头，是因为有一次我正要和一个女孩上床，她告诉我她来月经了。我当时觉得没有关系。她说：但我那里是堵着的——我当时还一头雾水。她让我拔掉线头，我照做了，结果拔出来一大团血淋淋的棉花团。我当时应该把那东西丢在地上的，但我随意一扔——那东西比我想象的要重，它砸在了墙壁上，滑落下来，留下一道血痕。

"有线头。"艾希莉说。

"你能找镜子看一看吗？"

我感觉自己就像只是乘坐过飞机却在尝试教人操纵飞机着陆一样。

"下面太恶心了。"她说。

"我会一直留在电话这头，"我说，"你现在在哪里？"

"在我房间里。"

"你房间里有电话吗？"

"没有，我借用了别人的手机。学校里不允许用手机。"

"打开收音机，别让人听到你说话。"我建议。

她播放音乐作为背景噪音。

"好的，现在照镜子看看，然后告诉我你看到了什么。"我心想,我可能会因此被警察抓起来。

"我不知道。"

"你能把手指头塞进你把卫生棉条插进去的地方吗?你能感觉到那里吗?"

"我能感觉得到,但我够不到。"

"你插进的是哪个洞?"

"后面的洞。"她说。

"最后面?最远的哪个洞?"

"是的。"她恼羞成怒。

"好吧,我肯定很多人都遇到过跟你一样的状况,你肯定不是第一个犯这种错的人。你是坐着的还是站着的?"

"我站着。"

"好吧,蹲下来。你现在感觉到那个卫生棉条了吗?"

"是的,但我还是拽不出来。"她的声音里充满了挫败感。

"我们会把它拿下来的,"我说,"别担心。当你蹲下的时候,我要你用力,就像你上厕所大便的时候用力那样,看看能不能把那东西弄出来。"

"哦,我的天啊,太恶心了。"她说完,感觉那边的电话被甩掉了。

"发生什么事了?你弄出来了?"

"我把屎拉在地上了,"她说,"太恶心了。"

"卫生棉条出来了吗?"

"出来了,"她说,"哦,天哪!我要怎么清理这堆东西?"

"就当成是泰茜的便便,用塑料袋装着,带到楼下扔进厕所里。"

"我得走了。"她说完挂了电话。

我有点惊魂未定。但奇怪的是,我感觉自己好像摇滚明星或者宇航空间站的工程师,刚刚成功指导并挽救太空实验室脱离危险。

晚上,电话铃又响了,我抢在答录机之前接起电话。

"我是朱莉。"她说话的声音让我想起了另一个朱莉,美国铁路公司的朱莉——"嗨,我是朱莉,美国路道公司的自助代理。不知道有什么能帮到您。你需要预约吗?我想您刚刚说想接通人工热线,稍等,我帮您连接。"

"你在吗?"她问,"你能听到我说话吗?我在用手机给你打电话。"

"我听得很清楚。"我说。

"很好。我安排好你来看那些资料了。星期四,上午十点,在赫尔佐格与亨德森及玛奇公司。"说完她又给了我详细的地址,最后说,"有事找旺达,她会帮你。"

"有没有什么是你特别希望我留意或者查找的?"

"我知道你有很多疑问,但此时此刻,我们谈得越少越好。你先好好看一看,然后我们再细聊。另外,我们事先说清楚,这不是邀请你长期工作,这只是第一步。如果顺利的话,我们就会有更深一步的接触。"她说完停顿了一下,"顺便问一下,你认识兰登书屋①的什么人吗?"

"一时想不起来。"我说。

---

① 全球最大的图书出版集团,2013年与全球排名第二的企鹅出版社合并,成为世界最大的出版公司企鹅兰登书屋。

"有一次,一位名叫乔·福克斯的编辑写信问我爸爸是否有兴趣写小说。这名字你有印象吗?"

"他已经走了。"我说。

"是去了另一家公司吗?"

"死了,死在他的书桌上,"我边说边想——我是怎么知道的?"他是杜鲁门·卡波特①的编辑。"

"这就说得通了,"她说,"我爸爸至今留着那封信,但在旁边附注了笔记:'永远不可能。'他痛恨卡波特,讨厌至极,说他是他们中最坏的。"

"他们?"

"同性恋,爸爸不喜欢同性恋。"她又顿了一下,转移话题说,"星期四,十点。旺达会接待你。"

"谢谢你,"我说,"我非常期待。"

"应该的。"她说。

星期四早上六点,我早早起床,冲了个澡,换上刚从烘干袋里拿出来的乔治的衬衣,还上网查了一下律师办公室附近比较便宜的停车场。我拿了乔治的公事包,里面装了标准稿纸和笔,然后出发。

我将车子停在距离克莱尔的办公室一个街区之外的地方。是我真不知道还是我故意选择性遗忘?这条街上到处都是衣着光鲜的男男女女,让我感觉自己就像个乡巴佬,站在这里就是一个错误。我有一种强烈的超时空感,总觉得曾来过这里。这感觉就像

---

① 杜鲁门·卡波特(1924–1984),美国作家,著有《蒂凡尼的早餐》等经典文学作品。

我正生活在另一个现实中一样。我不禁有些担心,那场中风对我的伤害远超过我自以为的程度。

我的兴奋劲儿很快变成了愤怒。

在大楼的会客厅里,一位保安拦下我,要看我的身份证。我把手插进口袋,摸到两张二十美金的钞票,还有一张皱巴巴的五十美金的钞票,才意识到自己虽然换了乔治的衣服,却忘记把自己的钱包换过来了。焦虑之下,我开始出汗。我对保安坦白,我没带身份证。

他没有为难我,为我接通了楼上的电话,让旺达下来接我。

旺达是个高个子、非常干练的黑人女性。她接待我的方式好像我就是那种人——糊涂蛋教授。

"抱歉让你特地跑下来一趟。"我在电梯里对她说。

"没关系,"她让电梯停在第二十七层,"这一层和下面那一层都是我们公司的。"

这家公司很安静,电话也不怎么响,从地毯上走过的人们眨着眼睛,不发一语。唯一能听到的是他们擦肩而过时衣服摩擦发出的簌簌声。旺达领着我往走廊深处走去,在一间会议室门前,她用钥匙打开门,展现在我面前的是一间装饰简单、但办公用具一看就价值不菲的会议室。中间有一张桌子,桌子上放着一个类似飞碟的东西,还有一台电话会议用的视频电话机。桌子的最边上放着两个看起来有磨损痕迹的硬纸盒,盒子的一边上用大写字母写着"R.M.N."[①]。我心跳加快。

[①] 理查德·米尔豪斯·尼克松的简写。

"你的背包给我。"旺达说。

"我的背包?"

"你的包。"她指着我右手上的包说。

"乔治的公事包?"

"没错。"

"只是用来记笔记,"我打开公事包,"只有纸和笔。"

"外带的东西都不被准许。"她说。

"我们会提供的,"她指着桌上的一沓稿纸和铅笔,又说:"还有,你从资料里摘录的东西不能超过七个连续单词。"

我点头,把公事包递给她。她又给了我一份三页纸的保密协议书。我看都没看,直接在上面签了字。

"我还剩多少时间可以待在这里?"我问。

"五点之前我都在。"

"谢谢。"

她转身离开,又突然回头:"你在这里的时候一直处于受监控状态,所以,不要搞小动作。"

"我可以打开那些纸盒吗?"

"可以。"她说。

"该怎么取还资料?"

"桌上有手套。你不会对乳胶过敏吧?"

"不会,我对乳胶不过敏。"我说。

我戴上手套,想象自己是医生,而"R.M.N."则是我的病人。我怀着无比的兴奋打开纸盒子。尼克松亲笔书写的字迹让我顿时脸红心跳。我的脸颊微微发烫,手套里的手也在出汗。我很高兴能单独待在这里——老实说,我有点兴奋过头了,就像十二岁男孩第一次看色情杂志一样。

我正在触摸的是他曾触摸过的东西——这可不是复制品,而是百分之百的真迹。稿纸上写满了尼克松字体饱满的蓝色草书,还有各种修订笔迹、删除、下划线。一页纸上通常有好几个标题,都以数字标注。

他曾在这些纸上呼吸,这上面盛满了他的思考和想法。"少吃点盐,试试用胡椒代替",他在边上备注写道,"或者肉桂。我讨厌肉桂",他又自己回应自己,"就像泥土的味道"。

我手中握着这些保存完好的稿纸,内心充满了喜悦,仿佛听到脑海里响起朱莉的声音:"好好看一看,然后我们再进一步详聊。"朱莉嫁给了大卫·艾森豪威尔,他是美国著名将军和前总统的孙子。一九六八年十二月,就在尼克松当选总统数周之后,他们举行了婚礼,婚礼的主持人不是别人,正是那位"积极思考的力量"先生,诺曼·文森特·皮尔牧师①。

我思考着自己对这"R.M.N."盒子所抱有的巨大希望、承诺和渴望,想着想着,不由得想到了我自己。我就这样被精神减速器绊倒了,跌入了家族历史之中。令人感到讽刺的是,尽管我的父母和别的父母一样,都希望我和乔治能够当上总统,但事实上,他们觉得我们连自己过马路的能力都没有。成长的过程中,他们传达出各种各样的讯息,既对我们抱有某种极端的期待,同时又暗示我们是不值一提的废物。回想起来,这经历着实让人虐心。我一直都相信他们对我们所做的一切都是"无心"的,是源于他

---

① 诺曼·文森特·皮尔(1898–1993),著名牧师、演讲家和作家,被誉为"积极思考的救星",曾获得里根总统颁发的美国自由勋章。

们自身的某种缺失。在他们看来，我们对于所得到的一切都应该知足并感激。我常常觉得我的家庭有着某种"缺陷"，而也正是这些和谐的小缺陷，这种突然爱又突然厌恶的能力，才使得我的父母走到了一起。基本上，他们是带着怨恨情绪的糟糕父母。我们本应该成为孩子群中的领袖，但又绝不敢想象自己比我们的父母做得更好，飞得更高，好像我们永远也不可能超越他们。

想到这里，我的心情变得很低落。站在这里，面对着这些稿纸，怀揣着一个重要的写作主题，而我竟然在想着一些离题万里的事情，浪费自己的时间。

我又开始关注尼克松及其同时期的人和事，以及这个国家发生巨大变化的那个时期——战前萧条期和战后繁荣美国梦之间的过渡期。

以下来源于"R.M.N."盒子345，稿纸编号：#4，注意事项标注：《美国好人》。

威尔森·格雷迪是个独身男人。每天早晨醒来，都会有种自豪感在他的胸口不断膨胀——他的未来充满了可能性，他相信每一天都会比前一天更好。他是个幸运的家伙，总能交上好运，他开着车，一马平川，后面扬起一朵尘埃的云，他那破洞百出的消声器太大声了，以至于人们还以为是作物粉粉机飞得离地太近而发出的噪音。他老远就看到人们围在那里，看着他来的方向。一走出车他就拿他的老爷车开玩笑，"都习以为常了吧？"他说，"它可能吵了点儿，但它却把我带到了你们这里，而且我还指望着它这周末带我回家呢。"

房子的女主人从前廊踏步而出,朝他走来。独自在家的女人不会邀请他进去,这一点是可以理解的。

"威尔森·格雷迪,"他伸出手自我介绍说,"先谢谢您愿意抽出时间。"

如果她对他的印象不坏,她会请他喝杯咖啡。

"那很好啊。"他欣然接受,即使他在两公里之外的地方刚喝过一杯咖啡。

"要怎么喝?"她问完后,还没等他回答,又补充道,"我们没多少牛奶了。"

"黑咖啡加糖就很好。"

她进去的时候,他在外面等待。你可以从一户人家的廊厅了解到很多信息——廊厅上有没有装饰画?有没有花花草草?玻璃前有没有窗帘?台灯下有没有钩针桌布?这些他早就在头脑中一一过滤了一遍。

端出来的咖啡很烫,厚厚的陶瓷杯差一点烫伤了格雷迪的手。

"您之前提到过您有孩子,他们多大了?"

"最大的叫威廉姆,十一岁。罗伯特九岁,卡洛琳八岁,雷蒙德六岁。"

"我今天带的东西里有一套百科全书,里面有非常全面的知识,不管是历史啊,还是地图啊,所有应该了解的知识上面都有。"说着,他领着女人朝他的车走去。他小心翼翼地打开后车厢里的行李箱(一看就是从廉价商店里淘来的便宜货),"我想告诉您的是,每天晚上吃晚餐的时候,我都会一边吃,一边按顺序从某个字母开始读起——里面有太多东西值得学习了。我现在已经读到了字母'H'。这套书真的给了我相当不错的见识。"

"多少钱？"

"老实跟您说，"他说，"不便宜。二十六个字母的内容汇集成十三卷，还附有图册。这绝对是最棒的圣诞礼物，也是所有孩子都能用得上的，即便刚学会认字的孩子也能看。"

"您有孩子吗，先生？"

"还没有，但会有的。我已经看上了一个姑娘，很想娶她。不过她到现在还不知道呢。"

女人微笑了。

"一整套的百科全书，四十美金卖给您。"

她点点头。"太贵了。"

"是有点贵，"他说，"但这是一笔投资，是对终身教育的投资。"

"你这边有没有熨斗卖？"

"有。"说完他在自己车里翻找了一会儿，"蒸汽电熨斗。"他小心地从盒子里取出熨斗，展示给她看，"我给我妈弄了一个，她说非常好用。"

"多少钱？"

"六美金四十九美分。"

"你这儿有没有一便士的糖果？"她有些不好意思地又问。

他笑了。"你肯定不是第一个来问这个问题的人。我有薄荷球、柠檬糖、红黑甘草，还有，如果你想找些上等的，我这儿还有两盒喜诗牌巧克力。"

"我吃过，"她说，"那味道简直美妙绝伦。"

"巧克力中的明星。"他附和说。

她笑了，伸手去掏口袋里的钱。"我要一个熨斗和五十美分的糖果。"

格雷迪从早上九点到下午五点，挨家挨户地敲门兜售他的货物。如果丈夫在家，那么无论这家的丈夫给他显摆什么，他都会表现出很有兴趣的样子。男人们总想给格雷迪看点什么，要么是后院谷仓里正在做的木工，要么是地下室工作间里的藏品。格雷迪觉得很可悲，这些人想要的不过是一个拍肩的鼓励，有人能告诉他们："嗨，你做得很好。"他聆听这些男人的叙述，即便远远超出了他应该逗留的时间，他也会耐心听完男人的话。然后，在正式推销之前，他总会先用自己如何"直到爸爸去世都从没看到他穿过一次正装"的故事来让人潸然泪下。对他来说，任何一笔不足二十美金的销售都是失败的。如果他能成功说服客户为孩子买下一套百科全书或者为妻子买下一盒巧克力，那么这单生意是成功的。临近节日的时候，他也会提供一些有着醒目车前灯的玩具卡车和会眨眼睛的洋娃娃。

对于威尔森·格雷迪来说，美好的一天在晚餐时收尾。除了他妈妈做的派，他人生中吃过的最好的晚餐是在霓虹灯招牌下的靠窗卡座里、有百科全书里某一个字母下的章节作为陪伴的一顿。

"我要先来一份海鲜杂烩浓汤，然后再来些特别的。"

他的盘子里已经盛了两块切得厚厚的肉、煮好的青豆，还有一块热腾腾的饼干，一勺堆成小山状的土豆泥，土豆泥上还有一点棕色的卤汁。一切看起来都如此完美，完美得让他想哭——他爱美国。

夜晚，一阵风轻轻吹过，降温了。即便有美好的一天，威尔森·格雷迪仍感到刺骨的寒意。他在车里放了两条羊毛毯，还有他弟弟小时候睡过的枕头。他把车停在街边，然后躺在椅子上过夜。大多数时候，不会有人注意到他；如果有人注意到了，他会道歉，然后开车驶入黑夜，同时脑海里想着女服务生紧紧围在腰间的围裙就像一条贞操带。一边开车、想着，一边消失在茫茫黑暗的马路上。

读完之后，我几乎泪流满面——这是尼克松的另一面，我从未见过但总是疑心存在于他外表之下的另一面。这个尼克松有一种人性，一种绝望，这是早期的尼克松，不是当了总统后的尼克松，而是那个深刻了解自己的尼克松。这个尼克松有着正在萌芽的雄心壮志，是一个理想化，尽管有些俗套的普通青年人，夹杂在这个国家里，每天做着最基本的工作，努力的每一天都为了能让明天更好。威尔森·格雷迪是一个想要获得什么却不太清楚该如何获得的男人。

我取出盒子里的所有资料，用这些稿纸码成堆、码成排，小心地将它们按顺序排列，但又试图区分出中期和晚期，试图让这些材料呈现出一种弧度——事件的形态。

这堆资料整理到一半的时候，我发现了一篇短文。引起我注意的是，尼克松在整整两英尺厚的手稿里多次使用的"SOB"①。"故事"几乎从头到尾都充满了诅咒和怨愤，还配有一幅画着一个男人在其办公室里撞到家具的小插画。男人上班迟到了，因为列车路上出了点小麻烦，拖延了时间。他走进自己的办公室，把鞋子和袜子都脱下来，放在暖气片上烘干。他又取下湿漉漉的皮包，这才注意到公事包闻起来有股谷仓的粗鄙味。他取出里面的重要文件，坐在椅子上，可一坐上去，椅子就旋转起来，把他往前摔倒在地。他又爬回椅子坐好，身子前倾去打开桌上的台灯，结果手一碰到台灯就被电了一下。他又取出钢笔，钢笔的墨水漏水，沾了他满手的墨水。慌乱中他找纸巾擦手，却不小心摔掉了钢笔，还撞了一下抽屉，关上抽屉的时候，夹到了他的手指头。

"天哪！"
"见鬼了？"
"该死的！"
"狗娘养的！"

我还在里面找到另一个小故事，故事最上方用潦草的字在括号里注明："不写名字，是因为我真的曾和这男人喝过一杯。"

林荫大道上的公寓

亚瑟多喝了两杯，回家有点晚了。回到家中，他发现妻子正坐在卧室里，一丝不挂。他看着她，心想，她还是很好

---

① son of a bitch 的缩写，意为"狗娘养的"。

看、很性感,他很想跟她寻点乐子。但她一说话,他的希望就……

"你想要什么,亚瑟?"

"没什么。"他说。

"好吧,亚瑟,我看你站在那儿的那副样子,还以为你在等什么。"

"你想知道吗,布兰奇?真相就是……我从未爱过你。我娶你是因为我觉得那样做对我有好处。"

"我早就知道了,亚瑟。"

"要不是考虑到太麻烦,代价太高,我很早以前就想离开你了。"

"你不是第一个有这种感觉的人。"她说。

"你上一次想要我是什么时候?"他说,"以一个女人对她的男人应有的欲望来说。"

"我从来就不喜欢做爱,你是知道的,"她说话的时候,从她梳妆台的镜子里凝望着他。

"没错,"他回应她,"但你想过男人的感受吗?问题是,我喜欢做爱,而且偶尔能够和一个不觉得这种行为很恶心的人一起做,会感觉很好。"

"据我了解,你肯定应该已经找到其他地方能'做'这事儿了。"

"总是又回到这个老问题上,不是吗?"

"不是吗?"她说,"好吧,亚瑟,既然你说到这些事情可能会伤害你,那么,跟你老板的秘书有一腿也会对你有伤害,对吧?"

"男人和女人对这个问题的理解是不一样的。"他说。

"那是当然。"她说。

他朝她走去,走近坐在梳妆台边的她。她正在往脸上抹护肤霜。

"给我也抹点儿。"他说话的语气几乎是在恳求。但她对此无视。

"你很清楚该怎么照顾你自己。"她说着站起来走开。

他想伸手把她拽回到自己身边,但好像哪里出了问题,他的手碰到了她的脸,好像要挥拳打她。这已经不是第一次了。

她挨了一拳,但没有反应,只是默默忍受。就是这种毫无反应的漠然,促使他再次下了手。他这第二拳的意图非常清晰,手指蜷成了拳头,砸在她的脸上,狠狠揍了她的脸颊。

她并没有被击倒,而是站在那里,连身子都没怎么晃动。

"你今晚够了吗?"她说完,往地上吐了一口,一颗牙齿从她嘴里吐出来,掉落在地毯上。

他一句话也没说,转身默默朝楼下大厅走去。他找出了那条曾经在公园露营用过的毯子,铺在了沙发上。他一个人躺在沙发上,置身于冰凉的桌子、台灯和转椅中间,哭泣。沉重的眼泪像弹珠一样从他脸上划过。他一边落泪,一边大声自言自语,说着谩骂和怨恨的话语,直到用大拇指堵住他自己的嘴为止。然后他默默地吮吸着自己的大拇指,睡意袭来。

中午,旺达走进会议室,搅扰了我的沉思。

"吃午饭的时间到了。"她说。

"无妨,"我说,"午餐时我也想一直在这儿工作。"

"我们的午餐休息时间到了,"旺达说,我看着她,"休息的时候可没人监视你,所以你需要离开一个小时。你要把这些资料原封不动地放回,我们待会儿来锁门。"

我和旺达一起乘坐电梯下楼。走出电梯的时候,我看了她一眼,她看着我,关切地问:"你是不是没钱吃午饭?"

"哦,不是,"我说,"我带了足够的钱,只是我没有身份证,但也不用担心。你有推荐的餐馆吗?"

"对面熟食店有个沙拉吧,这条街上到处都有饭店。"她说完,松了口气。

我走出大楼,走到阳光下,意识到克莱尔很可能就在这附近的某个地方。我悄悄躲进熟食店,溜进围着沙拉吧台打转的一群人中间,那些人一边绕着吧台转圈,一边含糊其辞地像念经一样喃喃着。吧台上有切碎的生菜、圣女果和水煮蛋,冒着蒸汽的托盘上盛着沾了某种神秘肉酱的肉块,还有色泽鲜艳的橘黄色通心粉和奶酪。

我想到了尼克松那个短篇故事中关于晚餐的情节,于是在托盘上放了一条肉和一些土豆泥,又给自己来了一大勺热气腾腾的通心粉,沉重的一大勺,把塑料材质的容器都压软了。我付了钱,走到熟食店后面,看到有人正坐在空塑料泡菜桶上。"介意我坐边上吗?"我问。他们只看了我一眼,又继续吃了起来。食物美味极了,简直超越了美味,犹如天堂般美好,我感觉自己好像从未吃过这么好吃的东西。

"你看起来好像很忙。"熟食店的中国女人看到我坐在泡菜桶上,过来跟我搭话。

"今天对我来说意义重大。"我说。

"你工作,你获胜,获胜,获胜。"

我点点头。她给我端来一杯茶。

"你知道理查德·尼克松吗?"我问她。

"当然知道,"她说,"要不是尼克松,我也不会有这份工作。"

"我正在研究尼克松。"

"选些什么吧,"她说,"走之前,你可以给你自己挑选一样东西打包带走。"

"好的。"我答应着,但并不确定她想要我干什么。

她把一条好时巧克力放进我手里。"你喜欢杏仁巧克力吗?"

"很喜欢。"我低头看着手中的杏仁巧克力。

"你工作得很努力,"她点着头说,"我很早以前就知道你了,很久以前,你给你妻子买过饼干。"

我一头雾水。

"你不记得了?"她举起一盒饼干在我面前示意,"你买的就是这种。"

"是的,没错,"我说,"我是买过。我以前给克莱尔买过这种饼干。"

"你当然买过。"她说。

"你们的店不是在那条街吗?"

"你是说下面那条街吧?"她说,"我们搬了。这里的地段更好,上面有办公楼,人流量更大,大家都需要解决吃饭问题。"

"我很惊讶您竟然还记得我。"

"我的记性很好,"她说着,停顿了一下,"我对你的遭遇感到难过。我在报纸上看到了,知道你现在一团糟。"

"确切地说是我弟弟。"

"也是你,"她说,"他毕竟是你弟弟,你也不容易。"

"我很好,"我说,"他们还在调查。"

"再见,小伙子。"她送我到门口。

午餐后,我在大厅休息区等旺达,剥开熟食店的女人送我的巧克力,咬了一口。我很惊讶熟食店的女人竟然还记得我。更奇怪的是,她竟然知道我是谁。他知道我和克莱尔,甚至还知道我弟弟的事儿。她为我的经历感到难过,还给了我一块巧克力。这年头已经没人会随便给人什么东西的了。我又咬了一口巧克力,不再担心自己的穿着看起来怎么样,或者克莱尔会不会穿着她的紧身工作短裙、蹬着恨天高站在某个地方与我相遇。在休息区里,我看着人们进进出出,想着尼克松,那个活在他自己时代的男人。我揣测着如果他还活着,他会制造出怎样的新式间谍技术来搜集情报;他会不会继续保持传统的书写记录方式;想着他会不会在自己行政办公大楼的某个秘密办公室里,躺在心爱的棕色天鹅绒躺椅上面,用苹果电脑上色情网站;他会怎么看待当今这些政坛上的女人。总之,他说过,他认为女人不应该从政。他觉得她们太飘忽不定,太情绪化了。

整个下午我都在阅读这篇残酷而冷峻的中篇小说手稿,小说名叫《兄弟情》,背景是加利福尼亚州的一个小镇。在这个镇子上,一位落魄的农夫和他的妻子合谋要杀死他们的三个亲身儿子,他们坚信上帝在另一个世界有更重要的计划。最小的儿子死去之后,二儿子知道了真相,并试图告诉大哥,大哥却觉得弟弟疯了,觉得弟弟的话亵渎了上帝。那天晚上，二儿子回到家里，他的父母告诉他哥哥已经被上帝带走了。二儿子害怕极了，他感到自己的生命岌岌可危。他崩溃地告诉父母，上帝把他两个兄弟带到那么远的地方，留下了他，一定是有原因的。上帝肯定有任务给他。父母悲痛万分地点着头，催促他上床睡觉。他做完祷告后就假装睡着了。半夜里，他醒来，先杀死了爸爸，又杀死了妈妈，同时又担心着上帝之手。他谋杀了自己的亲生父母之后，点火烧了自家的房子和谷仓，开着家里的车离开了。他希望在当局发现之前，趁夜逃到边境。

这个故事里充斥着偏执、对信仰的疑问、担心父母不能照顾好孩子、担心上帝会不悦等情绪。故事所期待的是，幸存的小男孩应该做点什么，做出些英雄式的举动——他有责任弥补他们所失去的。

我读着这些不完整的片段，尼克松试图在故事中表现关于他的两个兄弟，亚瑟和哈里的死亡以及他自身的信仰危机。尽管度过了一个令人神经紧张的上午，但下午很快就过度到一个令人颇为舒适的阶段。我问工作人员索要男厕所的钥匙，他们给了我一张程序卡，就像宾馆的钥匙卡一样，并告诉我这张卡只在十分钟内有效。厕所极其豪华，小便池里装满了冰块，尿在上面会发出冰块崩裂、破碎的声音。他们说如果便池里有东西供人瞄准，就能间接促使人们更好地自觉维护厕所内的干净。这张程序卡使得我得以在大楼里到处转转，边转悠边想着尼克松的这些档案文件是怎么在这里"找到"的，还有尼克松家庭里的"紧张"关系又是怎样的。总有人认识一些人，而这些人又认识另一些重要人物,无非就是"你认识谁,你和谁一起上学,你和谁一起从小玩到大"。在公司大厅里转了两圈后,我回到会议室。没过多久,我开始打喷嚏,很快,一个年轻人拿了盒舒洁纸巾出现在我面前。

"谢谢你。"我说。这提醒了我,我一直处于被监控状态。

四点半,旺达过来了。"还有半小时就要关门了。"她说。四点五十分。她说:"还有十分钟。"四点五十五分,我刚放下笔,旺达就出现了。我给她看我用他们提供的稿纸做的几页笔记。

"你还会回来吗?"她问。

"我希望如此,这是个令人兴奋的地方。我几乎还没有开始真正的进展。"

"我会告诉艾森豪威尔太太你在这里过得很开心。"

"谢谢你,谢谢你的帮助。祝你有个愉快的夜晚。"

她微笑。

我开车回家,感觉自己对尼克松的爱更深了。我不断惊叹着他的广泛涉猎,他的敏锐以及他描述人类行为的娴熟。回家的路上,我在一家餐馆前停下,外带了一份中餐打包离开。回到家,我坐在餐厅的桌子边,对泰茜讲述今天发生的一切。我一边对一只狗滔滔不绝,一边将一勺热腾腾的酸辣汤送进嘴里,与此同时,我以尽可能快的速度写作。我将今天自己看到的、记住的所有东西都记录了下来,一边记录,一边惊叹尼克松思维精微玄妙之处,以及他所描写的人物性格的深度:充满幽默感,如此黑暗,又如此扭曲。他笔下的人物都呈现出一种高度的自我觉醒,这种觉醒超出了大多数人的想象。我思忖着这些故事将会如何重新定义尼克松,改变大多数学者对他的陈辞滥调,尤其是改变我的这本书。我不停地写啊写,写了足足一个半小时,忽然想起了自己早上签的那份保密协议书。我告诉自己,不管我现在写的是什么,这些都只是写给我自己的,只是初稿,是最初的印象。我越往深处挖掘,就越想去描述那些人物,描述文本的细节。我有一种被人扼住了喉咙、被拧紧了螺丝、被利用、被引诱的感觉,并且开始不由自主地密谋策划。如果尼克松的家人否认这些文本资料的存在,如果他们还没有对这些资料进行编目,那就很难去证明了,几乎不可能会有任何进展。我希望尼克松的家人通情达理,希望他们愿意让世人了解真正的尼克松:他的荣耀和他的复杂性。我在想下一步该做些什么。我有朱莉的电话号码吗?我跑去翻来电记录。耐心点,我对自己说,顺其自然就好。就在这时,电话铃忽然响了。

"晚上好,请问是西尔弗先生吗?"

"或许吧,您找哪位?"

"我是来自沃利策、普利策及奥迪家族的乔弗瑞·奥迪·金。"

"你要找哪位西尔弗先生?"

"你的意思是?"

"是找乔治,还是哈里?"

"鉴于目前的情况,我想此刻乔治先生应该无法接电话吧?"那人说话的口气有些不悦。

"没错。"

"很抱歉,这么晚了还给您打电话。"

"没关系,反正我一整天都在外面。"我说。

"长话短说,关于你弟弟车祸事件的听证会,明天中午十一点在白原市举行,我们忘了告诉您。他们会把乔治带过去,第一次让他在公共场合露面。到时候估计会有很多媒体。"

"明天?"

"正如我刚才所言,本来是应该有人提前告诉你的,但他忘记了。"

"我明天午餐跟人有约,是很重要的约会。我无论如何都不能爽约的。"

"我只负责告知您这个消息。"

"听上去两件事都很重要,似乎再大的事情都没这件事重要。这是乔治第一次露面,毫无疑问,到时候会有很多人。"

"没错。"

"上午十一点,在白原市。"

"这可是条大新闻。"

"乔治到时候会出现。"

"跟法院大楼确认过了。"

"行,我知道了,我会去。不过,下次再有这种消息,麻烦提前一点儿通知。"

"我们会注意的。晚安。"

那天晚上我梦见理查德·尼克松躺在地板上,穿着一身炭灰色西装和白衬衫,头枕绒布沙发枕,躯体扭来扭去,好像在努力蜷成一团。帕特(他妻子)也在那里,在房间里走来走去,穿着一件紧身红裙子,从他身上跨来跨过。梦中,尼克松想从下面偷窥她的裙子里面。"只有长筒袜,没穿内裤?"他惊讶地问,"那样舒服吗?"

"很舒服。"她说。

电话铃响了。

"听着,你这狗娘养的……"电话那头一个空洞的声音朝我吼叫。

我吓了一跳,以为是他——理查德·尼克松给我打电话。

"你是一根筋吗?"他继续朝我吼叫,我逐渐恢复了清醒,意识到这不是尼克松,而是简的爸爸,"我一想到你和你那烂透了的弟弟就觉得恶心。"

是她先色诱我的。我心想,但没有说出来。

"我要你永远都不要忘记你所做的事情。"

"我常常会想起这事儿。"我知道这样说并不会让他觉得好受多少。

"我们听说事情就要到头了,就要结束了,听证会就要开始了。到时候,众所周知的斧头就要落下来了。好吧,老实告诉你,我很担心孩子们。"他说。

"孩子们都在学校里。"

"这一切已经够了!孩子们不应该再次被卷入事件里。"

"他们都过得很好。"

"我们觉得你应该把他们带到别的地方去。"

"我上上周末刚去见过纳特,去参加他们的运动会,他是个运动员的好料子。"

"围绕着这整件事还会有很多骚动,他们不应该被曝光。"

"艾希莉两天前也给我打了电话,我们交流得很好,感情也很密切,就好像我们共同经历了些什么。"

"白痴,"他说,"你在听我说话吗?我们觉得把孩子带离这个国家会比较好。"

"去哪儿?"

"你可以带他们去以色列。"

"他们都不会说希伯来语。而且,他们甚至都不知道自己是犹太人。"

一阵沉默。"瞧,你这个大笨蛋!"简的爸爸说话了,"我说去以色列是在跟你开玩笑。"

"是个玩笑?什么样的犹太人会拿以色列开玩笑?"

"什么样的哥哥会趁他弟弟住在疯人院的时候和弟弟的老婆睡觉?我是说你应该把他们带到别的地方去,让他们的思想彻底摆脱所有这些糟糕的事情。我并不在乎你带他们去哪儿。"

"我不知道该说什么了。"

"听着,混蛋,我来付钱,你带上孩子去别的地方。"

"他们还在上学,"我说,"但更重要的是,如果你计划带他们去某个地方,为什么不给他们计划一个小小的假期呢?只要记得提前告诉我日期就好。"

"此时此刻,这是我能为我妻子和我自己所做的全部了。"他说。我听到他哭了,一个幽深的啜泣。然后他就挂了电话。

早晨,我出门遛狗。清早的天空湛蓝如洗,仿佛载满了希望和机遇。这种天气有一种令人无法抗拒的乐观主义——换句话说,这种晴朗让我紧张,好像激发了我的热忱。

我开始为今天的听证会及午餐梳妆打扮了一番，穿了乔治的炭灰色西装、白衬衫，配了一条蓝领带。蓝色看上去更显公正，而红色则带有一种攻击性。末日之感正在由内而外地侵蚀着我。我尽可能地穿上最好的衣服，而且喷了很多除臭剂——除了两个腋窝处，还在胸口下喷了厚厚一层，又在后背喷了一圈，还在我能够得着的两边肩膀处各喷了一下。我知道自己容易出汗，尤其是在压力或者胁迫之下，我会汗如雨下，两分钟就能湿透一件衬衫。

到了白原市，我围着法院转了一圈，到处贴着"此处任何时段皆不得停车"的标语。最后，我只好把车停在商业购物街，穿过购物广场走出来。

和所有的现代法院一样，这座法院也是一座毫无个性特征的堡垒，是发表文件的公证处，是官僚机构，也是让我们的体系变得疯狂的起源地。如今，因工作压力而导致行为失常的人已经相当多——不满的员工回到公司射杀了老板；不满的妻子杀死了自己的孩子；不满的丈夫撞车杀死了陌生人，又回家杀死了自己的妻子……我们很难不感到惊讶，当这个社会的公共对话只剩下"要塑料袋还是纸袋"时，人与人之间相互沟通的缺失是多么令人感到恐惧。

走进法院的时候，我本以为会看到媒体马戏团，会有很多电视转播车和卫星天线，毕竟，这里是美国，一切都像是马戏表演。然而事实上并没有出现我所期待的"场面"，没有红地毯，只有惯常的公务程序，让人更加紧张不安。如果不被拍摄下来通过媒体传播到我们中间，这一切还会是"真的"吗？如果不被报道，一切还有意义吗？如果我觉得没有了摄制组，所有这些事件就都不合法，那又该怎么说呢？走进大楼，广播里一个不知名的声音正在反复播放着："欢迎您，请将您口袋里的东西清空，放进我们为您提供的箱子里，再通过我们的安全检查门。"

我前面的男人脱掉了鞋子。

警卫什么都没说，只是引领他穿过金属探测器，完全没有理会他把自己用旧了的包紧紧拽在胸前。我低头看他的脚跟，发现他是在用脚的外侧走路——该称之为旋前还是旋后？

轮到我了。我走上前，伸手从口袋里掏出一大把东西放进篮子里。东西漏了出来，分分角角的硬币滚出来掉在地上，像散落的玻璃珠在地上滚得到处都是。

"先生，请往边上走一步。"

"有问题吗？"我问。

"有问题？"警卫重复我的话。

"我只是担心自己太过急切了，"我说，"我有点紧张。我弟弟今天就要来了。"

"多令人激动啊，"他说着，对我搜身检查，"你还要这些钱吗？"搜完后他问我，另一个警卫转了一圈才把我掉的分分角角拾起来。

"你留着吧。"我说。

"我不能，"他说，"要么你拿走，要么放进这箱子里。"他朝无人操控的"救世军大锅"点点头向我示意。

"箱子里吧。"我选择了后者。随后，我一边重新整理自己的口袋，一边随口问道："我这算是特殊待遇吗？"

"我们对待每一个人都是特殊的。"

我可能把这一切都想得太过私人化了,好像要接受审判的人是我自己似的。我在法庭上找到位子坐下,跟人问路的时候还错把"法庭"说成了"教室"。出席率只有一半的法庭上,一些人在低调地准备材料,一些人在着手调换文件。总之那些人在那里转来转去,而我则像是观看舞台工作人员在幕后做台前准备一样。这是一个不太正宗的体系,人们说着含糊其辞的英语,场面有些超现实,透着一股浓重的美国快餐文化气息和一种不成风格的陈腐味儿。法庭上的办事员和工作人员个个身材肥硕,衣品糟糕。甚至这整栋屋子本身的装潢就是丑陋不堪的,让人强烈地体会到,不会有人会对这个地方有丝毫感情,这地方与其说是一个让人心怀敬畏的地方,不如说更像是公交车站。

而我就在这里。原本所期待的媒体啊,新闻啊,人们争相拥进来的场面全部化为一场乌有。一个腆着啤酒肚的男人用我们通称为速记本的东西在做记录,还有一个穿着用妈妈们的话来说"跟破布没什么两样"的衣服的女人坐在那里。当开审此案件的时候,乔治和他的律师从侧门走了进来,坐在他们各自的位子上。我坐在台下第三排看着乔治的后背。乔治转过身瞥了我一眼,他看上去神情呆滞,像是磕了药一样。接下来是一系列手续,有点像是对"我们在哪里"以及"我们为什么在这里"做简介扼要的陈述。陈述到一半的时候,乔治发出一种类似犀牛打着呼噜准备冲出去的声音,尽管恼人,但没人说什么。律师继续陈述。我有些游离,直到听到检察办公署的人说了一句话,我才突然振作起来。那人说:"长话短说,本着对这起致命性交通事故的尊重,我们撤销指控。"接着,他开始读准备好的申明:"经独立调查证实,断定事故是汽车故障问题所致。有文件证明,汽车制造商没能够及时告知客户汽车存在的问题。在这起事故发生的十二个月以前，汽车制造商就已经收到数起投诉，其中包括刹车制动装置不协调的问题。根据所采集的证据可以确认，事实上，被告人车上的刹车装置与那些被发现有问题的刹车装置属于同一型号，而且在案发现场，被告也向警官反映：'曾试图让车停下来，但车子不听使唤，一直往前。'被告人行驶记录良好，因此我们相信这场事故的过错方是汽车制造商，而不是汽车驾驶人。我们觉得最好将我们的精力用来追查汽车制造商。申述完毕。"

我没听错吗？乔治在这场交通死亡事故中就这样脱身了？

"因此，对于这场交通事故，你们要撤销对西尔弗先生的所有指控，是吗？"法官在要求最后的澄清。

"是的，法官大人，我们撤销与这场车祸相关的一切起诉，并注明是由于证据不足造成的。"

现场对此判决表示极度惊讶的人只有我和乔治。

"这太荒唐了，"乔治大声说，"我是有罪的，我的罪过远远超过你们的想象。我请求被惩罚。"

"我赞成他的说法。"我在观众席上大声说。

"肃静，"法官敲着他的锤子说，"西尔弗先生，你想要什么无关紧要。这里是公正的法庭。除非另行通知，或者案情有变，否则你将不必重返此地。将西尔弗先生遣返疗养院予以拘留。"

乔治转过来面对着我："谢谢你支持我。"他说完，一名工作人员（像是疗养院里的打手）把他带离了屋子。

我在喷水池边找到了乔治的律师。"我是奥迪，"他跟我握手说，"我们昨晚通过话。"

"这也太奇怪了，"我说，"你知道结果会是这样吗？"

"要是我们知道会这样，那我们就去当灵媒而不当律师了。人们雇我们是有理由的，因为我们的调查工作做得很好。"

"但确实是他做的，是他的错。我当时也在那里。车祸发生的当天晚上，我还跟乔治聊过。"

"乔治说过什么不重要。刹车确实有问题，汽车制造商也承认了。"

"我从监狱里把他带回家的那天晚上，他根本就不是他。"

"他是谁，指纹说了算。"

"他杀了他自己的妻子。"

"有些事，时间会证明一切。"他说着，用手背碰了一下嘴唇。

"我确信无疑，"我说，"我亲眼看着一切是如何发生的，他用床头柜上的台灯砸了她的头。"

"真是这样吗？"律师看着我说，"也许是你呢？也许是你砸了他妻子的头，然后怪罪于他呢？"

"他没有否认过自己的所作所为啊。"我说。

"据我们所了解，他一直在试图保护你，你毕竟是弟弟。"

"事实上，我是哥哥。"

律师耸了耸肩："无所谓。"

"会审判简的谋杀案吗？我到时候也要来看。"我说。

"要看情况，"律师说，"我们还在协商。"

我改变了谈话策略。"纳特想为那个小男孩做些什么，那个幸存的小孩。"

"谁是纳特？"

"乔治的儿子？"

"他想做什么？"

"可能想领养，或者至少带小孩出去玩一天。"

"为什么？"

"为什么？因为他觉得他爸爸杀了孩子的家人这事情很糟糕。你为什么要问为什么？理由难道还不够充分吗？"

"明显毫无意义，况且这也不取决于我，"律师说，"小男孩和他的小姨住在一起。"

"能否给她我的手机号码？让她知道我们很想为小男孩做些什么——不止是事情，我们愿意做更多。"

"你是在谋划避免民事诉讼吗？"

"这是一个失去了家人的小孩想要帮助另一个同样失去了家人的小孩，如果你一定要以这么丑恶的动机去看待这件事的话，我也没话可说。"我说。

"我只是随便问问。"他说。

"要不，你把他小姨的手机号码给我吧，我自己联系。"我说。

"随你的便。"奥迪说完，从喷泉里捧了口水喝下，又用手背擦了擦嘴唇。

我怎么随便啊！

午餐约会我迟到了。一到饭店，我就告诉服务生我约了人。

"是一位女士吗？"他问。

"没错。"我回答。我突然觉得紧张，努力回想谢丽尔长什么样（一些突出但古怪的细节在这种情况下显然没有什么帮助——我记得她的阴部被修饰得很奇怪，平常人的阴毛是由上而下竖直分布的，而她却将它们剃成了所谓的"飞行航线"的样子，一条宽阔的路从一边横穿至另一边,而且被她染成了桃红色。那特征实在令人难忘。我想到这里,脸都红了。服务员领我走到一张桌位前,一个女人独自坐在那里。

"是你吗?"我问。

"是我。"她说。

"不好意思,我迟到了。"我边说边坐下。

"没关系。"她说。

我近距离打量她,说句实话,我对她的长相完全不熟悉,记忆中一点儿都搜不到影子。这不由得使我怀疑这一切是不是被安排好的,会不会突然从背后冒出个家伙来,宣称自己是"偷窥狂网站①的石化人鲍力"。或许是因为我最近太过沉迷于媒体啊摄像组之类的,总觉得只有被拍摄记录下来的才是真实的。无论如何,我还是有些紧张,而她似乎也察觉到了我的顾虑。

"我换了发型。"她说。

"看上去很漂亮。"我有口无心地赞美道。

"我常常玩弄我的毛发,"她说,"这是一种表达方式。你还记得那桃红色吧?"

我又脸红了,却终于放心了。

"你的眼睛怎么了?"她问。

"在花园里出了点意外。"

"看上去像是哭过。"她说。

"是流汗,不是哭。汗水的威力也很猛。"

---

① 此处作者使用 peepingtom.com 这一虚构网站名,peepingtom 是英文中称呼偷窥狂的用典,据说 11 世纪英国某贵族夫人要求给平民免税,代价是她愿裸体走过大街。民众在其裸体过街时皆避而不观,只有一位叫 Tom 的裁缝偷看后遭天谴而瞎眼。

"那么,你怎么样?"她在努力营造聊天气氛。

"很奇怪吧,"我说,"你呢?"

"你是总活得怪怪的还是最近才变得怪怪的?"

"我上午去法院看了我弟弟的审判,他之前惹了点麻烦,但特别奇怪,今天他被撤销起诉了。"

"那不是很好吗?"她说着,举杯,"干杯。"

"他是有罪的,"我漠然地说,"我感觉像是被骗了。我本来还指望法律会公正地制裁呢。"

"你之前提到你中风了?"她转移话题,"那对你有什么影响吗?"

"你怎么想到这么问?难道我的脸下垂了吗?唉,我就知道,我照镜子的时候就觉得我的脸好像耷拉下来了。"

"没什么特别理由,只是想多了解你一些。"

我点头。

服务员端上了甘蓝和面包,并告诉我们今天有特别菜式,还主动说:"你们可以先考虑一会儿再点餐。"

我接着对她说起周末和纳特参加运动会的事情。

"那孩子是不是很棒?"她愉快地说,"但是,你看,"她微微朝我这边探过脑袋,全然忘了纳特并不是我的孩子,"我要跟你说的不是我们的孩子,而是关于我们。"她对我说,"我当时也去了运动会,一个踢足球的孩子的妈妈在一个温暖雨天午后和教练站在一起。教练的妻子是某公司的法务,刚诊断出患有乳腺癌,教练觉得很悲伤,很孤独,他想寻点儿兼职做做。'你能摸摸我吗?就现在,就在这里,在我的斗篷下面?如果有人能摸摸它,那就感觉太好了。来吧,我已经拿出来了,你感觉一下,它愿意在你的手里跳舞。'"

她叙述这故事的方式既恐怖又刺激。

服务生又回来了。"你们想好点什么了吗？"

"没有，"我说，"我们还没有机会想呢。"

"你愿意一起吃吗？"她问我。

"随便你点好了。"我说。她似乎很高兴我的反应。

她抬头看着服务生说："一份肉丸披萨，不加洋葱，再来一大份沙拉。"服务生点点头，离开了。

"那么，你又发生了什么事？你之前提到你好像豁然开朗了。"

"我停药了。我已经吃了太久的药，以至于连自己都不记得为什么要吃那些药了。十六年前，为了治疗我的产后抑郁症，他们给我开了那些药，我一直吃到现在，但最近我觉得这些药根本没有意义。我对自己说，我很快乐，我什么都不缺，我什么都可以做。于是我就不再服药了，给我自己断奶了，然后一切似乎变得很不错。"

"然后呢？"

"然后，几个月之前，我上幼儿园时就认识的一个女孩子突然暴毙了。然后事情就开始转变，慢慢的，一切好的感觉就离我而去了。"

"事情是怎么开始的？"

"调情，"她说，"我去网上发了一些跟人调情的邮件。之后我还打了一些电话，很纯洁的，只是为了好玩儿。然后有人大胆约我出去在一家卖甜甜圈的停车场见面，说他会拿着果冻甜甜圈。好吧，我就决定试试。"她吸了一口自己的饮料，继续说，"我真的还不是很了解你。"

"为什么是做爱而不是别的,比方说,购物?"

"你是在说我很贱吗?"她的声音立马变得尖锐起来。

我探过身去:"我只是努力理解这些事对你的意义,以及你今天为什么要见我。"

服务生把上来的沙拉放在我们中间。

她把头转过来,甩了甩头发。这动作如果是法拉·福赛特[①]做,可能会很美,但此刻,这动作显得很奇怪,像是表达某种东西对健康有害。她粗糙的金发甩进了沙拉碗里。

"唉,"她把掉进去的头发捞出来,"他们说不要频繁地染头发,最多六周染一次,但我就是等不了那么长时间啊!当我需要改变的时候,我立刻就想去做。"她眨巴着眼睛,好像有睫毛掉进了眼里,这也提醒了我第一次见她、一起在她家吃午餐的时候,她是戴着眼镜的,连着眼镜腿还有一根线,围绕在她的脖子上。摘下来的时候,眼镜垂在她胸前,就像胸部放大镜。当我从后面上她的时候,眼镜在她胸前被震得上上下下跳跃,好像提醒她什么似的。

"你戴眼镜吗?"我问。

"戴,不过摔坏了。我现在几乎是抓瞎的。"她说着,咬了一口带头发的沙拉,又慢慢从嘴里抽出发丝,大声叫服务员过来。"这沙拉里面有根头发。"她说。

"这太不寻常了,"服务生语气冷淡地说,"需要给您换一份吗?"

[①] 好莱坞运动型美女,电视版《霹雳娇娃》主演。

"我们还是等等披萨吧。"我说。

"别说我了,"她对我说,"谈谈你吧。你在教书,是吗?"

"是的。"我回答,没再多说什么。

"好吧,跟你说吧,我一直都在想你,但我记不得你研究的是拉瑞·弗莱恩特还是尼克松了,又或者是乔治·华莱士[①],我老是记得这个名字,是不是因为他被枪杀了?"

"华莱士和弗莱恩特都是被枪杀的。华莱士是一九七二年在马里兰州的劳瑞尔做竞选活动的时候被一个叫亚瑟·布雷默的家伙枪击的,这个人的日记后来还被改编成了电影《出租车司机》,这件事也促使约翰·辛克利[②]将枪口对准了罗纳德·里根。拉瑞·弗莱恩特是一九七八年在格鲁吉亚被一名狙击手射中的,他当时因为猥亵罪正在受审。这些年,他一直都坐着镀金轮椅到处招摇过市。"

"我爱死你这种博学多识的范儿了。"她说。

"我是历史学家,"我说,"事实比这更复杂。人们一直在揣测,这个布雷默是为谁工作的?他是站在哪一边的?尼克松是否曾成功地在布雷默的公寓里塞入了麦戈文运动[③]的资料?如果真是这样,那他是为了政治宣传还是为了掩盖真相?"我说着说着停了下来,看着谢丽尔的脸。我发现我在想的是,在她精神失常的那段时期里,她究竟和多少个男人一起"午餐"过?她的丈夫知道吗?

[①] 美国保守派政治家,遇刺受伤后腰部以下永久瘫痪,退出竞选州长。
[②] 此人在审讯中表示刺杀总统只是为了引起女演员朱迪·福斯特的注意。朱迪主演了《出租车司机》。
[③] 乔治·麦戈文在1972年总统竞选中败给尼克松,后者得以连任。

"他不知道,"她好像能读出我在想什么似的,"理论上,出于'康复'的准则,我应该告诉他。虽然我可能已经失去了理智,但我还没疯。他知道我的意识不清楚就行了,细节不重要。"

披萨上来了。热腾腾、黏黏的,确实诱惑非凡。我吃第一口的时候烫到了口腔。等我撕下第三片披萨吃完之后,我就只能咂吧自己口腔上的伤口了。

"说说朱莉·艾森豪威尔吧,你们很亲近吗?"我努力剥我盘子里的芝士。

"她人很好,但我不会说我们很亲近。除了知道我们是远房亲戚之外,我对她一无所知。我,我不是那种搞政治的人,我更倾向于社交,我是社交型的。但我想这一点你早就已经发现了。"

"这些事情你以前经历过吗?"

"什么样的事情?"

"所有这些事情。"

"我在大学里患过抑郁症,谁都不知道。我在床上躺了一个月,然后我就起来了。"

"你不用上课吗?"

"用,我会起来上课和吃饭,然后回床上躺着。"

"所以你不是真正的抑郁瘫痪?"

"我当时感觉自己快要死了。"她看着我的眼睛,认真地说。

"然后就好了?"

"我只是能按照人们的期待行事罢了。"她说话的声音紧绷,悲伤,好像失去了一些永不再复得的东西。

"在电话里,你提到了一些关于'我们的时光'的事情?"

"是的,"她舔了舔嘴唇说,"你给我留下了深刻的印象,好像某种从未有过的时刻终于到来了一样。"

"某种时刻?"我问。

"非常愉快的时刻,"她说,"我觉得那非常迷人,就好像发现原来我一直都在等待着什么发生。"

"好运降临我头上一样。"我补充道。

"差不多,"她说,"而你是那么迷人,仿佛来自全然不同的另一个领域——一个甜蜜的领域。在这之前,我所知道的只是十六岁的小男孩感兴趣的东西,我的丈夫总是滔滔不绝地谈论那些船啊,车子啊,度假啊,想要什么样的玩具啊,以及遥控这个,遥控那个,等等。"她面带愧疚地看着我,"我真的出问题了。"她说。

"什么问题呢?"

"就是,当我恢复了之后,我记得我喜欢你,所以我才给你打了那通电话。但现在我有一个真正的问题。"她举手示意服务生过来,"我能点一杯酒吗?"

"来杯阿诺帕玛①如何?"我建议道。

"我要点白的,"她说,"一大杯。"

"需要点一瓶吗?"服务生问。

"一杯就可以了,谢谢。"她说完,服务生走了。"总而言之,我无意冒犯,我还是很喜欢你。我不知道为什么。这很荒谬,但我就是喜欢你,我也知道我不应该这样。我重新吃药,变回了我自己,或者说是'更好的'我自己。但不管怎样,我还是想要你。还有更奇怪的呢,如果你想听点奇怪的事情的话。我曾经遇到过一

---

① 以美国高尔夫球员阿诺帕马的名字命名的不含酒精的鸡尾酒。

个男人，一个年轻人，喜欢收藏总统面具。他大概有四十多个著名人物的脸，他喜欢和女人做爱的时候玩角色扮演，这样对方就可以想象自己是在跟肯尼迪做爱，或者跟林肯玩小狗式。或者是把人绑在讲台上面，假装对着手捧皮面装订本的吉米·卡特[①]俯首称臣。总之他的花招数不胜数，但唯一的问题是……是……他不是你。他就像一个假冒的历史学家，而你是货真价实的。所以，我该怎么办？"她问。

我不知道该说什么好。于是我一只手撑在下巴上，紧锁眉头，我称这种姿势为"桑普姿势"[②]。在《小鹿斑比》里面，桑普说过："如果你找不到什么好的话说，就什么都别说。"这是个很好的建议，可以追溯到一九四二年以前。她依然看着我，眼神里充满了热切，等待着。"我不知道说什么好。"

"说你也要我。"她说。

我自己也曾做过两次模仿总统的游戏，只是为了减轻压力。

她的酒上来了。她拿起酒杯，两大口就喝完了，然后又点了一杯。

"你瞧，"我试着让自己的表达充满柔情，"我不认为我们应该做任何让你置身危险的事情。我不想做任何对你的健康不利或者是将你的婚姻和家庭置于危险的事情。现在，就这样吧。这不是什么现在就必须解决的问题。"我抬起手，示意服务生过来结账。

[①] 吉米·卡特 (1924–)，美国第39任总统，政治家，作家，获2002年诺贝尔和平奖。

[②] 桑普，奥地利作家弗利克斯·萨尔腾 (1869–1947) 所著《小鹿斑比》中斑比学走路之前交的兔子朋友。

"我们可以下周再一起吃午餐。"

"我想要的不只是午餐。"她说。

"我不知道该说什么。"

"说你要我。"她又重复了一遍。

我什么都没说。账单上来了,我甚至没有看一眼账单就把信用卡递给服务生。我要离开这里。

她的双眼噙满泪水。

"别哭,这样很好,我们过得很愉快,披萨很美味。"

"你真好。"她说。

"说真的,我不好。"我说。

我们一起朝停车场走去。就在我要和她告别的时候,她把我拉到两辆停着的车中间,把包甩过自己的肩头,然后开始摸索我的裤裆。"你需要我。"她边说边用力握住我的家伙,"我是你的未来。"

星期一的课在我的教学大纲里是这样描述的:"尼克松在中国:改变世界的一星期。"这句话直接引用了这个伟人自己的话,描述的正是一九七二年尼克松访华之旅。这段实际上八天的旅程是一场精心安排、特地为电视转播而炮制、由一位忠诚的激进主义者赢得的空前的外交胜利。事实上,当尼克松第一次向他的人民传达这个主意的时候,他们都以为尼克松只是开玩笑而已。以尼克松的手段来说,总统表面上是在后退,实际上却借着中苏关系出现裂缝的时机,顾虑到这个世界上人口最多的国家正"生活在愤怒的隔离之中",于是借由波兰和南斯拉夫的渠道完成了与中国的外交。尼克松的这场大胆的缓和政策增加了美国与苏联谈判的筹码，导致美苏之间限制战略武器的第二次会谈，并缓解了冷战的紧张局势。我最喜欢的情节是：一九七一年七月，基辛格本来在巴基斯坦赴晚宴，席间他突然装病离席，飞往中国，秘密会见周恩来总理，由此奠定了尼克松访华的基础。总统的这次访问满溢了双方蓬勃发展的友谊之情，尼克松游览了长城，观看了乒乓球和体操表演，当然还有第一夫人帕特身着一袭红色大衣的场景，令人印象深刻。

一九七二年二月二十一日，在北京举办的招待宴会上，尼克松总统向中国国家主席毛泽东举杯致辞，他说：

> 我们将给我们的孩子留下些什么样的遗产呢？他们的命运是要因那些让旧世界饱受苦难的仇恨而死、还是因我们缔造一个崭新世界的远见而活呢？我们没有理由成为敌人。我们哪一方都不企图得到对方的领土，我们哪一方都不企图统治对方，我们哪一方也都不企图去统治这个世界。毛主席曾经写过一句话："多少事，从来急，天地转，光阴迫。一万年太久，只争朝夕。"现在是只争朝夕的时候了，是我们两国人民攀登那可以缔造崭新的、更美好的世界，拥有伟大高峰境界的时候了。

几天后，我接到一通电话。刚开始，我并没有听到铃声，是答录机应答的。

"我相信你已经意识到了这一点，无论我们是否决定继续，我们的工作都必须严格保密。"

我拿起话筒。"当然。"我还没反应过来电话那头说话的人是谁就应声道。

她继续说:"从某些方面来说,我们将一起合作一段时间。但现在,我想了解一下你在那里工作的感受……"

"在哪里?"我想得到点提示。

"那些稿子里。"她说。

"不好意思,"我说,"我可以冒昧问一下,您是谁吗?"

"朱莉·艾森豪威尔。"她说。

"哦,当然,很抱歉。"我深呼一口气。

"感觉怎么样?"她问。

"太神奇了,有种梦想成真的感觉。我就像一个掉进了糖果店的小孩一样,近距离且如此私人地接近梦想中的人。手握他写的稿子,感觉就像在做梦,仿佛能感受到他的手指的分量,他的笔触的压力,以及他需要表达自己的急迫感。这是——"我深呼一口气,"非凡而完美的体验。"

"那些材料本身怎么样?内容方面你觉得怎么样?"

"哦,作品本身有一种不羁的自由,缺少一些个人意识,故事出人意料地非常直率,想象力和情感都很有深度,或许应该说,有一种凄美的悲怆感。这些都是人们不常与您爸爸联系到一起的。还有,这些故事描述了对小人物和平凡男人的理解,这种描述使您的爸爸更具有人性,也使得读者对他的历史观、他的价值观以及他自己个人的成长和发展有了更深的感知。这些作品使您爸爸的形象更加立体化了。我觉得,我想说的是,这些东西有助于重塑对他性格历史的定义……您爸爸是他那个时代的经典人物,他有远大的抱负,努力拼搏。他抓住了美国的重要转变时刻,总结了美国灵魂里的黑暗,改变了二战之前和之后的人。"

"所以你觉得那些材料可能做一本书喽？"

"正如您所了解的，我不是研究文学的学者，但我被这些作品深深地迷住了，我看到了您爸爸的另一面，一个我从不知道其存在的一面，描述了一个辛勤工作的男人是如此他妈的渴望得到人们的关注。我想到了阿瑟·米勒的《推销员之死》。"我说着说着，突然打住了，回想起历史闪回的某场批判。米勒被传唤到非美文化委员会的办公室里，当然了，尼克松在这个委员会里扮演了至关重要的角色。米勒当时拒绝透露他们想要的名单，于是被贴上了藐视国会的罪名。我一说到米勒的名字，就唯恐自己搞乱了某段历史而无意中言语冒犯了她。这也恰恰证明了我一向的主张：要了解人物的历史并且不能忘记这一点的重要性。于是我沉默了。

"我正好想到，最近百老汇正在上演米勒的作品吧？我忘了是哪一部，但我和大卫本来计划要去的……"

我于是继续说："总之，书稿中好像提到过《纽约客》，他写的故事里也回应了一些经典美国作家的作品，例如舍伍德·安德森[1]、理查德·耶茨[2]、雷蒙德·卡佛[3]……与其说他们的作品关心的是政治，不如说关心的是人，男人和女人。还有，你知道的，在我们和他们之间，在左派和右派、蓝色和红色、个人和政治之间，

---

[1] 舍伍德·安德森 (1876–1941)，美国小说家，被福克纳誉为"我们这一代的美国作家之父"，创立了"芝加哥文艺复兴"学派，是一个反工业文明、反城市、崇尚乡村生活与传统美德的文学流派。

[2] 理查德·耶茨 (1926–1992)，美国小说家，一生著有七部长篇小说，两部短篇小说集，一生落魄不堪。

[3] 雷蒙德·卡佛 (1938–1988)，"美国20世纪下半叶最重要的小说家"，是继海明威之后美国最具影响力的短篇小说作家，为美国文坛上罕见的对于"艰难时世"的深刻观察者和表达者，被誉为"新小说"创始人。

总是有一条狭隘的分界线……"

她在这里打断了我：

"我不怕那些民主党，西尔弗先生，"朱莉说，"我知道你对我爸爸有着很深的感情，远远超越政治的一种情感。我们希望有人能对这些作品本身做些什么，我们愿意请你把这些作品打磨成型。"接着她说，她想知道我是否认为这盒子里的手稿能编成一两本书，如果可以的话，她将进一步安排后续流程，并提醒我下次别忘了带身份证件，然后大笑了起来。

"显然旺达已经呈给了你全面的报告。"我有些尴尬地说。

"没关系，"她说，"我妈妈也常干这种事儿，她常出门忘了带钱包，然后我们总能接到类似的电话，说有个女人在某某地方坚称自己是理查德·尼克松夫人……现在我们已经不怎么让她单独出门了，不是我就是特雷莎，会陪她一起出门。"

最后，朱莉提出要付我七千五百美金作为启动资金，并和我签订合同。后续的进程中，到底是要中止合作还是继续合作，要看我八周之后的工作状况和进展而定。

"听起来很不错。"我说。

"我们后续再谈吧。"她说完，挂了电话。

我和朱莉的通话刚结束，电话铃又响了起来。

"我希望你能明白，我不会轻易放弃的。"一个女人说。

我陷入了沉默。

是朱莉重拨回来的吗？还是"她"？我坐等对方说更多。

"你在听吗？"她问，"你准备好要我了吗？我为你准备好了……我准备得很好。我等着你。"

"我们应该试着建立友谊。"

"我没想和你当朋友,"她说,"我要你不断猛干我的私处,我要最硬、最快、最频繁的那种。我要你一遍又一遍地干我。"

"你和其他人也这么搞吗?还是唯独看上我了?"

"我不贪心,我只选你,只有你和我的丈夫。"

"那他是怎么想的?"

"他想让我假装妓女,为了嫖资跟他讨价还价。他喜欢在完事儿之后当着孩子们的面付钱给我。我完全搞不懂他为什么会觉得那样做特别有趣。我什么时候能见你?说真的,要不然我今天下午来你家?"

"不可能。"

"我还以为你是一个人住呢?"

"我养了宠物。"我说。

"什么宠物?会吃醋的猴子?"

"这不是我家,我只是来做客的。说来话长。"

"那么去汽车旅馆?"

"咱们要不然一起吃个晚饭、午饭或者喝咖啡怎么样?"

"我想让你的那玩意儿填满我的洞。"

"听着,如果你继续满嘴黄腔的话,那么咱们就别往下聊了……"

"你是在逗我,对吗?"

"我逗你?"

"我是在网上认识你的,然后见了面。如果你不按我说的做,我可以告你强奸我——我还留着你来的那天我穿的内裤呢——我可不是逗你。"

"你什么意思?"

"我把每次见面的时候我穿的内衣都保留着,以防万一。"

"以防万一哪天你需要敲诈对方?"

"要不我们就在电话上做吧,我能用说的让你做起来。"

她其实是想把我卷入一场跟她的电话性爱中,即便我想做柳下惠,也难免慢慢沦陷入她的诱惑。

"我一直觉得我应该帮你——而不是跟着你走入歧途。"我一边说一边开始拉下裤链。

"我都湿透了,"她说,"我的手在摸下面,我在流蜜了——我只等被你这把枪射中了。我想让你干我。我想感受到你的小球打在我的臀上。我想让你从后面干我,掐我的乳头,用力掐。"然后她开始呼喊——我想不出更多的词来描述那种声音——那是一种亢奋的、万马奔腾的声音,就像竞技牛仔一样,而且我很清楚她不是装出来的。随着她奔向高潮,我也越来越兴奋,好像根本停不下来——我坐在乔治的办公椅上,就在我爆发的前一刻,我转离办公桌,旋转着转椅,然后一泻千里,射在了乔治的书柜上,射在他那几卷《美国历史》和镶银框的家庭照片上。

我马上抓了一张纸巾,忙不迭地擦干净。"我得挂了,"我说,"我这边乱成一团了。"

她大笑:"我就知道你忍不住。"

诚如所言。

没过多会儿,当纳特打来电话的时候,我有一种被捉奸在床的心虚感。我接起乔治书桌上的电话,用明显不太自然的喉音打了声招呼。

"你还好吗?"

"很好。"我清了清嗓子,尽可能恢复正常。

纳特总是充满了精力,有各种想法,一分钟之内就能思接千载。相比之下,我觉得自己简直僵化了。

"你在哪儿?"他问。

"你爸爸的书桌边,我在工作。"

"我们可以视频聊天,"他兴奋地说,"我之前怎么就没想到呢?爸爸的电脑右边有个摄像头,设置好的。你只要按下迷你播放器最下方那个蓝色按钮就行。等一下,"他说,"我来呼你。"几秒钟后,电脑发出了呼叫声。"点'接受'。"他说。我想都没想就点了。

纳特出现在屏幕里朝我招手。"我看到你了。"他说。

"我也看到你了。"我对着电话话筒说。

"我们可以挂掉电话了。"他说。我照做。

"你能听见我说话吗?"

我能。电脑上竟然安装了摄像机,这太可怕了。要是有人一直在监视我怎么办?"这玩意儿叫什么?"

"Facetime、iChat,或者Skype,①"他说,"看你用什么程序,反正功能都差不多。"

"你能看到什么?"我问纳特,想知道这东西的分辨率有多高。

"我看得到爸爸的整间办公室,他的书柜,他的奖状。我能看到你身后的一切。我不知道自己之前怎么就没想到呢!我们可

---

① 此三种皆为视频聊天工具,分别由苹果公司和微软公司推出。

以这样面对面地聊了……"

"是啊,我们可以这样一直聊下去了。"我还在回味之前的举动,同时思索着我后面的书架上有没有留下任何证据,比如我漏掉的某些……

视频聊天很像太空站里宇航员之间的对话模式,画面比声音有一点点延迟。我想象这画面是从外太空传送的,像素化的,就像某种奇怪的后现代动画片。

"你好好好好!"我呼叫。

"你不用吼,"纳特说,"我在图书馆里呢。你用正常的声音说话就可以了。"

"好的。"我轻声说。

"你准备去哪儿休假?"纳特问我。

"你指什么?"

"长假就要来了,我在想我们可以去哪儿玩。"

"每次放假你们都会去什么地方玩吗?"

"是啊。"他说这话时几乎带着点儿高高在上的语气。

"艾希莉也跟你们一样放假吗?"

"没错。"

"感觉这样毫无理由地出去旅行有点儿奢侈啊。"我说。

"有时候人们需要休息一下,出去走走。"

"你们通常都去哪儿?"

"去阿斯彭①滑雪,有时候会去加勒比海②,或者来一场教育

---

① 美国中西部滑雪胜地,商人聚居区和度假地。
② 世界著名的冬季度假胜地。

探索,比如去探访海龟的栖息地加拉帕格斯群岛①。"

"那夏天呢?暑假怎么办?"

"有夏令营啊,暑期学校,旅行,有时候会去葡萄园。妈妈都总把一切都安排好的。我肯定她早就计划好今年的行程了。"

"不错。那么,关于这次即将开始的假期,你有什么计划吗?你自己有什么想法吗?"

"还没有。要是你也想不到什么,我们就去迪斯尼乐园吧。"

"一个在南非建造自己的学校的孩子,怎么会想去迪斯尼呢?"

纳特沉默了片刻。"我也是人啊,"他终于吐露心声,"你以为那些在南非的小孩就不知道米老鼠了?他们也会穿印有米老鼠的T恤衫啊。所有那些放在购物中心停车场里的慈善箱里的衣服全都被卖掉了,卖给外国的那些穷人而不是送给他们。我们还一直以为自己是在做慈善捐献。"

"我不知道。"

"没人知道,但这就是为什么每次纪录片里出现那些贫穷落后国家里的孩子时,他们身上总是穿着印有美国字母或口号的T恤衫。还有,那个小男孩怎么样了?就是那个孤儿,我们能带上他和我们一起吗?"

"这确实是个值得思考的问题。"我哑然,在这之前我还从没带孩子出去旅行过,更别说带两个孩子,哦,更别说是带两个孩

---

① 南美大陆以西1000公里的太平洋群岛,被称为"生物进化活博物馆",达尔文考察此地后提出了著名的"生物进化论"。

子和一个孤儿了。

"他叫什么名字?"

"我不知道。"我说。

"你怎么会不知道呢?你不是去医院看过他吗?"

"我只是顺便去看看他,留下了些礼物,就走了。"我边说边想,我会不会曾经知道过他的名字只是后来忘记了呢?我也觉得很奇怪。"我会去查一查的,"我说,"既然跟你通了电话,你是否想知道你爸爸的最新状况?"

"不想。"纳特说。

"好吧。"我说。我不想强迫他接受,但我有点不太喜欢这种只有我一个人了解状况的感觉。

"那么,我们是不是可以带上艾希莉,三个一起开个会,讨论一下旅行?"纳特问我。

"当然可以。我们可以同时和艾希莉通视频电话吗?"我说话的口气很柔和。

"不能,"纳特说,"她们学校不允许学生视频聊天,害怕有人入侵或者别的什么。"

"好吧,那我们这周末和她做个常规通话。"

那之后又过了几天,某天晚上,我和两个孩子同时在电话连线中,我说:"我们这通电话的目的,是要制定一个度假计划。"

"来点儿有趣的。"纳特说。

"比如呢?"我问。

"坐过山车。"纳特说。

"有客房服务的地方,"艾希莉说,"不要去太热或者太冷的地方,也不要全都是室内活动。"

我也不知道为什么,最后我们决定了去威廉斯堡,这要归功于纳特,电话会议的过程中,他一直都像个导游一样为我们上网搜索,根据我们的要求进行筛选。

"那里是历史文化胜地,有客房服务,而且靠近布什游乐园和一个水上公园,那个水上公园好像叫'大郎屋'。如果我们要求,可以直接住在'大郎屋'里面,那里有双层床,还有内置的小木屋,附近还有卡丁车道。"

我查询了一下纳特说的这些,同时想起来他还是个孩子,而他说的这一切对我来说就像是一场细菌大战,夏令营杀气腾腾地朝我冲来,还有孩子们的幻想——水滑道和炸薯条。我想象着那些百分百由聚酯制成的床单、裹着塑料的垫子,感觉那股子难闻的气味已经侵入了我的鼻窦。我又想起之前去看乔治的那个周末,哦,相比之下那样的周末比这种简直好太多了。但我什么都没说,有些牌我必须紧握在手里。

"我们能投票决定吗?"纳特问。

"当然可以。"我说。

"同意威廉斯堡及附近区域的有谁?"

我们都附和。

于是就这么决定了。旅行计划一定下来,纳特就开始不停地催我去联络那个孤儿。

正准备挂电话的时候,我的脑海里忽然灵光一现,想起了那个小男孩的名字,也就是乔治当时出了车祸后胡言乱语的时候,好像说到当时男孩的妈妈一直在叫喊着他的名字——"瑞奇,"我说,"他的名字不是瑞奇就是里卡多。"

"该怎么叫他呢?"艾希莉问。

"瑞奇或者里卡多。"纳特说。

"很好,"艾希莉说,"我们邀请他一起吧!"

我同意打这通电话邀请小男孩,尽管在我内心深处还存有诸多顾虑,担心让我的家人会过多地干扰那些早已经被我们深深伤害了的人的生活。可当我想到纳特和艾希莉,想到他们天真地以为用这些方式有可能修补伤害的时候,我还是硬逼着自己打了这通电话。

"是克里丝蒂娜·梅内德斯吗?"我缓慢地说出这个名字,因为在我之前的记忆中,不知道为什么,莫名其妙地开始叫她卡门·米兰达,而且我肯定自己会在不知不觉中当着她的面叫错名字。

"她不在家。"一个男人说。

我正要问是否可以留下自己的名字,他已经把电话挂了。

晚上,我又打过去。"卡门在吗?"我问。

"你打错了。"

"我想找卡门,是关于一个小男孩的事情。"

"你打错了,她不叫卡门,是叫克里斯蒂娜。她还没回来。"

"不好意思,"我这才发现自己说错了那女人的名字,"她什么时候能回来?"

我一边打电话,一边查看厨房里的东西,冰箱上贴着孩子们的照片,看上去已经贴了好多年,是以前贴上去的东西,现在被盖上了日久经年的黏胶,上面还沾着橙汁、牛奶和溅出来的意面酱等渍。

"我能给她留个口信吗？我真的有事儿要找她。"我边说边随手捻起一张报纸快递员的贴纸，已经深深地黏在冰箱上面了，揭起来后看起来更恶心了——总之，这一块需要全部撕下来，再用小刀一点点儿把残留的贴纸刮干净。

"等等。"

"喂。"一个女人用充满狐疑地语气对我说。

"嗨，"我说，"我是……"

"我知道你是谁。"

"不不，"我说，"我是他哥哥，是孩子们的舅舅。"

她没再说什么。

于是我开始说话，把我所知道的一切原原本本地说了出来，包括那些我觉得难以启齿的。"那个杀死孩子爸妈的男人的孩子觉得很难过，他们很担心小男孩现在的状况，他们尽可能地想要帮助他……"这样的话说出来真的很尴尬，但我不知道该怎么表达最好，"我准备带孩子们去威廉斯堡，他们想邀请小男孩一起去。"

"什么？"

"你问威廉斯堡？那是在弗吉尼亚州的一座古城，从前是种植园。约克城开战之后，这块地方就成了美国资产。我想，那儿也是美国革命方兴未艾之地[①]。去那里对孩子了解美国的历史很有帮助。"然后我跳转话题，"那附近还有游乐园。孩子们觉得小男孩可能会喜欢，当然，你也可能会喜欢。"

---

① 此处指美国独立战争，威廉斯堡是全美最初独立的13个殖民地之一，也是最富裕发达的弗吉尼殖民地的首府。约克城是英军向华盛顿投降之地。

"我得工作。"她说。

"如果你能抽出些时间，我们会补偿你损失的薪水，"我说，"我们会出去玩两天，过一个长长的周末。"

"他还有一个很深的痛苦。"从她的声音中听不出任何情绪，所以我很难知道她指的是什么。

"车祸的伤痛？"

"不是，"她说，"他有个很深的痛苦，他有学习障碍症，简称ADD, DDD, BPI之类的。我得给他吃药了。"

"哦，"我说，"好吧，孩子们想知道他是不是好点了，就像我说的，你也在邀请之列。"

她似乎不为所动，或者说，她压根没明白我在说什么。

"我会跟我丈夫商量一下。"她说。

"好吧，"我说，"谢谢你。"

我带着对自己的小小自豪感给简的爸爸去了电话。"我接受了您的建议。"我说。

"不可能。"他说。

"我就是那么做了。"我说。

"相信我吧。"他说。

"我要带孩子们出去度假，我们打算去历史古迹威廉斯堡。"

"我知道，"他说着，顿了一下，接着又说，"可我的建议是你他妈的最好死去地狱，你和你那混蛋弟弟。你们带走了我美丽的女儿，上帝知道你们会怎么对待她的孩子。"

我整理思绪。"您说的没错，"我说，"已经发生的一切确实不可原谅。可我想让您知道，我听从了您之前说的话，正试着尽我最大努力地为孩子们做些事。"

"蠢货,"他说,然后是一阵停顿,"那你还打来电话干什么?"

"您曾建议我带孩子们去别的地方。我想让您知道,我们要去威廉斯堡了。"

"你指望我为你们的行程买单,是吗?你以为威廉斯堡跟以色列是一个地方吗?别想从我这儿得到一个子儿,混蛋,一毛钱都别想!"

"我没想问您要钱,我只是想让您知道一下。我们会寄给您明信片的。"说完我挂了电话。

再次跟纳特通电话的时候,我告诉他,我给小男孩的小姨打过了电话。

"今天是什么日子?"纳特问。

"你指什么?"

"日期?"

我告诉他今天的日期。

"我知道了,"他说,"是妈妈的生日。"

"没错。"我其实刚刚意识到。

"我们是不是应该做点什么?弄一块蛋糕,插上一根不点燃的蜡烛之类的,某些具有象征意义的事情?"

"你可以那么做。"我说。

"好,"他说,"我会问学校厨房要一块生日蛋糕,然后插上一根不点燃的蜡烛⋯⋯"

"我会去墓园。"我说。

"去干什么?"

"去看看，跟她说说话……"我越说越觉得自己说得很糟糕，我想象自己站在简的墓碑前为她唱生日快乐歌的蠢样。

我们都沉默了……

"那男孩的家人怎么说？"纳特问。

"他们要再想想。"我说。

"我希望他能跟我们一起去。"

"为什么？"

"这件事已经很糟糕了，"纳特说，"我们必须做一些对的事情，而这是我们能够为他做的。"

"我也这么希望。"我很惊讶自己居然会这么说。

我去了墓园，开着车在那附近转了两圈。这里看上去没什么变化：散停的车子，挖墓人，还有人正在举行葬礼。墓园不允许在地面上做任何标记，所以这里一望无际地平坦，让人有一种世界末日的感觉。这里也没有如雨后春笋般蓬勃生长的小树苗，只有一棵孤零零的老榆树。

我不记得简的墓地的位置了，只能去办公处查询。"麻烦帮我签一下到访记录。"办公桌边的女人催促我，但我没有照做。

我本应该带束花来的，但墓园不允许带花进来。要知道，没有新鲜的花束，也就意味着他们不必费力气去打扫、清理那些枯萎的花束了。

我终于摸索对了方向。一走出车门，站在一块小小的山丘上的时候，我看到了她——简的妈妈西尔维娅。我看到她的一刹那，下意识地想转身溜走，回到车里去，想给她一点私人空间，也避免与她正面打招呼。但是，我真的无处可去，除了往前走，根本别无选择。

"你好。"我主动打招呼。

她朝我点点头。

我们都望着墓碑。不知道是谁在这里放了几块石头,仿佛在暗示简还没有被人遗忘,暗示有人曾经来过。

"地方不错。"她说。

这句话真的很难回应。"是的,"我只能说,"确实是。今天是她的生日。"

"是啊,"她的眼睛放出光彩,"我还清楚地记得她出生的时候,好像就在昨天,但真的,昨天的事我其实都不太记得了。原谅我,"她说的语气好像真的在请求我原谅似的,"我在服药。我需要借助药力来让我平静下来。但是现在,我活得犹如行尸走肉。"

"我能想象,很不容易,"我说着,停顿了一下,"纳特给我打电话了,他也想在今天做点什么,我告诉他我会来这里。"之后我还跟她说了关于两个孩子更多的细节,说着说着我打住了,我发现她压根没在听。

"我知道你们的事。"她说。

我点头。

"简和我聊过……"

我没说什么,真的不知道能说什么。

"我也有过外遇,"她说,"她告诉我你们的事之后,我就告诉了她关于我的事。"

"你和谁有外遇?"

"戈德布拉特,"她说,"那个牙医。还有特洛辛克西,孩子们的钢琴老师,他有一双美丽的手。我还和格拉尼克有过一夜情,不过没有真的发生什么,他曾在我丈夫的办公室里工作过一段时间。当然,我丈夫对此一无所知。"

"当然。"

"简很喜欢你。"

"我也很喜欢她。"

"但这值得吗?一小段的……无论你们认为那是什么,但都是以我女儿的生命为代价。"她的口气仿佛这一切仍难以置信一般。

"确实太不寻常了。"

"你是指你们的外遇?"她充满怀疑地看着我说。

"我是指谋杀。"

她顿了一下。"你妻子是个外国人,"她说,"她嫁给你只是为了合法定居。"

"是我前妻,"我说,"她是美籍华人。她出生在这个国家,毕业于斯坦福大学,是美国大学优秀毕业生全国荣誉成员,她的爸爸也是诺贝尔和平奖的最强候选人之一。"

"我从不知道这些。"她说。可这些能说明很多事情。她把一个小小的蓝色蒂凡尼珠宝盒子放在墓碑边的泥土里,来年,这里就会有标记了。

"你给她买了礼物?"

"我没那么傻,"她说,"盒子是空的。她喜欢那种小小的蓝色盒子。"

回家的路上,我在车里考虑着要不要给乔治打电话。我在头脑里想象我们的对话:"今天是简的生日。我不知道你是不是还记得,但我觉得我应该看看你。"

"你上了她。"他说。

"我不是为了这个打来电话的……"想象到这里,我决定还是不给他打电话了。

男孩的小姨克里斯蒂娜打来电话,说她有两个问题:首先她想确认一下这次出行的一切费用是不是都不用他们承担。

"这是当然的,一切都由我们承担。"我说。

接着她说:"我丈夫想知道我们要不要带帐篷?"

我不确定这帐篷的主意是从哪儿冒出来的,她这么一说,让我有点莫名的紧张。

"不需要帐篷啊,"我说,"我们会住在屋子里。只需要带几件换洗衣服和盥洗用具就行。"

"好的,"她说,"那我们去。"

我去克里斯蒂娜家门口接他们。她的丈夫随他们一起出来,提着两个硕大无比的行李箱,还有一个双肩包和一包零食。小姨经过一番收拾打扮,穿上她最好的牛仔裤,套了件漂亮的羊毛衫,登了一双高跟鞋。里卡多看起来呆呆的,神情有些紧张,突然间又表现得过度兴奋。我一看到他就觉得很不喜欢。他穿了一双亮黄色短袜和一件过大的蓝色洋基队T恤,所有这些加在一起使他看起来就像是一团巨大的、正在融化的、无以名状的东西。我们的车驶过特伦敦[①]的时候,我改变了主意。难道只有我一个人被里卡多的游戏机发出的噪声弄得抓狂吗?难道其他人都听不到吗?"你

[①] 新泽西州首府。

能不能关小声一点儿？请你能不能关小一点声音？关掉怎么样？或者我们关一会儿怎么样？休息一下行不行？拜托了，我非常友善地请求你。好吧，我求你，你再这样不断发出噪声，我根本没办法开车。"然后他开始不停地用脚踢我的座椅后背，并不断开关车里的自动窗，导致车里的气温变来变去。纳特和艾希莉对小男孩用西班牙语说了些什么，他大笑起来，把游戏机放一边了。小孩子发出一种非常奇怪的、几乎像动物一样的笑声，非常令人厌烦，然而又非常真诚且吸引人。

我问他的小姨是哪里人。我猜测她应该来自哥伦比亚或尼加拉瓜。

"布朗克斯[①]。"她说。

"你原来住哪儿？"

"布朗克斯啊，"她重复道，"我爸爸是一座大楼的临时雇员，我妈妈开了一家小店。"

这位小姨的丈夫每隔二十分钟就会打来一次电话，真不知道是出于嫉妒还是怕这女人会和谋杀犯的哥哥以及两个孩子就此远走高飞。

与此同时，里卡多除了发出超大的笑声之外，还表现得异常亢奋。他从头到尾就没有安静下来过，除了吃难闻的木瓜和吹出爆炸声模仿放屁之外。

到达特拉华州纪念大桥时，接完丈夫的第五通电话之后，这位小姨终于崩溃了，说："我受不了了！我不可能照顾好所有人啊！每个人都想得到我的关注，我真不懂了，男人就那么不能照顾自

[①] 纽约最北端的一个区。

己吗?他们就不能给自己做顿饭吗?他在饭店工作呢,你想不到吧?只有我一个人。我不可能每时每刻都围着每个人打转啊。都没什么时间可以留给我自己吗?上班时我为别人工作,下了班回到家我要为他工作,然后还有我父母,他们也需要我的帮助。我丈夫竟然还说我没有以前有趣了。我以前常常笑,和他一起去海滩玩儿,或者看他和他朋友们比赛遥控赛车……"我点着头,希望在我驶过大桥的过程中她能一直说下去。不知道为什么,我好担心她会突然跳下车,冲出护栏直冲下去——要是她真那么做了,我也不能怪她。

"他就是离不开我,我连做梦都想逃离。我梦见我得到一份新工作,照顾一个非常非常老的男人,他整天只会睡觉,早餐吃麦片,晚餐也吃麦片,其他时间都在睡觉。他没有牙齿,所以他不会咬我。我和这个男人相爱,他的家人都很高兴,好吧,也许不是真的很高兴,反正会假装他们很高兴。他坐在轮椅上,我们举行了婚礼,然后他带我去做水疗,我很早以前就已经准备好了T恤衫——'峡谷农场'①的,我是从我一个表妹那儿得来的,她是做家政服务的,从她的一位女雇主那儿得来这件T恤。他带我去'峡谷农场'度蜜月,还说:'我就知道你会喜欢这里,因为你的T恤告诉我了。'"

她继续不停地说啊说,我一直听着,时不时地点头迎合,偶尔附和几声"嗯,啊,哈",或者"我能想象这有多难"。

不知怎么的,坐在后面的孩子们也感觉到此时此刻最好不要插话,好像有什么代表沉默的幕布拉了下来,他们都安静地和小

---

① 位于拉斯维加斯的水疗俱乐部。

男孩玩着游戏机。

我们从特拉华州开到了马里兰州，经过了巴尔的摩①，然后进入华盛顿下城区。我带他们迅速参观了国会大厦、二战纪念堂、杰弗逊纪念堂、越战老兵纪念堂、林肯纪念碑、硫磺岛纪念碑和白宫。

当我们在一个个景点之间穿行游览时，我向他们讲述各处的历史。有一刻，那位小姨打断我说："为什么你觉得我的历史不同于你的历史呢？我也是在美国出生长大的。"

"但你的家庭不在此区。"我说。

"你也是。"她说。没错。

她丈夫已经打来了不止六通电话，就在我们准备回到车里继续前往弗吉尼亚州的时候，这位小姨宣布，她决定就此返回。她跟我交代了里卡多的用药情况，并写下了详细的说明书，告诉我什么时候怎么给他吃药。

"到底为什么吃药？"我问。

"为了帮助他在学校里集中注意力，"她说，"但有时候，药不管用的时候，他就会非常暴躁，还会用头撞墙。通常这时候，我喜欢把他赶出去。"

我们把她送到联合车站，在那里的终点站礼品店给她买了顶联邦棒球帽作为纪念品。克里斯蒂娜似乎松了口气，可以先回家了，而男孩也很高兴有艾希莉和纳特陪伴。

和男孩的小姨告别之后，我们继续开车前往威廉斯堡，正好在晚餐时间之前赶到。孩子们迅速开启旅行计划，艾希莉想要穿

---

① 马里兰州最大城市。

当地特色的民俗服装。我正要去游客中心给她租一件，纳特凑过来说："要想给你自己省麻烦，最好买件新的，以免有虱子。另外，她穿上之后不会愿意还回去的。"我采纳了他的建议。买完裙子，艾希莉又想要朝圣鞋，就是那种过去年代里穿的、不分左右脚的鞋子。于是我给艾希莉买了鞋子。男孩子们又想要三角帽和木头枪，刚开始我觉得这些东西肯定是安全的，但直到他们用它们当球棒和钝头剑，我才知道我错了。我们又去了邮局，纳特买了些旧报纸和各式各样的法律文件和宣言，艾希莉搜集羽管笔和粉状油墨，我则扮演着人肉提款机的角色。每当我给一个孩子买点啥的时候，就得给其他孩子也买点啥才行。每当我掏出钱包，他们就像一群欢快的小鸭子蹦来蹦去，但说真的，为什么纳特很少要东西呢？他不要什么东西，但是他会重复地说："给我钱就行了。"于是我每次给他十美金，或者二十美金。艾希莉不一样，她一会儿在银器匠那儿买点什么，一会儿又在陶器店里淘点什么，一会儿又给她老师买了支蜡烛，一会儿又……一会儿又……不知不觉间，我想，人肉提款机会长成什么样——是某个被贴了条的人蹲在市中心的一堆金币上吗？

我隐约记得很多年前曾来过这里，想起我还曾在约克城里买过一支黑色的木制长矛，箭头是橡胶做的，没过多久我就拿它作钓鱼竿用了。我们在一间历史悠久的酒吧里吃了晚餐，还观赏了夜晚的表演，在表演中我们都学会了跳弗吉尼亚舞。

"通常我们自己住一间房，爸妈住另一间房。"艾希莉看到度假村里的超大房间时说。

"好吧，但这一次我们要绑在一起。"我说。没有人提出异议。

我觉得待在酒店里比待在家里压力小多了，至少我不用担心煮饭、打扫这类事儿，而且，在这里感觉我好像有帮手，那些伸着胳膊捧着替换的枕头和毛巾的清洁工，还有一位永远待在他的桌子后面的年长门房，给我们提供了非常周到的服务：从舞会表演到农场旅行，包括军火体验的票，他几乎都能搞定。

里卡多被酒店的自助早餐吸引了。"这简直就像盛大的早餐派对，"他说，"就像教堂里举办的百家餐，你可以转一圈，随便取你喜欢吃的，然后一圈圈地转。"我给他吃了需定时服用的药，他用水服下药之后又吃了十片培根、四份松饼、半碗麦片、一大份煎蛋，还有一些丹麦肉桂卷。纳特和艾希莉已经习惯了学校的餐厅式餐饮，坚持早餐只吃麦片和水果，我佩服他们在饮食上的节制。

艾希莉觉得我们应该充分利用这段美好的时光好好享受，她想让我们半夜里拿着蜡烛在酒店周围转一转。我有点担心蜡烛会引起火灾，只同意天黑之后再拿着手电筒陪她转。我们几个用羽管笔和墨水给彼此写信或者留言，用蜡封上信封，再塞进纸飞机，在房间里扔来扔去，或用驿马慢递，里卡多驾着他的木马，那马每次只能走十五分钟。

每个孩子好像都能被房间里的某个区域所吸引，然后将那块领域占为自己的地盘。对艾希莉来说，浴室是她的"办公室"，纳特则霸占了房间里的书桌，里卡多在迷你吧台上玩得不亦乐乎，我只好请保洁员把吧台暂时清空，后来才在酒柜里找到吧台上原有的东西。我的私人区域似乎就是大床的一半，我和纳特共享一张大床。半夜，我翻身醒来，发现自己正和纳特熟睡的脸颊面对面，他呼吸香甜，表情舒适。

艾希莉一直很安静,常常待在她的"办公室"里,不是发短信,就是大半夜和学校的某个朋友煲电话粥。我进去的时候发现她已经在地板上睡着了,手里还握着手机,头枕着浴室的防滑垫。

"我一定是打瞌睡了。"我叫醒她时她这样说。

"你打着电话睡着了?"我问。

"一个朋友正在给我读故事。"她说。

"你朋友的父母难道没有规定他们最晚睡觉的时间,也不限制长途电话费吗?"

艾希莉耸耸肩。

"别担心,"艾希莉说,"是我打给她的,你也不用付长途电话费,都包含在住宿费里了。"

孩子们吃早餐的时候,我向门房的男人核查了一下,他告诉我艾希莉昨晚打了四百美金的电话。

"我们不会付这笔钱。"我要求跟经理谈。

"好吧,"经理说,"两百美金怎么样?"

"一百五十,绝不多付。"我坚持。经理接受了。

我什么都没对艾希莉说。我无法给孩子们下达明确的硬性时间规定,我很高兴她能有朋友多聊聊。

每当我看到里卡多的时候,都会一时想不起他的名字,主要是因为他穿的衣服上面清楚地写着"你好,我的名字叫",然后下面用荧光笔写着大写的"卡梅隆"。每次看到,我都要反应老半天。

"谁是卡梅隆?"我问。

"干吗?"

"你好,我的名字叫卡梅隆?"我指指他的衣服说。

"我猜应该是在我之前拥有这件夹克的人的名字。"他说。

"那你为什么留着这个名字在上面呢？"

"我喜欢啊，"他说，"我管这件衣服叫'卡梅隆'。"

然后我们都沉默不语了。

我们在威廉斯堡的法院门外等着艾希莉和纳特，他们想观看由演员扮演乔治·华盛顿做演讲的演出。这个时候，里卡多问我："你为什么要杀我的妈妈和爸爸呢？"

"我没杀他们，是我弟弟做的。我弟弟乔治杀了你的妈妈和爸爸。"我回答，既惊讶于他的直白，又惊讶于自己立马条件反射般的防备性语气。

"谁是乔治？"他问。

"乔治是我的弟弟，纳特和艾希莉的爸爸。"

"他也会杀我吗？"

"不，他不会再杀任何人，那是一场意外，是一场很大的意外。我真的很抱歉。"

"是你给我买的气球吗？"

"是的，我想看看你过得好不好。"我说。

"我怎么知道不是你杀的呢？"

"好吧，因为事故发生的时候我不在现场。我是后来才赶去的。乔治现在正待在一所特殊的医院里面，他已经失去了理智。"

"他杀了我的妈妈和爸爸。"男孩说。

"是意外，"我说，"然后他还杀了纳特和艾希莉的妈妈。"我不确定这孩子是否知道这事儿，也不确定我是否应该是那个告诉他这事儿的人。但无论如何，我只是想让他知道，并不是只有他失去了家庭。

男孩摇了摇头说:"他是有钱人,有一家超级大的电视台,他不需要杀任何人。"

"是呀,"我说,"他不需要杀任何人。"

这场对话让我震撼。难道是因为我没给他吃药?他怎么会突然问起这个?他怎么会思维如此清晰,难道真是因为没有吃药?我担心如果这种情况再次发生,他会不会变成无敌浩克①?

"你今天吃药了吗?"我问。

"吃了,"他说,"你早上给过我药了。"

纳特和艾希莉从法院里一出来,我们就一起去殖民厨房观摩现场制作冰淇淋,然后去吃午饭。我一直等着发生什么事,但什么都没有发生,我们继续着行程。

下午,宠物志愿者给我打电话:"你走之前看见猫了吗?"

我觉得这是个诱导性提问,反问:"它走丢了吗?"

"它生小猫了,"宠物志愿者说,"活下来六只,有一只不行了,没挺过来,我把它埋在后面的玫瑰丛里了。"

"我不知道它怀孕了,她从没提过。"

"我在想,我应该带它们全都去检查一下。"

"可以,"我说,"那样做很对。泰茜还好吗?"

"有点不太适应,"宠物志愿者说。"哦,它是在主卧室里生的小猫,所以我把主卧室的寝具都扔掉了,希望这样做没问题?"

"没事儿,没问题。"

"一有新的进展,我就会告诉你的。"他说完挂了电话。

---

① 绿巨人浩克,美国漫威漫画旗下创作的超级英雄形象。

我看起来一定很吃惊,因为孩子们全都跑来问:"怎么了?"

"泰茜生小猫咪了。"我说,他们则显得更迷茫了。

"泰茜是条狗。"艾希莉说。

"你说的没错。"我晕头转向地说。

到了第二天早晨,似乎除了我,所有人都提前知道了什么。孩子们穿着平常的衣服出来吃早餐时,纳特宣布,今天要去布什花园。而我是最后一个知道这个消息的人。

布什花园可不是"通常意义"上的游乐园,简直就是个贴了个欧洲品牌的钢丝器材大盛典:游乐设施上标注的都是德文——Der Autobahn, Der Katapult, Der Wirbelwind。①

里卡多特别兴奋,但仍有点害怕乘坐游乐设施,所以纳特和艾希莉结伴去玩那些刺激的,我则陪着里卡多玩一些适合比较小的孩子乘坐的项目,比如木马、红男爵等,他很喜欢。我们一和大孩子汇合,里卡多就飞奔出去,尽管我一直拉着他的手,却被他拽着又是跑,又是打旋,又是急转弯,朝左、朝右,像个傻子一样转来转去,直到最后,我吐了。

"哦哟!"我吐在三个孩子面前时,艾希莉惊叫一声。自打我们到这儿,我扫光了他们的垃圾食品:热狗、洋葱圈、吮指炸鸡以及他们吃剩下的冰淇淋。

我像侏儒一样趴在垃圾桶边一遍又一遍呕干我自己时,纳特说:"这样不太好吧!"我尝试着往桶里吐,但那桶口就像侏儒的嘴巴一样,怎么都吐不进去。最后我实在受不了了,不管不顾地释放了自己的嘴巴,吐得地上到处都是。然后,突然间,好像底盘

---

① 此处皆为游戏名称,分别指高速公路游戏、迷音幻阵游戏和自行高炮游戏。

被抽走了似的,我完全支撑不住自己,栽倒在地,躺在黄色地砖铺成的小路上,头枕着夹克衫。

"给我一分钟。"我边说边抹去下巴上苦涩的呕吐物。

片刻之后,我们好像被中央监控的某个网络摄像头发现了,一位体型超大的公园护士开着加大型高尔夫车过来把我和孩子们带去了办公室。我们坐在车上的时候,她说:"理论上,我们可以免费提供的东西有:嗅盐、姜汁、咸饼干、急救喷雾剂和创可贴。而且我们这儿有电击抢救器,我在史泰博专卖店买的,我骗他们说是打印机的增色器。"孩子们一起跟着进来了。房间里有一张钢丝做的船型简易床,还有两把椅子。护士接着告诉我,如果我付一百美金,她就给我吊一袋维生素和矿物质水。打一针维生素B12则需另加七十五美金。"你可以考虑一下。"孩子们坐下来的时候她说。我站起来,心想我能否在卫生间里等她。

"你们想来块饼干吗?"她问孩子们,"我这儿有巧克力小点心和女童子军饼干,我的女儿是女童子军队员,所以我一年要买五十盒。"孩子们每人拿了块饼干。"鉴于我这儿也会过来一些走失的孩子,有膝盖磨破了皮的,也有跟家人走散的小孩,所以随时准备着可以招待客人的东西是很重要的。需要准备这些东西来让孩子们振作起来,忘记疼痛……"

巧克力小点心的味道和孩子们嚼得嘎嘣作响的声音让我更加难受——我赶紧逃进了卫生间。

"冰,"她说,"我可以给你冰块。很多热症状和与食物有关的疾病,还有内耳问题,都会用到冰块。总之,人们感觉乱七八糟的时候,都用得上冰块。"

我在卫生间里看着她照顾孩子们,这些孩子在一盒盒饼干中玩得不亦乐乎。"别担心，很多老人也会这样，他们不习惯全天候照顾孩子，所以我这儿早有准备。"

我从卫生间出来的时候，她正在给孩子们看她的"垃圾卡车"，一个巨大的黄色塑料工具盒，就像那种在家得宝①随处可见的、装满各种零件的工具箱。

艾希莉递给我一块口香糖。"你的口气很糟糕。"她说。

"谢谢。"

"感觉如何？"护士问。

"你这儿有胃酸钙片吗？"我问。

"最后一片今早给我自己吃了，"她说，"不过还有这个。"她指着桌上一张写着购物清单长条的纸条说，"要不要再来两盒饼干？"

"当然，"我说。我拿出二十美金，孩子们便在她那硕大的物品盒里挑选饼干。护士递给我迷你瓶装姜汁和一根吸管，嘱咐我随身携带，慢慢地喝。

"我们一整天都在这里，跟公园的停车场营业时间一致，"她说，"所以，如果你需要帮助，尽管叫我，或者让别人叫我，他们都知道能在哪儿找到我。"

我伸出手来想和她握手。"别。"她说着，在自己手上挤了一大坨洗手液，并催促我们也来一点儿。我们都洗了手，各自拿了些饼干，和护士告别。在路边的加油站里，我买了一大瓶已经过期、定价却高于平常的胃酸钙片，迅速往自己嘴巴里塞了好几颗。

"像吃妙妙熊软糖似的。"艾希莉看着我说。

---

① 大型家居用品零售店，全球第二大零售商。

"是白垩小熊。"我说。

半夜,纳特胃痛醒来,让我陪他一起去卫生间,随后他用爆炸般的腹泻把卫生间弄得臭气熏天。

"快冲。"他一拉完我就说,他按下马桶按钮。我想找火柴点亮,但显然如今的酒店已经不提供烟灰缸和火柴之类的东西了。

"我包里有,"他说,"在外面的口袋里。"我甚至没来得及问他为什么会有这玩意,就跑去找来火柴点了一整包[①]。几分钟后,电话铃响了。纳特接起卫生间内的电话分机递给我。

"有什么事吗?"

"我们听到烟雾报警声,是从你们的卫生间传出来的。"前台有人对我说。

"我们没抽烟,是拉屎。"我说。我想,我们是不是被下毒了?难道我们将死于殖民地遗址的美食吗?

"抱歉打扰您了。"前台说。

"我以为我有一个正常的家庭。"纳特对我说,他在马桶上蹲得已经腿抽筋。我用嘴巴呼吸,并努力用心聆听他说话:"然后,突然之间,发生了这种事情,太不正常了。"巨大的放屁声爆发。"我不是指现在这个,"他轻敲马桶说,"我是说妈妈和爸爸……只是一通电话,然后我的生活就天翻地覆了……"巨大的放屁声夹着打嗝声传出来,空气中弥漫着恶臭。"对不起,"他说,"你不必陪我待在这里。"我耸耸肩。他坐在那里,突然说:"我要吐。"

[①] 此处为火柴除臭法,划燃火柴使之充分燃尽后丢到马桶内,火柴的磷成分燃烧后生成五氧化二磷,可有效去除厕所内的臭气。

我赶紧把垃圾桶递过去，幸好垃圾桶里套了个塑料袋。他一边狂吐一边赶我出去。我看着这孩子，难过极了："你觉得我们需要找个医生吗？"他摇摇头："不用，这种情况以前也发生过，我会没事儿的。"说完他又吐了。

"我想我们都中招了。"我面对眼前的境况，努力乐观一些。

"什么意思？"纳特问。

"先是我，然后是你。只能希望艾希莉和小男孩没事儿。"

"该死的巧克力点心。"纳特说着，往垃圾桶里又吐了一口。

"你觉得那孩子怎么样？"纳特问。

我没说话。

"我觉得他很搞笑，"纳特说，"有点像查理·卓别林。"

"哪里像？"

"走路的样子，一晃一晃的，还有他的面部表情，就像橡胶人。"

"你觉得他聪明吗？"我问。

"为什么一定要以这个标准来看待孩子呢？"纳特防御性地回答。

"问得好。"

我们回到床上。我做了个梦，梦里我正前往南非，在机场被告知到达那里的唯一方式是从飞机上用降落伞跳落，就像被丢离飞机的行李。航空公司还告诉我，我妈妈已经从露营地把我的旧卡车送来了，现在已经在飞机上。我很满意。当飞机飞到一千五百英尺的高空时，我爬进了旧卡车。一进入卡车，我就被推到车后方的卫生间里,有人告诉我,如果按下冲水马桶的按钮,那就是信号,表示接下来会有巨大的嘶嘶声,我会被真空发射出去。

我想问问题,但他们只是耸耸肩,满不在乎地说:"大家都是这么干的。"

这是"好奇心乔治"的梦境和某种恐怖主义场面相交的中间地带。显然我肯定已经知道将会发生什么,因为我正身背巨大的降落伞包,可我只在降落的时候才注意到它。醒来之前,我拉开伞索,然后我飘浮在了空中,捕捉到高原上一股看不见的气流。我看着底下有一群长颈鹿奔腾而过。醒来的时候是凌晨三点,我的手臂还放在头的上方,好像仍在拽着伞索似的。我看到纳特正坐在那里编织东西。

"怎么了?"他略带防备地说。

"没什么。"我说。

"我睡不着的时候就会织东西,"他说,"这会令我放松。"

我的一半意识还沉浸在刚才的梦里,另一半清醒的意识则看着纳特逐渐织出了一条带条纹图案的围巾。"别。"他说。

"别什么?"

"别问我是不是同性恋……"

"好的,"我说,"你的胃怎么样了?"

"还在响,但状况总算是稳定了。"纳特说。

我又去睡觉了。

开车回家的路上,每个人都显得心情沉重,想着就要回到之前"正常"的生活了,每个人都有些压力和不安。我在想我们待在一起的时间是否太长了——或者,这段时间还不够长?

孩子们争着给里卡多买东西,好像要在他生日时把他一辈子需要的东西都给他买齐似的。"不是物质问题。"我不断劝说。他们知道我是对的,但就是控制不住。纳特问孩子有没有电子邮件账号——没有。在休息站休息的时候,纳特把我叫到一边,问我是否能给里卡多家买一台电脑,这样他们就可以视频聊天了。

"不行。"或许我的语气强硬了点儿。

"过渡期对每个人来说都很不容易,"礼品店收银台的女人说,"我以前是做老师的,每次看到学生们离开父母的场面,都心碎不已。有个小男孩把他妈妈的裙子都拽掉了,哭着喊:'别丢下我。'我们后来把那变成了'教学一刻',并让孩子把妈妈的裙子拼贴起来。"

是那段经历使你收获了一份在休息站礼品店做收银员的工作吗?我真想问她。

艾希莉在走廊里转悠,想给她的朋友买份礼物。她不管走到哪儿都要买点什么,结果转了一圈,觉得这些东西都不够好。到这一步时,事情已经开始变得有点走样了。

"我一直都在按自己的喜好挑选东西,但并不确定我和她的品味和喜好是否一致。"艾希莉的背包里塞满了毛绒玩具、从休息站买来的纪念礼盒和子弹杯。

"你曾见她戴过什么?"

"你知道,"艾希莉说,"都是些成年人的东西,那种装在蓝色小盒子里的东西。爸爸不知道该给妈妈买什么礼物的时候就会买给妈妈那种东西。"

"蒂凡尼?"

"是的,就是那个,"艾希莉说,"她讨厌那牌子。妈妈喜欢的是另一个牌子,那个标志像马,H开头的,叫什么名字来着?"

"爱马仕?"

"没错!她就是喜欢那个牌子的东西。"

"艾希莉,"纳特打断说,"旅行途中买的纪念品,和价值五百美金的蒂凡尼或者爱马仕礼物是有天壤之别的。"

我什么都没说,也不知道自己能说什么。显然,对一个旅途中的小女孩来说,寄宿学校的友情可能会超越一般友谊的标准。

"她会给你买些什么呢?"纳特问。

"这又不是比赛,我只是想给她带些漂亮东西。你不必小题大做,不必把这种事情弄得那么俗气。"

"我是在帮你想送她什么好。"纳特说。

"算了吧。"艾希莉用一种特别世故的大人似的口吻说。

当我们把里卡多送回家的时候,他的小姨和姨夫都出来迎接他。他们似乎很开心能有一段独处时光。姨夫把小男孩的大行李箱拖出了后备厢,他小姨则朝我眨了眨眼,又或许她并没有朝我眨眼,只是眼睛里可能沾了什么东西,她眨眨眼睛想把东西弄出来。不管怎样,里卡多将有很多话要对他们俩说,也给他们都带了礼物。

纳特和艾希莉使劲拥抱小男孩,告诉他,他们很快会再见面的。

我们三个开车回家,一路上,车厢里寂静得令人有些难受,直到纳特惟妙惟肖地模仿起里卡多的笑声,我们才忍俊不禁起来。每个人都模仿起自己版本的里卡多的笑声。

回到家，小猫们成了我们最主要的娱乐。它们都那么小，那么无助，看上去简直是在惊恐。我们看着猫妈妈喂它们，给它们清理，基本上就是舔它们的私密处，让它们"动"起来。

我多付了宠物志愿者一些工钱，毕竟他完成了"危险"的工作。他也详细告知我们接下来要发生的事情：小猫咪们的眼睛会在接下来的几天里睁开，但等它们真正能看到东西、能走动，还需要些时日。

泰茜看着我的眼神好像在问我：你是怎么想的啊？把整个家都丢给我照看？你能想象这段时间我的感受吗？压力，职责？答应我你不会再这么做了……哦，顺便，给我来块饼干，好吗？

"我觉得小猫是聋的，"纳特说，"我刚刚和它们说话，但它们一点儿反应也没有。"

"它们一生下来就是聋的，"宠物志愿者说，"这是一种防御机制。很快，它们的听力就会有所提高。再见了，有需要就给我打电话。"他说完就离开了。

"我想他了。"吃完饭后艾希莉说。

"是的。"纳特说。

"你打算怎么办？"艾希莉问。

"你们两个明天去学校。"我想着至少给自己争取点独处的时间。

"他需要我们，不是一次两次。"纳特说。

"我们想让他成为我们的家人，"艾希莉说，"我们谈过这事儿。"

"背着我？"

"是的。"纳特说。

"但你们可知道，我才是最后要照顾他的人？"

"我们觉得你行。"艾希莉说。

"他可以做我们的小弟弟，就像灰烬中诞生的凤凰一样……"纳特说。

"里卡多没跟你们说过他对猫过敏吗？"我问。

"我们可以把猫丢掉，"艾希莉说，"我从来就不喜欢猫。"

"你怎么能这样说？它是你的猫，而且刚生了小猫……"

"我喜欢猫。"纳特说。

"或许我们可以想办法让里卡多脱敏。"艾希莉说。

"或许可以让小猫远离他的房间。"纳特说。

"哪个房间是他的房间？"我问。

"他的房间就是我的房间。"纳特说，好像这显而易见似的。

"我想我还没有准备好做一个全职带孩子的男人。"我说。

"可以送他去学校。"艾希莉说。

"我们杀死了他的父母，把他从他的家人手中夺走，然后又要把他送走去上学——这听起来怎么有点像英国小说中的情节？"

"听起来很糟糕吗？"艾希莉问。

"另外，你们两个也没有资格领养他，你们都还没到法定的年纪……"

"但是你可以。"艾希莉不依不饶。

"我刚刚离婚，还有，最近我就要失业了。"

"你辞职了？"纳特问。

"我被解雇了。"

"你被炒鱿鱼了？"

"好吧，不完全是这样。我教完这学期就不再教书了，基本上就是如此。"

"而你竟然之前都没告诉我们？"纳特一脸不可置信。

"我不觉得你们有必要知道这事儿。"

"好吧，烂透了，"纳特说，"简直信任缺失！要是你觉得你不需要什么都告诉我们，那么所谓信任又有什么意义？你不是我们的保姆，我们本来应该拥有某种关系，能够互相理解的关系。"

"就是啊，"艾希莉说，"你应该告诉我们。以前除了妈妈，谁都不跟我们谈事情。"她说着说着哭了起来，"我爱这只猫，"她说，"我刚刚不应该那样说的，真的不应该，我错了。"说完她站起来跑开了。

"做得好。"纳特也一脸厌恶的表情离开了桌子。

我不知道究竟发生了什么，感觉自己像泡屎。

第二天早晨，孩子们要回学校。早餐后，一辆小型货车来接艾希莉，我则开了大约二十分钟的车把纳特送到了他的校车集合点。

"我晚上会给你打电话。"纳特走出车子时我对他说。他狠狠关上车门，所以我不知道他是否听到我说话。我按了车喇叭，他的背带可能绑得太紧了。但他没有回头，只是调整了一下背带，接着朝巴士走去。

我一直等到巴士开走才离开。回到家，我坐在那里，看着那些小猫，它们都长得很好，眼睛也睁开了，开始站起来了——真神奇。

谢丽尔打来电话。"你不觉得你就这样一声不吭地消失很奇怪吗？你知道我是从谁那儿打听到你的吗？朱莉。你知道我是什么感觉吗？她说你去了威廉斯堡，搞什么校园旅行。"

"差不多吧。"我说。

"小型殖民行动？火药桶后的快乐发泄？还是在栅栏后面手淫？"

我没有回应。

"哦，拜托，"她说，"我也去过那儿，这些我都做过。"

"如果这就是你在那里所看到的，那么我去的是别的地方，去了另一个威廉斯堡。你的孩子们上周末不也放假了吗？"

"泰德去参加社区服务计划，布拉德去足球夏令营了，莱德在家待着。我们什么时候见面？星期五怎么样？"

"相信我，现在不是好时机。"

"怎么说？"

"我带回了寄生虫，现在还不知道到底是哪一种。可能是因为吃了没煮熟的鹿肉或者是志愿消防员的早餐。我今天下午要带大便样本去给医生检查。"

"够了！"她大叫一声，像拿着秒表喊"暂停"的裁判。

"你似乎想了解所有事。"我继续说，"这种寄生虫传染性很强，我必须不停地洗手，衣服也要勤换洗。"

"我给你十天。"她说。

"十天之后呢？"

"我还没准备好讨论这个。"

"帮个忙，"我说，"别告诉朱莉。"

"当然不会，"她说，"有些事只是隐私。还有，我最近在读关于尼克松的书。虽然我还不太确定，但我觉得他真不是个好东西。"

"他不是个好人。"

"好吧,那么,你在他身上看到了什么?"

"很多。他那倔强的个性,他认为所有的规则都不适合他。我觉得这就足够吸引人了。"

"有意思,"她说,"我更愿意想象你是个传统一点的人,杜鲁门,或者艾森豪威尔,或者,更现代点的,英雄主义的,你瞧,比如肯尼迪。但是尼克松,我觉得他有点变态。"

"差不多。"我说。

"我过几天给你电话,等你感觉好点了,我们再做计划。"

我像是丢失了什么。像是掉进了空间与空间之间,像是我并没有真正存在过一样——我总是这样脱离状态。为了找到清晰的存在感,我去看望了妈妈。

疗养院里有一块巨大的白板,上面写着:"觉得无聊吗?需要振奋一下吗?加入我们,自制果昔吧!上午十点到十一点,下午三点到四点。(我们有新鲜的水果、益生菌和冷冻优格。)"

"她不在,"前台的女人告诉我,"她和其他人一起出去了,他们最近有了新的爱好。"

"什么爱好?"我问。

"游泳,"她说,"共十一个人,乘小型货车去当地的基督教青年会。现在每个人都能浮在水面上了,有些人还需要使用充气游泳圈,形状像小鸭子和小青蛙的那种,都戴着泳帽。我们叫他们大宝宝,因为他们全都穿着尿布。我们给他们穿好尿布再让他们出发。做点运动对他们很好。"

"她从什么时候开始游泳的?"我问。

"实施新的治疗方法的时候,是和一位精神病药理学家一起合作的,这里多出了很多工作,但都很令人兴奋。有时候我们会开玩笑地说,我们把死人带活了。而他们看起来全都非常开心,好吧,几乎全部。"她说着指了指一位正朝这边走过来的老人。

"这里到底他妈的发生了什么事?我想知道。靠!坐在我办公室里的男人是谁?你们他妈的是不是背着我偷偷换了地方?我才是这里的老板,至少我是这么认为的。等着瞧吧,看到了星期五你们怎么过,看我给不给你们签支票!你他妈又是谁啊?"他看着我问。

"西尔弗。"我说。

"干得好,"他说,"继续好好做。"

"现在,我那个该死的秘书去哪儿了?她说她出去吃午饭,而我发誓她离开十年那么久了……"老人说完又摇晃着走开。

"就像我说的,对大多数人来说都有好处,而且看到他到处走走,很不错。"女人解释说。

"他们给他吃了什么药?"

"我没有权利随意讨论病人,事实上,或许我已经说得太多了。就是做点儿这个,做点儿那个,每天都做一些改进。反正对于改善他们的行动大有好处,让他们都起来出去走走了。如果不是真正的瘫痪,一个人没有理由整天躺在床上……对于那些身体太过虚弱的人来说,我们开始把他们挂在外面。"她领我走到楼下大厅里的一个房间,打开房门。我看到数十个长弹簧从天花板上吊下来,每个弹簧上都粘着一件改良紧身衣或者帆布背心,而系在这些背心上面的则是老人们,他们像有四肢的傀儡一样被挂在那里，半站着，半跳着，还随着音乐手舞足蹈，物理治疗师在他们中间穿来穿去，逐一检查确认。"他们似乎很喜欢这样，"女人说，"我们发明了这个环节——反重力辅助站立设备。这大大减少了呼吸系统疾病，对肺功能很有好处。"

"他们看起来都很开心。"我嘴上这么说着，脑海里却再也抹不掉一屋子被"吊起来"的老人的景象了。

"今天的展示说明够多了，"女人说着，关上门，"你要去基督教青年会找你妈妈吗？他们刚走，所以你现在去追赶他们还来得及。"

我不得不支付十五美金，外加填写一张免责条款，他们才允许我进入基督教青年会的游泳池。尽管我告诉前台工作人员我不是来游泳的，但他们似乎根本不关心。

一走进男更衣室，我就看到老旧的绿色瓷砖围成的空间里到处都是男人的肉体，混杂着运动鞋的臭味，场面颇为不堪。

我正准备踏进泳池区，工作人员就把我叫回来，告诉我必须脱掉鞋子和袜子，先在池子里洗洗脚才能进泳池。

"嗨，妈妈。"我一进泳池区就叫了一声，我的声音被瓷砖墙反射，被氯胺水的味道吸收，蒸腾到游泳池上方。"嗨，妈妈。"我重复喊。

所有人都转过来看我。"嗨。"游泳池里的所有女士都回应我。

我妈妈戴着乳胶帽，记忆中这和她三十年前的游泳帽一模一样，顶上有一朵盛开的白色橡胶花。难道这么多年来她一直都戴着这顶游泳帽吗？她朝我游过来，想到不久之前她还瘫痪在床上,此时看着她在水里踢着脚、张开双臂、浮出水面的样子,颇让人觉得不可思议。她蛙泳游到水池旁,我则瞪着惊讶的双眼看着眼前这张浮出水面的奇怪的脸,笼罩在乳胶花朵中间,还能看到她深深的、满是皱纹的乳沟。

"你看起来好极了,"我说,"你最近好吗?"

"好极了。"她说。

就在这时,一个胸肌发达的男人游到了她旁边。

"你好,孩子。"他对我说。

"你好。"我回答。

"很高兴见到你。"他说。

"我也是。"我顺着他的话说。

"你妹妹怎么样了?"他问。

"很好。"我说,尽管我根本没有妹妹。

"我很担心你们的妈妈,"他说,"我到处都找不到她。"他用超大声跟我说,像是一台老式广播在播放通知。

"你找不到她是因为她走了,"我妈妈提醒他,"但是你现在有我啊。"

"你们俩在一起了?"我问。

"没错。"他们同时回答。

"那么爸爸怎么办?"我有些困惑,突然又变成了个小孩子。

"你爸爸已经去世很多年,我有权利过我自己的生活。"妈妈毅然决然地说。

"二位能回来上课吗?"指导员喊。他们转身又游回去,我看到他们的泳衣底下露出来一截尿布。